馬特萊斯特的奇幻旅程

下

神祕咒語

大衛・米奇
David Michie

王詩琪 譯　嚴萬軒 審訂

A Matt Lester Spiritual Thriller

THE SECRET MANTRA

作者的話

親愛的讀者們，

您毋須事先讀過本系列的第一部作品《拉薩魔法師》（*The Magician of Lhasa*），也能享受這本《神祕咒語》（*The Secret Mantra*）。

假如您尚未讀過《拉薩魔法師》，或是您閱讀的時間已經是許久之前，那麼接下來的前情提要也許能帶來一些幫助。不過別擔心，裡頭不會有任何爆雷的情節！

獻上我溫暖的祝福，

大衛

www.davidmichie.com

拉薩魔法師：前情提要

一九五九年三月，西藏。小沙彌丹增．多傑（Tenzin Dorje）被他的上師慈仁喇嘛（Lama Tsering）緊急喚進了房裡，告知他，藏人長久以來擔憂的事終究發生了。中國紅軍入侵拉薩的行動已經展開。許多寺院被搗毀、僧人們遭到殘酷的殺害。丹增和同樣是沙彌的親哥哥巴登．旺波（Paldon Wangpo）只有幾分鐘的時間可以決定，是要回老家和爸媽團聚，還是跟隨他們年邁的上師，踏上一條艱險的旅途，穿越高山——前往自由的印度。

決定踏上逃亡之路的這些僧人們只有單薄的衣物，需要仰賴沿途的村民供應食物，而且為了避開紅軍的追捕，只能在黑夜裡趕路。情勢越來越危急——他們差一點就落入了紅軍的手裡。慈仁喇嘛帶著追隨他的兩個小沙彌躲進了一個山洞之中，相傳，這個山洞曾經是八世紀時，曾經寫下著名預言的蓮花生大士閉關之處。在這裡，慈仁喇嘛向他們揭露這趟旅程的特殊使命：他們必須將一卷珍貴的伏藏護送到自由世界。這卷伏藏已經在一支金屬管中封存了超過一千兩百年，唯有在吉祥的環境下、在正確的人手中，才能開啟它。這份意義重大的任務激勵了兩名小沙彌，然而，在離開洞穴不久之後，一場令人絕望的雪崩襲來，慈仁喇嘛被壓倒在雪堆之下、動彈不得。打擊接二連三降臨在這幾名逃亡的僧人身上，成功達成使命的機率，看似愈發渺茫。

另一條平行的故事線發生在現代，主角叫作馬特．萊斯特（Matt Lester），他是年紀三十出頭、英俊又聰明的青年科學家，身邊還有一個魅力四射的女朋友，伊莎貝拉（Isabella）。他正面臨著一個重大的抉擇。在他任職的倫敦帝國科學研究院中，他眼光獨到但狂放不羈的頂頭上司哈利．薩德勒（Harry Saddler）捎來了一個消息：馬特苦心孕育的心血結晶奈米博特（Nanobot）研究計畫，被美國生物科技圈的創投大佬比爾．布萊克利（Bill Blakely）相中了。布萊克利對這項可能為癌症治療領域帶來重大變革的奈米博特研究計畫愛不釋手，打算投入大筆資金加速它的發展，並且指名要馬特負責主導這項計畫。只不過，馬特必須為此搬到洛杉磯。伊莎貝拉會願意放棄自己經營多年的行銷職位，跟隨馬特一起離開倫敦嗎？更何況，她的父親最近才剛剛被診斷出罹患阿茲海默症。

最終他們決定一起搬到洛杉磯。儘管坐擁優渥薪酬、閃亮豪車，享受著加州的陽光，重重問題仍在他們一落地之後便接踵而來。工作壓力讓馬特毫無喘息空間，而伊莎貝拉卻是苦於找不到工作。隨著兩人關係裡的緊張逐漸高漲，馬特發現，生活中最令人感到正面的事物，是他家隔壁的禪修中心。他深深受到創辦禪修中心的喇嘛格西拉（Geshe-la）所吸引，而格西拉對待馬特的方式也和其他人截然不同，給了馬特許多獨有的教導。禪修中心裡還有一位美麗且氣質沉穩的禪修老師，愛麗絲．維森斯坦（Alice Weisenstein），她白天的工作是科學家，專門研究身體與心智的關聯。馬特造訪了愛麗絲的實驗室，在那裡，他們發現了彼此在科學研究方面的共同興趣。在伊莎貝拉決定前往七個小時車程之外的納帕谷，參加為期半年的葡萄酒課程之後，禪修中心便成為了馬特的心靈庇護所。

高壓的工作令馬特越來越不堪負荷，他和布萊克利之間更是爆發了嚴重的衝突，與伊莎貝拉的關係也走到了懸崖邊緣。

就在看似即將失去一切之際，格西拉對馬特揭露了一個祕密：一九五九年，一卷自西元八世紀就存在的古老卷軸，被偷偷地帶出了西藏。格西拉向馬特解釋了，為什麼他的科學家背景、以及日漸深化的禪修經驗，令他具有資格去實現一個超凡神聖的使命。同時，馬特也發現到，這項使命與他個人之間，存在著超乎想像的關聯。那才是推動他搬到洛杉磯的真正原因——即使當時的他尚未明白。

作為被選中的唯一人選，馬特謙卑地接下這項一千兩百年前就已經立下的使命，懷著一顆熾熱的心，動身前往喜馬拉雅山。

01
前往虎穴寺的路上
不丹，喜馬拉雅山區

夜幕即將落下——然而，我們的腳步仍尚未踏上旅程的最後一段路。我知道一但天黑了，山區會變得多麼危險。與其冒著踏錯一步便跌入萬丈深淵的風險，不如停下腳步，直到黑夜過去。可是我不願就此停歇——為了今天這一刻，我已經準備了太久。

「在五月的滿月日那天回來。」慈仁喇嘛這麼叮囑我的時候，他意義重大的神態閃耀著光輝。「那便是時候了。」

稍早從山谷底下啟程時，我們的目的地看起來不過像是遙遠山巖上的一個白色小斑點。我們循著山羊踩出來的小徑上上下下，在越來越陡峭險峻的山崖邊彎來繞去，這麼爬了好幾個小時之後，我們走到了一個大彎道，從這個彎道所看見的目的地，又是另一片截然不同的景緻攤開在眼前。

嚮導桑蓋（Sangay）帶頭走在前面，領先我幾步之遙，早一步走到了那個彎路口。儘管這條路線對他而言已是再熟悉不過，壯觀的風景依然令他忍不住駐足，我狼狽地趕上他的腳步時，他正凝神眺望著前方。僅僅百碼之外，桑蓋的目光投注之處，正是虎穴寺（Tiger’s Nest Monastery）。壯麗得宛如人間仙境的虎穴寺，蓋在一片窄得不可思議的岩架上，下方就是一片筆直的峭壁，直達三英哩深的山谷底部。一幢幢裝飾著木雕窗片、好幾層樓高的建築物在懸崖邊鋪展開來，金色的塔頂在斜陽中閃爍著光芒，暈染出一片異次元般的景緻。

我們歇腳之處與虎穴寺之間，相隔著一道深深的峽谷，這使得虎穴寺看上去顯得更加缺乏真實感，猶如一座海市蜃樓，隨時都可能蒸發在空氣中，消失無蹤。在這峽谷的兩端，將我們與這座喜馬拉雅山區最偏遠的寺院相連結起來的，就只是一串串五彩斑斕的風馬旗了。

儘管我兩條腿又瘦又疼，心口仍不由自主地湧上了一股強烈的情感，像是回到了家一樣。五年前，當我第一次來到這裡時，才三十出頭，一個來自倫敦的科學家，對喜馬拉雅山區裡的奧祕一無所知。五年後，我能毫不遲疑地打包票，自己一生中最深刻的轉變，就發生在這個殊勝的地方。這裡也是藏傳佛教的傳承中，某位備受敬重的高僧的長住之地——他是我仁慈又受人喜愛的上師，慈仁喇嘛。

極短暫地歇息之後，桑蓋示意我們該繼續趕路。逐漸拉長的夜幕已經開始伸向通往虎穴寺的最後一道小徑，那是崖壁邊上一條非常狹窄的步道，彎彎曲曲地切進懸崖深處。桑蓋如履薄冰，非常謹慎地引導我一步步踩著岩石前進。這條路上不容一步踏錯的可能性。路面迅速縮減，變得越來越細小，我的雙腿發顫，掙扎著往前踩一步、然後再下一步，薄暮之中，陰影逐漸吞沒了我們走過的道路。

確保安全，桑蓋從外套口袋裡掏出了一支手電筒引路，我們全神貫注地前進，步步為營，直到終於抵達寺院堡壘般的堅固城牆大門時，我們幾乎不敢相信自己真的走到了。原本的山路突然變得開闊，路上青草繁茂。

我癱坐在地上，滿心感激地在柔軟的草地上伸展四肢，桑蓋抓著垂掛在大門上的銅鍊，敲了敲高聳寬闊的大門。上鎖的大門背後，負責守門的比丘會去向慈仁喇嘛通報我們的到來。

「正好趕上。」桑蓋抬起頭，看著五月清朗的天空，迅速地被黑夜吞噬。

❖

至今我還清楚記得第一次造訪時的光景。我風塵僕僕、帶著熱切的盼望抵達，對於我的人生使命滿懷興奮，並且以為慈仁喇嘛跟我抱持著同等的熱望，跟我一樣迫不及待完成這樁任務。儘管從未謀面，我總有一種感覺，我早已透過他的弟子格西拉與他熟識。我不做他想地認定，我的到來至關重要。慈仁喇嘛已經九十多歲了，我相信他人生後半段的大多數時間，都投注在等到與我見面的這一天。

結果只證明了一件事：我要學的事情還多著呢！光是開頭的第一天，寺院就讓我等上足足一整天，才允許我會見慈仁喇嘛。即使我們正身處在喜馬拉雅山區最與世隔絕的寺院裡，仍然有許多規矩必須學會遵守。直到我抵達的隔天，我才在黃昏時分被領進了他的房裡。而我們初次見面的場景，竟沒有一分一毫和我的想像相符。見到他之前，這個我們總算見面了的場景，我早已在腦海中演練了無數遍——垂垂老矣的慈仁喇嘛，親眼見到我這個「被選中」的年輕西方人那一刻，雙眼濡濕、如釋重負，終於，他可以將那把殊勝的智慧火炬傳遞出去了。

然而，房門打開之後的現實呢，只見一個狹小的房間中央，盤腿坐著一位看不出年紀的僧侶。他微笑著迎接我，招手示意我坐到他面前，接著便閉上了眼睛。好幾分鐘過去了，這讓我有充足的時間仔細打量他。他的臉型比起一般西藏人的圓臉要來得稍長一些，顴骨突出，額頭很高。他的頭髮削得極短，接近光頭的程度，髮色烏黑，只有幾抹淡淡的灰色痕跡。他的體態、交疊在身體前面做出禪修手勢的臂膀看上去都還很柔軟，臉上和脖子上幾乎沒有皺紋，完全看不出歲月的痕跡，令人驚奇。

首度親炙慈仁喇嘛的臨在，在徹底觀察過他的樣貌之後，我把注意力轉向他面前的矮茶几，看見上面擺著幾本書，接著看向他背後左邊的小窗子、屋子裡的香爐一縷藍灰色的香煙緩緩繚繞、上升……直到這一刻，我才驚覺到自己的思緒有多雜亂奔忙。此時此刻，我就坐在這個傳承裡最受人敬重的大師面前，可我的心思都去了哪裡呢？一點也沒有讓自己安頓下來，沒有讓自己放鬆、擴展，向一個上師的智慧敞開，卻忙著傻傻地東張西望，看他的房間、他的書、他的香爐。

彷彿，慈仁喇嘛正在用他的靜默，不發一語地邀請我，進入一種不同的存在狀態。於是我垂下眼簾，試著運用這幾個月來格西拉指導我的方式開始禪修，單純地專注在此時此地、專注在當下這個片刻。我感覺到自己的心思慢慢地沉澱下來，抵達一個不受過往所干涉的狀態。脫離了奔流不息的思緒與喋喋不休的頭腦，我滑入一種平靜祥和的覺知裡。以前我也曾經有過許多美好的禪修體驗，然而，即便這只是第一次身處在慈仁喇嘛的臨在之中，那深刻的幸福感是如此令人沉醉，像汪洋大海一般，我幾乎不希望它有結束的一刻。

終於，我感覺到周圍有些動靜，睜開了眼睛，正好迎上他的注視。

「很高興見到你。」他雙手在胸口合十，對我敬了個禮。

我不確定該怎麼回應才好，便用同樣的方式回禮。不熟悉的靜默令我感覺有些尷尬，我湧上一股衝動，開始滔滔不絕地對他傾訴起我和格西拉相遇的過程、後續發生的一連串最終促使我來到這裡的事件，以及我是如何殷切地想要完成那個專屬於我的特殊使命。

等到我終於說完，隨之而來的安靜似乎凸顯了我那番長篇大論是多麼地多此一舉。「在開始我們重要的工作之前，」他溫暖的表情充滿了慈愛，「必須先培養出一些靜心專注的能力。」

「是，喇嘛。」

「知識是非常好的。然而親身體驗是更加好的。先進行一點點鍛鍊，然後我們就能就緒了。」

從他的表情和語氣，我已經猜到了，所謂的「一點點」，看來不會只是一天兩天的事。

接下來，我發現自己被帶入了緊湊又密集的研習和禪修訓練之中，起初只是幾週，後來延伸成了好幾個月。當我越來越深地瞭解到，接受這些訓練所要去揭開的那份真理的重要性時，我的使命感便變得更加強烈。好幾個月過去，漸漸地，變成了好幾年。

我的整個準備過程都由慈仁喇嘛親自監督，這段漫長的準備，最後的重頭戲是一場長達三個月的單獨閉關，而我才剛剛完成這場閉關。

「在五月滿月的那天回來這裡，那便是時候了。」屆時，便是慈仁喇嘛將他親身守護了半個世紀的獨特智慧傳遞給我的時候了。不過，慈仁喇嘛曾經告訴我，這個智慧其實已經被祕密地珍藏了不只半個世紀，事實上，它被祕藏了超過千年，雖然不知道是以什麼樣的方式隱藏，但是它安全地藏匿在喜馬拉雅山區的祕境之中，靜靜地等待著公諸於世的一天——直到它所要傳遞的訊息，能夠為世人帶來最大益處的那一刻。

而我，竟是那個被選中，負責將它揭露的人選。

我究竟何德何能，竟能成為擔當如此重責大任的人，想來仍令我感到謙卑。而今晚，這份感受格外鮮明，我的敬畏之心與熱切的期盼，從來不曾如此強烈。我幾乎不敢相信，這一刻真的到來了。傳遞的這一刻。如今我已明白，我的整個一生，都在引導我走向這個事件。而不僅是這一世，按照佛法的輪迴觀點來看的話，我過去的生生世世，都在推動著我走向這一刻。

❖

寺院的大門終於打開了，開門的人是格桑（Kelsang），他是拉莫住持（Abbot Lhamo）的助手。平時總是滿臉快活的他，此時卻拉長了臉。「歡迎回來，馬特，」他禮貌性地點點頭，說道：「住持馬上就會見你。」

「住持？」我揚起眉毛。

「他有事要告訴你。」他眉頭深鎖。

桑蓋跟隨我們一起進入寺院，獨自返回他的住處，而格桑則是用一種不尋常的速度，急促地穿行在寺院迷宮般的廊道裡。為什麼他不直接帶我去見慈仁喇嘛？平常總是負責照顧喇嘛的多杰（Dorje）去哪裡了？我原本以為來迎接我們的會是他呢。難道說伏藏開啟的時候，住持也會在場？

當我被領進住持的辦公室時，他正獨自站在辦公室中央那塊老舊的繡花地毯上，他目光平靜，堅定地注視著我。住持身材高大、不苟言笑，學問淵博而備受崇敬，有些人認為他有點難以親近，不過今晚他的神態卻流露出令人動容的慈祥。

「慈仁喇嘛一直很期待你回來的這一天。」格桑離開辦公室後，他關上門，開口對我說：「過去幾個星期以來，他這麼跟我提起了好幾次。幾分鐘前，你到的時候，多杰去找他。」住持朝我靠近了一步，「他在主殿裡發現了他。」

住持拉起我的左手，用雙手握住它。這個簡單的小動作，讓我的心臟狂跳不已。這瞬間，不用等到他開口，我已經明白他要說什麼了。

「馬特，我非常遺憾必須告訴你這個令人傷心的消息。慈仁喇嘛過世了。」

02

這怎麼可能？我的上師死了？我呆站在住持面前，時間感覺像是過了一輩子那麼久。他嘴裡說出來的話簡直太荒謬了。我變得麻木，有好一段時間，除了傻傻地站著，我不知道還能做些什麼。

過去五年來，我的整個世界都是圍繞著慈仁喇嘛運行的。他和我的生活裡的每一件事，幾乎都是被同一個使命所驅動，只為了抵達這裡、這個特殊的夜晚，此時此地。怎麼今天會發生這種事呢？

不久，我跟著格桑和住持，我們一起穿過了幽暗的迴廊，往上爬了許多階梯。會不會其實是多杰搞錯了？會不會其實喇嘛根本沒死，只是進入了一個很深、很深的三摩地境界？這不會是第一次有人做出這種錯誤的判斷。

虎穴寺的主殿意外地迷你——只比一般民宅的飯廳大不了多少，由於是蓋在懸崖邊上，所以空間的形狀並不規則，它的牆面沿著崖壁向外凸出，天花板也順勢彎成一個巨大的弧形。

抵達主殿時，寺院的救護人員蔣布（Jangbu）正跪在地上，多杰站在他身旁，手裡舉著一盞嘶嘶作響的煤油燈。躺在地板上的慈仁喇嘛看起來脆弱又嬌小，像是一副包在紅布僧袍裡的骨架。

我當場雙膝跪地，急忙打量那熟悉的五官與身影，渴望搜索出一絲蛛絲馬跡，好證明事實和他們告訴我的並不一樣。然而，就在我的膝蓋觸碰到石面地板的那一刻，一切便了然於心了。喇嘛雙眼緊閉、面無表情，槁木死灰的容顏，僅容許我們憶起曾經有過的風采，而過去那股總是瀰漫出龐大慈愛的生命氣息，已不復存在。

蔣布輕柔地將喇嘛的身體翻過來，好讓他仰躺在地上。他頭部的左半邊全是血污，臉頰上有擦傷。翻身的動作讓喇嘛袍子裡的念珠滑到了地上。住持一個箭步彎下腰，將它撿了起來，順勢遞給了我。「我相信慈仁喇嘛會想要把這個交給你保管的。」

我默默地接過念珠，將它包覆在我的掌心，雙手合十，放在我的心口。即使在錯愕麻木的狀態下，我並沒有錯失住持這個舉動的重要意義。

蔣布托起喇嘛的頭，研究著左邊的傷口和臉頰上的擦傷，這時多杰喃喃說了幾句話。蔣布極其輕柔地放下喇嘛的頭，接著迅速站起身，抓起煤油燈，照上多杰指的那面牆。我和住持跟著一起往前踏了一步，全都看向同一個地方。

顯然，是有人抓著喇嘛的頭用力撞在牆上。這印子，不會是一個老人因為抽筋而不小心撞到牆的那種痕跡。

住持往後退了幾步，用一種我從來不曾見過的表情注視著多杰。他的眼神如此沉鬱，給人一種不祥的預感，我覺得自己從骨髓裡打了一個冷顫。

「今天寺院有訪客嗎？」他問。

「只有兩個，下午來的，住持。是康巴人（Khampas）。」

康巴人！來自西藏康區、魁梧強壯、驍勇善戰的康巴人！據說康巴人是成吉思汗的蒙古軍隊裡最凶猛好鬥的戰士。不到一個小時前，我和桑蓋在來寺院的路上遇到過兩個康巴人。兩個黑色身影慌慌張張的步伐，看上去顯得不太尋常。我告訴在場的人，自己在爬過一道峭壁時看見過他們。當時我和桑蓋還以為，他們走得那麼倉促，是因為天就快黑了。不過現在我知道他們為什麼要那麼匆匆忙忙了。

低頭看著我上師憔悴的身影，我思忖著他生命最後一刻的意識狀態。他是孤單一人手無寸鐵地對抗著兩名凶狠的惡棍嗎？可是為什麼他們要這樣對待一個孱弱又年邁的老比丘呢？

就著搖曳昏黃的煤油燈光，我轉頭望向聖壇。六十多年前，慈仁喇嘛來到虎穴寺時，他帶了一尊藥師佛的佛像來送給住持，那是他一路背在背上，從西藏穿過喜馬拉雅山脈帶出來的。這一尊藥師佛，曾經是慈仁喇嘛自己寺院裡的主尊，祂的高度不過十八英吋左右，但是非常的古老而精美，是從公元九世紀時就流傳下來的作品。在中國入侵西藏之前，儘管全西藏境內的大小寺院裡，都供著無數的藥師佛佛像或畫像，然而這一尊原本供在正波寺裡的藥師佛，卻是公認最吉祥、最受崇敬的。祂散發出的美和神聖無法言喻，光是看上一眼，就能讓一些初次看見藥師佛的虔誠佛教徒熱淚盈眶。

更神奇的是許許多多曾在這尊佛像前禪修的人流傳下來的故事。據說，在正波寺的藥師佛面前強烈專注地靜坐過的人，一定會在睡夢中看見藥師佛顯靈，修行的境界會快速成長，得到神通，尤其是療癒方面的能力。藥師佛從藏文的意思翻譯過來的話，指的是大醫佛、或至高無上的治癒者，有些人稱祂作藥師琉璃光如來。

這尊藥師佛是從西藏流傳出來的最偉大的珍寶之一。這正是為什麼當住持收到這尊無與倫比的佛像時，會決定將祂供奉在虎穴寺的主殿，這對居住在這裡修行的比丘們，還有不辭艱辛跋山越嶺而來的朝聖者們，都能帶來許多益處。從那時起，這尊藥師佛就一直保存在這間世界最富盛名的佛教寺院主殿裡，猶如鑲在皇冠上的耀眼寶石。

直到今天。

因為當我望向神壇左邊，藥師佛平常所在的位置時，發現那裡空空如也。這下子，慈仁喇嘛的死因變得再清楚不過了。當其他人順著我的視線看過去時，他們也立刻明白了。

❖

順著住持的要求，我和他一起離開了主殿。我們把慈仁喇嘛的遺體交給蔣布和多杰處理，接著便返回住持的辦公室，回到辦公室後，住持迅速地指示比丘們，安排好今晚為慈仁喇嘛守夜誦經的儀式。明天破曉時分，全寺院的人都要參加淨化的火供儀式。

住持寫了一封信交給桑蓋，要求他明天天一亮就下山，去亭布（Thimphu）的警察局報案。

直到最後一名信差離開辦公室之後，住持從辦公桌前站起身，拉開一道簾子，走進辦公室盡頭的一個密室裡。我聽見他在裡面來回走動的腳步聲，抽屜拉開關上、紙張窸窣作響，過了一會兒，他走了出來，手中拿著一個信封袋。信封袋是用一種我從來沒看過的紙質做成的，很厚、纖維很粗，尺寸也比一般的信封要來得更大些。

「這是一個我希望自己永遠不必履行的約定，」住持對我說，「慈仁喇嘛剛到虎穴寺的第一天，他就把這個信封託付給我。他叮囑我，假如他在某個特別的訊息揭露之前就死了，便把這個信封交給那個被選中的人。」

我瞥了一眼信封，然後迎向住持的目光，他開口回應了我沒有說出口的心思：「發生在慈仁喇嘛身上的事，確實是一件憾事。經過了那麼多年，好不容易他等到了即將完成他的職責的這一天。」

「五月的滿月日。」我喃喃自語。

「他告訴過我你回來這天的重要性。試著別為慈仁喇嘛感到悲傷。他是我們之中成就最深的修行者之一。要知道他已經不再受到這副衰老的肉身所限，而是常住在無量光明的法身之中了。」

「現在最重要的事情是，完成慈仁喇嘛一直準備你去達成的使命——不僅僅是為了你自己，也是為了無數有情眾生。現在這是你的責任了，也是你的殊榮。火炬已經交到了你的手上。」

住持闔上雙眼，佇立著，輕聲地誦念起經文。不久，他睜開眼睛，莊嚴地用雙手將信封交到我的手上。

我低下頭，雙手接過信封，在他的注視下，我翻到了信封的背面。信封背面的封條都已經乾燥脆化了，很容易就撕開，裡頭只有一張對折過的信紙，同樣也是一種我沒見過、很厚的紙質。這是一封來自完全不同時代的信箋。我一眼就認出了慈仁喇嘛的字跡。信是用英文寫成的，小心地蓋了印，雖然墨水都褪色了，信裡的字句還是可以讀得清清楚楚。

一九五九年，有一卷彌封的卷軸被帶出了西藏，保存在安全的地方。這支卷軸中記載著最珍貴的經文，不僅是對於我們的傳承而言，而是對整個藏傳佛教的傳統而言。這支卷軸是在西藏山區一個山洞裡發現的，相傳公元八世紀時，偉大的蓮花生大士經常在那個山洞中禪修，而這支卷軸，是蓮花生大士本人親自寫下的伏藏。

讀著慈仁喇嘛的信箋，我的心激動不已。僅管我對於自己身負的揭祕任務最初的緣由略知一二，但是看到白紙黑字的證明，感受又是截然不同。蓮花生大士啊。他可是藏傳佛教的歷史中，最核心的人物！在不丹，幾乎每一座寺院都將祂供為主尊。他的預言比任何其他的瑜伽行者都更加著名，大多數都是用伏藏的形式、或祕藏的卷軸保存下來的。在藏傳佛教的所有預言之中，最著名的預言就是由他所寫下的：

當鐵鳥在空中飛行，
當鐵馬裝著輪子奔馳，
藏人將如螻蟻般星散世界，
而佛法將傳遍紅面人的國度。

這則預言早在一千多年以前，汽車和飛機都尚未發明時，就已經寫下了，當時的蓮花生大士早已預見藏人的悲劇，也預見了紅面人——也就是西方人將因此受益。

在我還活在正波寺的那幾年，就曾聽說過慈仁喇嘛在深山裡某個隱密的山洞中發現了神聖的卷軸——那是非常吉祥的發現。我只有機會問過他這件事情一次。一如既往，他只是稀鬆平常地聳聳肩膀，說了聲：「狗吠似地。」——每當他想要快速打消我們各種無謂的揣測時，他總是會搬出這句老話。

尊者達賴喇嘛的辦公室已經選中了你，作爲開啟這支卷軸、揭示保存於其中的經文的人選。這是爲了利益一切有情眾生。

就這麼短短一句話，將我的人生使命寫得清清楚楚。多麼不可思議的一句話——讓人幾乎不敢相信它是真的。世上有數不清藏傳佛教的修行者，他們之中許許多多都比我更博學、更有智慧，而我，一個尚未開悟的西方人，是何德何能，竟然得到了如此重要的託付？

不過，這支卷軸到底在藏在什麼地方？慈仁喇嘛信的內容只剩下一小段：

請將這封信交給虎穴寺的住持閱讀。藉由這封信，我授權你收下卷軸。爲了它的安全，我將卷軸收藏在主殿，藥師佛的佛像之中。

願一切眾生健康、喜樂、長壽！

署名：喇嘛慈仁．嘉措，於虎穴寺

一九五九年，十月

我忍不住將臉埋在雙手裡，呻吟起來。我不知道該說什麼才好。我甚至無法思考。直到住持朝我身邊走來，我把信交給了他。開啟蓮花生大士的伏藏這個使命，本來就已經令人難以致信，如今竊賊偷走了藥師佛的佛像，讓這個任務看上去又更加不可能實現了。這會兒，那兩個康巴人估計已經走到山腳下了。虎穴寺完全沒有任何跟外界聯絡的工具，等到桑蓋把報案的消息帶到警察局時，那兩個人和佛像，早就不知去向了。我坐下來，頹喪地將雙手抱在胸前。

停頓了一會兒之後，我聽見住持對我說：「你必須盡快採取行動。」

這時住持已經走回他的辦公桌前。他拉開一個抽屜，拿出一小盒名片。

「行動？」我眨著眼問。

他迅速地翻動那疊卡片，找到其中一張，抽了出來，用一支老舊的鋼筆將卡片上的資料騰在一張紙上。

「我並不寄望警察局能幫我們調查出什麼，」他的語調平靜，寫字的手沒有停下，「所以，我們得靠自己解決這件事。」

「眼下還有什麼希望嗎——」

「自立自強！」他厲色看了我一眼，「這是你的任務、你的使命，你代表了無數有情眾生。現在不是軟弱的時候！虎穴寺才是這尊佛像的歸屬之地。伏藏只能在密院裡開啟——世界上任何其他地方都不行！」

很久以前，慈仁喇嘛就曾經暗示過我，揭開伏藏的地點可能會在虎穴寺的密院裡，那是隱藏在虎穴寺內部的一個不為人知的特殊院區。不過今天倒是我第一次直接被告知計畫確實如此。

「我不知道該從哪裡下手才好。」我聳聳肩膀。才剛剛結束長達三個月閉關的我，想到要去追蹤兩個康巴人，就覺得不知所措。

「加德滿都。」拉莫住持態度堅定，「那裡是交通的樞紐地帶，各種生意的集散地，尤其是——」他看著我的眼睛，「失竊的古文物。你必須採取主動。在那裡我還有個老朋友，可以給你一些線索。一位交遊廣闊的紳士。」

他招手要我過去。

「明天天一亮，就和桑蓋一起下山。下午就有一班從帕羅（Paro）飛往加德滿都的航班。」

他拿起壓墨器在剛剛寫完的那張紙條上用力一按，隨後將紙條遞給了我。

我低下頭，看見寫在電話號碼旁邊的那個名字：「葛雷桑・戴伯格（Grayson Dalberg）？！」

我不禁滿腹狐疑。

❖

「這位戴伯格先生，該怎麼說呢……也許有點古怪吧？是一號充滿爭議的人物。不過，對於佛像市場的交易網路，這個世界上就屬他最是瞭若指掌。」拉莫住持倚著辦公桌的身體往後一退。

「你要我去找他，就算……？」我幾乎不敢相信這是來自拉莫住持的建議。

住持向後推開辦公椅，緩緩站起身，炙烈的目光凝視著我。「如果有個人能夠幫助我們找回失竊的藥師佛像，讓祂重回應有的地方——」住持的語調裡透出他主持這所寺院時的威嚴，「——那個人非他莫屬。」

03

翌日
帕羅機場

下午三、四點左右，我們抵達時，機場十分繁忙。傾盆大雨讓我們的下山之路變得更加崎嶇險阻。在又濕又累的狀態下，光是終於走到不丹皇家航空的櫃檯，趕在小飛機剩下的最後幾個位置之中，買到其中一張機票，就能給人一股勝利感。趁著我付機票錢的時候，桑蓋去找商家買手機門號卡，好讓我塵封多年的手機再度甦醒過來。

和桑蓋道別、通過海關的安全檢查之後，我立刻從口袋掏出了手機。昨晚出發前，我有很多時間可以好好回想拉莫住持給我的指示。趁著在登機門前和其他旅客一起等待登機的這段時間，我得和名單上的三個人聯絡。

儘管我的態度有所保留，但是葛雷桑·戴伯格是我需要聯絡的頭號人物。電話沒響幾聲就接起來了，電話那頭的人嗓音深沉，保守而略顯戒心。我簡短地說明了發生在虎穴寺的事件，以及我打電話的理由。他告訴我，他會派他的司機迪佩什（Dipesh）到加德滿都機場接我，同時間，他也會開始去追查一些可能的線索。

第二通電話比起第一通電話更令人期待許多。我要聯絡的人是格西旺波，許多深愛他的弟子們通常都稱呼他為格西拉。關於我的使命，這世上不會有人比他更加瞭解了，他本人也是最初把我送上這條天命之路的主要推手。他還是唯一一個我所認識，在帕坦（Patan）地區擁有人脈的人。帕坦距離加德滿都市中心不遠，是佛像製造的主要區域。而格西旺波目前人是在印度，他是色拉寺（Sera Monastery）的資深教師。

「我去看看他有沒有空。」電話那頭的人這麼回覆我。

在我旅居虎穴寺的期間，格西拉和我曾經有過好幾次書信往來，不過，今天倒是第一次直接通電話。我真是迫不及待想在電話裡聽見他的聲音。

我和格西拉的相遇，是在好幾年前的某個深夜。那是我剛搬到洛杉磯的第一個晚上，因為時差的緣故，我一直到了凌晨三點都還睡不著，於是決定起床到新家附近的街上晃晃。鄰近的一座花園裡，雞蛋花傳來一陣神祕的幽香，吸引我駐足，仔細端詳那些花朵——由五朵花瓣組成的星形花朵，雅緻精巧，在夜晚的微風裡輕輕顫抖。

這時我驚訝地發現，自己原來不是街上唯一一個人。花叢的暗影背後，我看見一張既陌生、又異常令人感到熟悉的臉。那是一位穿著僧袍的亞洲人。

打從第一點看到格西拉，我心底便湧現一股無法解釋的親近感。我下意識抵抗著這股感受，彷彿我的內在深處知道，他早就對我整個人的一切瞭若指掌——或者說，至少他知道一切關於我的重大事件。

我們簡短聊了幾句。我告訴他時差的事，於是他詢問我搬到洛杉磯的理由。當我提到奈米科技這個字眼時，通常，我會得到的反應往往是一陣沉默、然後對話就此結束，不過格西拉的反應卻是與眾不同，他當場引用了一位德高望重的量子物理學家理查・費曼（Richard Feynman）的名言，這真是我在一個出家人身上絕對想像不到的反應。

換我反問為什麼他會住在洛杉磯時，他的回答更是讓我加倍震驚：「為了你而來。」

一時間我不知道該怎麼應對才好。他不可能真的是刻意針對我說的吧？有可能嗎？說不定，他說的「為了你」，指的是為了「西方人」這個群體？一直到了好一陣子之後，我才逐漸發現，他的這項任務，果真是精心設計、為了我個人量身打造。

❖

「馬特？」電話那頭突然傳來他的聲音。

「格西拉！你怎麼——」

「他們說打電話來的是西方人，我就知道了。」感覺上好像上個星期才聊過天似地，我們之間的連結彷彿從來沒有中斷過。不過就某方面來說，隨著我的禪修境界逐年加深，我和格西拉之間的連結確實更加緊密了。

「慈仁喇嘛昨晚到我的夢裡來，讓我看見發生了什麼事。」

這瞬間，我又再次被提醒了，每個發生的事件都存在著非常多不同的向度，我親愛的上師竟然找上了格西拉？

「他要我遞個口信給你。要記得，想要藏東西，最好的地方就是……」

「最一目瞭然的地方。」我順口把慈仁喇嘛的那句名言說完。

「然後呢……？」格西拉追問。

「啊，還有，」慈仁喇嘛很喜歡反覆提醒同一個道理，「最一目瞭然的地方就是最好的障眼法。」

「你還記得？」

「那當然。」

「把它牢牢記在心上。」格西拉認真強調。

「我會的。」

「時候到的時候，」他的語氣，像是把全身心的情感都投入在這句話裡了，「而且這個時機隨時可能會出現，你就會明白，這句話是絕對錯不了的。」

「好。」我消化著這個訊息和它的重要性，同時心想，多麼奇妙啊，我原以為打電話給格西拉是為了別的理由，結果得到的卻是一個比我所想的更重大的訊息。「格西拉，住持希望我替虎穴寺追回失竊的藥師佛像。他說祂很可能被運到加德滿都。你在帕坦有親戚嗎？」

「有個表哥。」

「他能幫得上忙嗎？」

「我們很長一段時間沒聯絡了。不過我可以問問看。」

「我只是不太知道要從哪裡著手——」

「當人們開始進行一件規模深遠的善行時，」他試著平息我的焦慮，「比方說揭示伏藏這一類的事，那麼一定會有干擾出現的。負面的事物。通常不會一帆風順。」

「那是肯定的。」

「業力成熟了。這也包含了你的業力，馬特。不過，這同時也意味著，你已經準備好了。」

「真的嗎？」

「當然！一定要有信心！」

他跟拉莫住持真是同一個鼻孔出氣，也許我不應該感到訝異的。

「我會跟表哥聯絡，然後再通知你。對了，你和愛麗絲聯絡過了吧？」

愛麗絲・維森斯坦，我住進喜馬拉雅山區之前的好朋友，她是我名單上的第三人，也是我最想再次和她說話的人。

「還沒呢。」

「她需要你的支持。」格西拉加重了語氣。

「好的。」

「你聽說過她的研究計畫嗎？」

「只知道一點點。」

「快去弄個清楚，馬特！這很重要。」格西拉說話的時候很少叫我的名字，他這麼說話的時候，我會特別留意。

「唯一一個對她的研究主題擁有近似理解的人叫做洛桑．米克瑪（Lobsang Mikmar），我想他們應該一起共事過。」

愛麗絲從來沒有對我提過她有一個西藏同事——如果她有說過，我一定會記得的。

這時候，兩名空服員打開了通往停機坪的登機門，旅客們紛紛站起來魚貫前進。

「我的飛機要起飛了。」

「好，好！」格西拉說，「很高興聽到你的聲音。」他的聲音變得溫柔。

「我也是。」

「隨時保持警覺！」他掛上了電話。

❖

加德滿都

即使已經傍晚七點半了，古城區塔美爾（Thamel）街上仍是滿滿的汽車廢氣，還有各種人力車、自行車、摩托車險象環生地擠在一起。

「不好意思、不好意思。」每一次緊急煞車，避開了一場可能的碰撞之後，手握方向盤的迪佩什總是連聲抱歉。

環顧四周，似乎街上每一輛車的車身上，都披掛著來自這種混亂交通的傷疤。

「再五分鐘就到了。」這是另一句從一個小時前他來加德滿都機場接我上車之後，就不斷重複對我說的話。眼看著一頭野牛在黃昏的薄霧中慢悠悠地逛起大街，用一種超現實的慵懶腳步，晃到了一個亮著霓虹燈的手機攤販前面，將車流全部堵住，我想這句話是不太可能實現了。

在閉關期間，我有非常多時間供我細細反思一件事，就是每一個出現在我們感官中的經驗，與其說它們是真實的，其實更接近幻覺。話雖如此，前去拜訪一個我只聽過名字的人物，而且還是因為他的名字牽扯上了不丹歷史上規模最大的藝術品失竊案的緣故，還是令我有種強烈的不真實感。

在二〇〇五年以前，戴伯格古文物行的經營者葛雷桑・戴伯格，都還一直是不丹的重要常客，和不丹皇室、政府要員、與數不清多少所寺院裡的喇嘛們，都保持著友好的關係。因為他與不丹國王的私交，一位他口中稱之為「長期合作夥伴」的波士頓攝影師才得以登堂入室，在不丹花了好幾個月的時間，鉅細靡遺地用鏡頭拍下了許多保存在不丹廟宇之中的藝術文物。

不久之後，那些曾經被拍攝過的廟宇，爆發了一連串的指定文物竊案，超過十件以上最價值連城的佛像和唐卡不翼而飛，這事件震驚了整個不丹王國。竊案的執行猶如外科手術般精準，被偷走的文物都是精挑細選、最珍稀的寶藏，加上竊賊顯然熟知廟宇的保全設計，因此人們的懷疑立刻落到了戴伯格頭上。僅管戴伯格強力否認，然而猜疑依舊使得他與不丹皇室的關係漸行漸遠。過了幾週，他的「合作夥伴」攝影師離奇死亡，人們對他的不信任又更加強烈了。接著又有報導指出，其中一件被偷走的文物曾經短暫出現在某個展覽會場上。自此，無論戴伯格如何堅稱自己的清白，不丹依舊決定終身禁止他入境，他再也無法造訪不丹。

開著破舊的藍色飛雅特，迪佩什終於從塔美爾壅塞的大街上轉了出來，拐進一條小路裡，布滿凹痕的石板路坑坑洞洞，唯一顯眼的光源是掛在一個小雜貨店門口的燈串，小鋪子從香菸到吹風機，幾乎什麼都賣。迪佩什突然坐直了身子，把車子開到一個圍牆高聳、沒有門牌的宅院前方，停在了鑄鐵打造的大門口。

「到了。」

很快地，他走到雕花精美、烏黑發亮的大門右側，在保全裝置上輸入密碼，喀地一聲之後，電子裝置發出滋滋聲響，我們一起走進了大門。

高牆後方，是成排綠樹勾勒而成的庭園，整齊修剪過的濃密灌木，井井有條環繞著砂岩磚砌成的廣場。廣場正中央，豎立著一尊四呎高、精雕細琢的般若佛母塑像，她是象徵著無上智慧的佛母，潔白沉靜地佇立在噴泉上方，在燈光的照射下，散發出空靈的氣息。不遠處，宅院的前門半掩著，門縫裡流瀉出陣陣樂音，我立刻就認出了那首曲子。

雖然稱不上古典樂方面的專家，不過正在播放中的曲目是我非常熟悉的作品。那是莫札特歌劇《魔笛》裡的夜后詠嘆調，我還住在倫敦時，前女友伊莎貝拉曾經介紹一張合輯給我，那張合輯裡面就有這首曲子。它裡面的每一段旋律，都還深深地烙印在我的腦海裡。在毫無心理準備的情況下突然聽見這首歌，讓我感覺像是遭到了突襲。

我跟在迪佩什背後鑽進大門，穿過一小段迴廊，走進一個挑高而且寬敞的藝品廳，迎面而來滿廳滿室的藏傳佛教文物，跟莫札特的音樂一樣令人意想不到又同時感到無比熟悉。每一面牆上都掛滿了唐卡，傾瀉出斑斕的色彩，每個角落則擺滿了成排的佛像，祂們低垂著眼簾，氤氳的氣場卻像漸強的樂章般強大。

迪佩什比了個手勢，要我在這裡等他去通知戴伯格。逐一瀏覽過每一幅唐卡之後，我意識到，這些可不是普通廟裡的掛畫，幀幀都是少說數百年、甚至上千年的頂級古董。作工精細的錦緞畫框已經隨著歲月而斑駁，不過唐卡中央的佛陀或本尊（yidam），祂們的姿態依然栩栩如生、跨越時代。鈷藍色的本尊如大黑天（Mahakala），散發出凶猛懾人的氣勢，而絲質刺繡上雅緻的綠度母，則是飄逸出寧靜優雅的氣息。雖然在佛教的觀念之中並不存在上帝或神明，不過這些本尊們在我們的傳統中為人們所展示的，是開悟的各種不同面向。這些形象所呈現的符號、色彩和能量上的影響力，傳遞出無法用言語表達的意義。它們是意識的門戶，透過這些門戶，我們有可能穿越受限的意識，接通某個特定的維度，觸碰到開悟的意識，甚至也許能開始與之產生共鳴。一旦對其中一個面向有所共鳴，那麼我們便與整體產生了共鳴。這是一種極其精細的心靈狀態，是一條通往非二元性的高速通道，藉由這條道路，我們也許就有機會從池底的泥沼，轉化成為水面上超然的蓮花。

沉浸在詠嘆調的音符與絕美的文物之中，過了老半晌，我才察覺到有人正靜靜打量著我。戴伯格就站在走廊上。身材削瘦高挑的他，氣宇之中飄散著一股深沉的冷靜，白色亨利領襯衫外面套著深灰色的亞麻夾克，他烏黑的眼珠就像一個瑜伽行者一般地警覺。

「這首歌你也很熟？」他的男性嗓音和優美的女高音形成微妙的對比。

「夜后詠嘆調。」我點點頭。

「很少人能聯想到，」戴伯格走了過來，他的握手很堅定，有一種高貴的氣質。我留意到他將黑色的鬍鬚修得非常乾淨。人家說留鬍子的人不值得信任，這句話真的準嗎？

「夜后是最華靡的詠嘆調之一，」他仔細觀察我的表情，「而莫札特的天才之處在於，他將開悟的訊息編寫進了他的作品裡。」

「我不知道原來西方也存在著跟開悟有關的文化。」

「隱藏在很多不同的偽裝之下，」他說，「尤其是許多早期基督教堂裡的藝術品。例如聖人頭上的那圈光環。」他手指向一幅唐卡，畫中的釋迦牟尼佛頭部也有一圈藍色的光圈，「還有金魚的符號，」他轉頭指向佛教八種吉祥象徵物裡的其中一種。接著，他從口袋裡掏出一條菩提子串成的念珠。「佛教的念珠比天主教的念珠早了一千年。」

他用目光深入地打量著我，我也報以同樣的眼神。雖說戴伯格的話題引發了我的興趣，不過同時間我也努力想要摸清他的底細。他給人一種捉模不清的神祕感，難以一眼看穿。住持說我可以信任他，但我想大多數的不丹人都不會同意。

突然間他話鋒一轉，問我：「住持最近好嗎？」

這跟慈仁喇嘛老是用來對付我的，是同一個招數嗎？慈仁喇嘛總是堅稱自己沒有讀心術，但他總是會突然丟出一句話，說中我心裡正在想的某些事。看見我的表情，戴伯格的臉上似乎閃過了一抹笑意。

「拉莫住持一切都好，他要我轉達對你的問候。」戴伯格轉身領著我走進一條光線昏暗的迴廊，走向花園時，我心裡鬆了一口氣。

到了室外，我看見迪佩什正往桌子上的兩只玻璃杯裡倒水。

「舟車勞頓辛苦了，」戴伯格說，「不過，你告訴我來訪的理由時，我想我們最好還是馬上見一面。像這一類的案件，每個階段都會發展得非常快。」

打點好桌上的東西之後，迪佩什輕輕鞠躬，退回到屋裡去。椅子上的戴伯格往前坐了一點，「所以說，」他兩隻眼睛像檢察官似地盯在我臉上，「虎穴寺那顆皇冠上的寶石，在昨天傍晚被兩個康巴人偷走了？」

「簡單說是這樣。」我把在機場就告訴過他的事又重複了一遍，「今天早上住持派了一個人去警察局報案了。」

戴伯格聳聳肩，表示報案的確只是徒勞的舉動。

「他要我來找你，」我回應他的注視，「我，應該說我們，真的非得找回那尊佛像不可。」

「住持竟然認為我的人脈到今天還能管用，真是受寵若驚。」戴伯格十指交握，擱在大腿上，「曾經，我一度是喜馬拉雅地區最活躍的古文物交易商。不過好幾年前我放棄了這一切，轉向更精神性的追求。」

他說的話有幾分不對勁。是，精神性的追求，這我相信，不過他的人脈確實都已經斷光了嗎？

「在電話裡你曾經提到，你也許知道幕後是誰在操縱這個竊案？」

「最可疑的人也許是季同志（Comrade Ziu）。」他扯了一下嘴角。

「同志？」

「西藏自治區的主席。近幾年來，在他伸手管得到的範圍內，他持續地在重建佛教寺廟，盡可能地恢復裡面原有的文藝品或雕塑品。」

「可是佛教不是依然受到中共的壓抑嗎？」眾所皆知，至今仍不斷地有西藏難民一小群、一小群地穿越山區，逃亡到國外，那些人們的背後，都各自背負著種種遭受中國暴政殘害的可怕故事。

「『迫害』，我會這麼說。」戴伯格說道，「那是國內的事。不過面對外界，中國想要呈現出的是開放和友愛的形象。這就是為什麼他們要把拉薩的某些地區打造成佛教主題樂園。穿著紅袍的僧人、修繕得美侖美奐的寺廟。喇嘛國——與它的布達拉宮。」「同時間他們還經營著地下組織去把他們曾經想要摧毀的佛教文物偷回來？」

「正是如此。」

「那為什麼一定要偷那尊藥師佛像？」

戴伯格意味深長地看了我一眼。「看起來確實蠻巧合的。」

他往後一仰，靠在椅背上，像是在表示，我得自己設法找出答案。「你從機場打電話給我的時候，我還以為聽到的會是美國口音，」他若有所思，「為什麼我會以為你是洛杉磯來的？」

「搬到不丹之前，我在洛杉磯住過幾個月。」我說，「不過我是在英國的薩賽克斯（Sussex）

出生和長大的。」

「那就對了。」他點頭，「你就是那個我們佛教圈子裡，鑽研量子力學的科學家。」

頓了幾秒，我說：「你好像知道不少有關我的事？」

「一點也不。」

「我很吃驚你竟然知道我的存在？」

「虎穴寺裡唯一一個西方人？」戴伯格顯然感到滑稽，「虎穴寺裡成就最高的喇嘛門下唯一一個弟子？許多年來，你知道有多少人想要說服慈仁喇嘛收他們為徒嗎？」

我是聽說過就連藏傳佛教大學裡最優秀的畢業生前來拜師，也被慈仁喇嘛斷然拒絕的事蹟，不過，我倒是從來沒有思考過那些寺院之外的人們，在聽說一個無知的西方人，爬到山上會見尊貴的慈仁喇嘛之後，就立刻被收為門下學生的故事時，會有什麼樣的反應。

「你的到來引起了很多議論。」戴伯格對我說，「從那時候起，每當有人談到你，就一定也會談到慈仁喇嘛，連帶地，也會談到那尊藥師佛像。你知道在寺院之外的人們眼中，慈仁喇嘛幾乎就等同於那一尊藥師佛吧？」

我還真的不知道。

「那尊佛像是他親自從西藏揹來的，而自從他來了之後，虎穴寺有很大的改變。」

又是一件我從來沒聽說過的事。改變——什麼樣的改變？

「在你完成虎穴寺的單獨閉關出關之後，新的一波討論又熱鬧起來了，」他說，「過去幾個星期以來，我就聽到人們談起那尊佛像兩次。」

戴伯格的話令我神經緊繃，我正盡量試著不表現出來。當慈仁喇嘛建議我，閉關三個月禪修對我的修練會很有幫助時，其實是我自己提出，我想要一個人閉關的。斷絕跟外界的所有聯繫、無人陪伴的閉關，對我來說是一項個人的挑戰，我想知道自己的極限在哪裡，我想對慈仁喇嘛證明我做得到，讓他看見我的能力。

我還記得慈仁喇嘛曾經勸我不要離開虎穴寺。我也記得自己是如何頑固地堅持，一心把離開寺院去閉關認定為一種重大的考驗——幾乎像是某種榮譽勳章。

原來在這一切背後，還有更重大的事情正默默運作著。它不只是關乎我個人，或者我想要的是什麼的。當我認為自己是在為了證明自己有自立的能力而傾注一切時，我的所作所為只是讓自己招惹到許多人的注意，然後牽連到上師——還有佛像。這一刻，我才開始意識到這件事和自己的關聯。

「我們該從哪裡下手？」我想要把話題導回正軌。

「守株待兔。看那尊佛像什麼時候會出現。」戴伯格不帶情感地切回正題，「如果是走陸路的話，過個幾天才會出現。假如買家急著要的話，佛像說不定和你搭的是同一班飛機。我已經聯絡了幾個機場裡的朋友，他們會密切地監視機場裡的動靜。」

一個宣稱過時的人脈網絡，就已經做到了這種程度。

「我們有可能在祂被運到別的地方之前，就把祂攔截下來嗎？」

「除非不丹官方提出要求。不過他們不太可能採信我提供的消息去採取行動。」他一針見血，「我只能做些安排，追蹤祂的去向。」

「佛像只會被送到加德滿都，這是肯定的嗎？難道祂不會被送到其他地方——比方說德里？」

「不太可能，」他聳聳肩，「別的都不提，要送去德里，只怕康巴人會嫌佣金不夠多呢。」

從他回答的語氣，我知道他是在挖苦我。

「他們會先自己動手——」他看著一臉茫然的我，「挖出藏在佛像裡面的東西的。佛像的歷史越悠久，他們就越有可能中大獎。」

我的心臟開始狂跳起來。在很久以前，把稀有的珠寶和金子放在佛像裡，是開光儀式的一部分。假如他們真的把佛像開膛剖肚了，那裡面的伏藏怎麼辦？

「他們會找當地的工匠去打開祂嗎？」

「這是標準的基本程序。」他烏黑深沉的眼珠子裡，透出來的那股審視的味道又更強烈了，彷彿正在用某種方式檢驗著我。

「通常這會發生在什麼地方？」

「機場的倉庫裡。那裡至少有一打以上來自帕坦的工匠，有能力打開這種等級的佛像，事後不會留下任何痕跡。」

這是不是意味著，我要追回的東西從一件變成了兩件？他的話讓我產生了警覺，但是我並不打算告訴他伏藏的事。他那副什麼事都知道的模樣讓我不太舒服。

「帕坦一定會有人知情吧？」我問。

「那是肯定的。」他點了一下頭，「不過這種重大案件，沒有人敢冒著身敗名裂的風險承認自己知道的。此外，在帕坦那種地方，要追蹤這類案件的線索——」他指尖向外一彈，做出一個發散的手勢，「跟海底撈針沒什麼兩樣。」

04 加德滿都

一回到塔美爾附近的飯店，在床邊坐下來，我馬上發了訊息給格西拉。我把戴伯格跟我說的事情全告訴了他，讓他知道，珍貴的伏藏很有可能已經從佛像裡被挖出來了。誰知道伏藏接下來的命運是什麼呢？

從三層樓高的窗戶望出去，看見的是對面道場的屋頂，披著白袍的信徒們雙手合十、抵在心口，做出世界通行的敬拜手勢。唱誦經文的歌聲此起彼落，像岸邊的海浪，沖刷了整個夜晚。

五年前，當我來到加德滿都，準備前往不丹時，住的也是同一家旅館。當時的我絕對想像不到，經過了那麼多年之後，我不但還沒有成功開啟伏藏，而且這個目標現在似乎又變得更加遙遠，不知何年何月才會實現。

我請格西拉去詢問他的表哥，看看他能不能找到任何線索。我告訴他，戴伯格能夠監看佛像是不是抵達了機場、並且追蹤到祂即將被送往何方，但是他的人脈在帕坦似乎派不上用場。「要有信心。」不久前在電話裡，格西拉才這麼對我說過。按下「發送」鍵時，我用寺院裡學到的修心方法提醒自己：事物的表象如同幻覺——不要被愚弄了。一切你所感知到的，都是從由業力所推動的意識心中升起的。

❖

過了一會兒，我總算有時間打電話給名單上的第三個人了。當我還住在洛杉磯的時候，愛麗絲·維森斯坦在我家隔壁的禪修中心教入門課。她優雅沉穩的姿態、隨性飄逸的金髮、還有一對清澈透明的藍眼珠，讓我立刻深深受到吸引。不久後，我還發現到，她和我有同樣的科學背景，只不過她專攻的是腦神經科學的領域。那陣子我和當時的女友伊莎貝拉正在經歷一段艱難的時期，如今我們也已經分手了。而在我和愛麗絲的關係裡，我總是能感受到一股隱隱約約的親密感，自從我住進虎穴寺之後，每個幾個月，我們會互相寫信給對方。

電話響了好幾聲才被接起來，傳來的是一個男性的聲音。

「我是麥可（Michael）。」愛爾蘭口音，嗓音很成熟。

我愣了一下。「這是愛麗絲家的電話嗎？」

「她還在上班。」

「好的。」

我想起來了，在她寫給我的信中，曾經提過一位叫做麥可的鄰居。她說他和她的兒子賈許（Josh）特別合得來。當年的小男孩賈許，如今也長成一個青少年了。

「那我打到她的辦公室。」我說。我不知道自己為什麼要這樣反應。我其實只有她家的電話號碼。

掛上電話，我望向窗外，看見道場的集會正逐漸接近尾聲。男男女女們互相擁抱，為彼此掛上花環。這是另外一條修練心性的法則：一切的有情眾生都是一樣的，我們都想要追求快樂、與他人產生連結，也都希望擺脫受苦。筋疲力盡的我，癱倒在床上，只想要休息一會兒。

❖

突如其來，一陣尖銳的鈴聲冷不防將我驚醒。早晨的光線將房間照得透亮。剛醒過來的幾秒，感覺還有些糊塗，低頭看著連衣服都沒換就倒在床上的我，試著想起自己身在何方。

又是一陣鈴聲。是我的手機在響。

「我的表哥那裡有消息了。」是格西拉。「他的朋友，一個很有名的佛像雕刻家拉喀什・夏爾瑪（Rakesh Sharma）昨晚被人綁架到機場，命令他打開一尊佛像。他口中描述的那尊佛像和虎穴寺的藥師佛一模一樣。」

我坐了起來。

「佛像裡面有一些珠寶，還有一大顆藍寶石，綁架他的人只對那些珠寶有興趣。裡面還有一支老舊的金屬管子，他們覺得不值錢。所以夏爾瑪自己把它收起來了。」

「那東西還在夏爾瑪手上？」

「是的。」我完全清醒過來了。「他在等你。」格西拉說，「我的表哥幫你約好了。」

「是不是應該付點報酬——？」

「價碼通常介於五十到一百美金之間。」

「他人在帕坦嗎？」

格西拉把地址給了我。「盡快動身。趁竊賊們發現自己錯過了什麼之前。」

我看了看鏡子裡凌亂不堪的模樣。我身上還穿著昨天下山時穿的衣服呢。外套和襯衫都變得皺巴巴了，頭髮亂翹，像個稻草人似地。真糟糕。我把手伸進口袋裡確認了一下皮夾，一股腦抓起我帶著登機的背包。「走吧。」我對自己說。

下了樓，狹小的街上一大堆計程車，擠滿了飯店門口。我向前方張望，正掂量著自己步行到附近大街不曉得會不會比較快，這時，我看見一小段距離之外，有個人正在對我揮手。又是另一個招攬顧客的計程車司機嗎？接著我看見他背後不遠處，那一輛滿是刮痕的藍色飛雅特。是迪佩什。

我馬上感覺渾身不對勁。他跟著我多久了？我大步朝他走了過去。

「需要送你一程嗎？萊斯特先生？」

「快回去，迪佩什。」我搖搖頭，「我自己會想辦法。」

「戴伯格先生要我協助你。」

「你已經幫過了。」

隔著一條馬路，我無法完全看清楚他的表情，不過他看起來很急切。我不理會他的主人的命令，讓他不高興了嗎？

「如果有需要的話，我會打電話給你。」我經過他，沒有停下腳步，逕自往下一個十字路口走去。

戴伯格竟然派人跟蹤我，這讓我感到不安。按理說，他才是那個在機場有眼線的人，為什麼結果是格西拉查出了發生在佛像身上的事？

我迅速地跳進了一輛計程車，前往帕坦。半路上電話響起，看著手機螢幕，顯示的是戴伯格的名字。等我拿到伏藏之後再回電話給他吧。

❖

計程車轉進帕坦其中一條專門製作佛像的商店街，兩旁商店林立，小小的鋪子大部分都還沒有開張，鐵柵門外的掛鎖鎖在人行道的路面上。街上沒什麼行人。唯一比較有人煙的區域，是幾個小吃攤附近，攤販們已經把他們的攤子架設了起來，張羅起一天的生意。

車速慢了下來，我和司機一起在各種畫在窗戶上雜亂無章的告示，還有掛在牆面支架上的看版之間，沿路數著門牌號碼。

「夏爾瑪文物行」的外觀看上去，和整條大街上的鋪子沒什麼兩樣。店門口很低矮，漆在門框上方的店名覆蓋著一層陳年的污垢。已經開門了。

「我很快就好。」我告訴計程車司機，「你等我一下？」

他點點頭。

我下了車，朝不遠處的商店走去。

拉喀什．夏爾瑪身材矮小，戴著眼鏡，彎著腰趴在櫃台前，正用銼刀磨著一把小搖鈴的握柄。

「夏爾瑪先生？」

「早安，」他點點頭，用手指了指周圍的貨架，「我這裡有很多好貨——」

「看得出來。」我點頭。「我想你正在等我。我來這裡，是為了一尊藥師佛像裡面的一支小金屬管。」

他往櫃檯後方退了一步，皺起眉頭。

「我知道這不是你平常會做的事。」

他搖著頭，手伸進褲子口袋裡，掏出一把鑰匙。

「他們很壞。凶得不得了。」

「我瞭解。」我說，「真的很感謝你。」

他用鑰匙打開櫃檯裡面一個上鎖的抽屜，拉開它，把手伸了進去，撈了一下，拿出一個長方形、看起來像眼鏡盒的小盒子。從盒子裡他拿出一根細細的、看起來非常古老、布滿歲月痕跡的金屬管子。他慎重其事，像舉行一個儀式一般，將它擺在櫃檯一張方形的紅色天鵝絨布上。

我彎下腰，盯著它看。

這就是從藥師佛像裡面取出的卷軸。蓮花生大士本人親筆寫下的伏藏。真想不到，這麼一個小小的、看起來毫不起眼、大多數人都會把它當成不值錢的垃圾的小管子，裡面裝的竟然是如此無價的稀世珍寶。

「多少錢？」我問。

「算你一百美元就好。」

這是格西拉告訴我的價碼範圍裡的最高金額。顯然他準備好一場殺價了。不過我沒興趣多費功夫拉扯。這管子裡面裝的東西，是多少錢都買不到的。

我的口袋裡面早就準備好一張摺好的百元美鈔。拿出鈔票，我把錢付給拉喀什．夏爾瑪，他檢查了一下，便把它塞進背後櫃子上一個錫盒裡。接著他抽出一張薄薄的綠色包裝紙，放在櫃檯上，俐落地將金屬管包裝成一個整齊的小包裹，然後交給我。

我專心看著他的一舉一動，渾然不覺商店的光線突然暗了下來，我沒有注意到窗戶外面的動靜，直到我轉身準備離開，才看見了他們。

兩名彪形大漢堵住了門口。

—05

一股本能帶著我做出了行動。

我一個箭步往反方向衝，鑽進一道通往商店後方的木門。這道門很重，可以從裡面上鎖，我用力一甩關上門，把門鎖了起來。這房間是一個裝滿了各種佛像半成品的工作室。心臟撲通撲通跳著，我掃視每個角落，想要找到出口。可是沒有其他的門了。甚至連扇窗戶都沒有。

康巴人正用他們的身體用力撞著木門。我爬上一座窄小的木梯，這是離開這個房間唯一一條路，樓上是儲藏間，裝滿了金屬片、顏料和瓦斯桶。有一扇小窗。

我擰開窗戶把手，從窗口爬了出去，發現自己站在一道窄窄的壁架上，腳下是一條小巷子。巷子對面同樣高度的地方是一座陽台，那戶人家的門敞開著，看得見他們一家人正在吃早餐。

我縱身一躍，跳上他們家陽台，穿過坐在地上的一家人，在一陣尖叫怒罵之中狂奔下樓，找到一樓的大門。

出了門，我鑽進一條和大街平行的小巷，往計程車可能在等我的位置跑去。一邊跑著，我聽見一聲巨響，康巴人已經衝破那扇木門了。

他們只離我沒幾步遠了。

拐過一個轉角，我全力衝刺回夏爾瑪商店所在的街上。我從來不曾感受過如此原始的恐懼。我一心只想盡快跑回計程車上——遠離帕坦。

康巴人跟著我的足跡穿過那戶人家時，屋裡響起了憤怒的吼叫聲。只要再幾步我就能跑到那條街上了。

然而，當我好不容易抵達時，卻怎麼也看不見計程車的蹤影。原本我下車的地方是一片空蕩。別無選擇之下，我只好繼續往前狂奔。背後傳來一陣大吼，我知道康巴人看見我了。重重的腳步聲緊跟在後。我用眼角四處掃射，迫切渴望找到一條出路。

這麼大清早的，街上只有寥寥幾人。商店才剛剛要開門。穿著校服的孩子們正漫步在上學的途中。前面不遠處，一個穿著制服的快遞員走下了他的紫色馬亨達摩托車，正在跟路邊一個攤販點餐。他用左手輕扶著摩托車，轉向右邊伸手去拿他的早餐。

還住在倫敦的時候，我有一台偉士牌機車。我想都沒想就跳上了他的車，油門猛力一催，機車向前狂飆。回過神來的快遞員暴跳如雷大吼大叫，一瓶飲料飛來，擦過我左邊臉頰，接著又是一記砸在我的背上，我感到一陣痛楚。如果能夠拉開和康巴人之間的距離，那我就安全了，至少，這是我眼前的計畫。

我完全不知道自己人在哪裡。我騎到一條更大的街道上，唯一的要事就是儘速離開。穿梭在帕坦的街道上，我只能暗自祈禱，自己走的方向是正確的，回得去塔美爾。

這條路上的車流突然變多了，我彎來繞去，鑽過一大團由自行車、大貨車、摩托車組成的混亂車陣，不過即使在這種全部感官都高度警戒的狀態下，我心中的某個角落，依然對自己感到吃驚，我竟然這麼反射性地、輕易地偷走了別人的機車。事情居然那麼快就發展到失控的程度。

即便已經在寺院裡修練了五年，專注培養絕不犯下惡業的堅定決心，但我剛才還是偷走了某個人的摩托車——可能是他的謀生工具——連眨一下眼睛都沒有。偷竊是僅次於殺生的第二大惡業，將來的後果是最嚴重的——損失、貧窮、毀滅。然而在感到危急存亡的關頭下，這個舉動竟是再順手不過。

前面是一個有紅綠燈的十字路口，我在車與車的夾縫中奮力往前鑽，讓自己鑽到車陣的最前方。暫停的時候，我第一次看了一眼後視鏡。

戴伯格的藍色飛雅特也在這條馬路上，就在我的後方，開車的人是迪佩什，坐在副駕駛座和後座的人——是那兩個康巴人。

一陣驚恐之下，我往左邊一拐，急忙騎走。我不能呆呆地等到紅燈變綠燈。必須拉開我們之間的距離。不過我才一轉，綠燈就亮了，看著後視鏡，我發現戴伯格的車正瘋狂地從車陣中挺進，車頭燈狂閃、喇叭轟轟作響，我瞄了一眼全身黑衣的康巴人，他的頭往後仰，拳頭伸出車窗外。

這條馬路上的車流比上一條更加擁擠。兩線道的車道上，車速慢得跟步行差不多。戴伯格的車也被卡在車陣裡了——不過他們只離我二十碼遠。我從車陣的邊緣賣力往前鑽，同時密切注意著追趕我的人的動態。副駕駛座的門打開又關上，康巴人決定下車，跑步來追我。我一定要設法轉進一條更空曠一點的路上，才有可能脫身。眼看著前面左手邊就有一條窄巷，也許從那裡就能擺脫他們了？

我全速騎上右邊車道，然後看見飛雅特也跟著我開上右邊車道。我盡可能做出往右騎的樣子，直到最後一秒，才突然左轉。

眼前所見到的，就是一條普通的後巷，沿途是成排的倉庫和廢棄建築物，我油門催到底，全速前進，追我的人沒有跟上來。跟我計畫中的一樣，在我左轉的時候，他們來不及反應，直接往前衝了。趁著這裡人煙稀少，我在這條彎彎曲曲的長路上快速向前移動。

出現了一條岔路時，我不確定自己該不該走那條路。我停下來確認自己的所在地。才剛剛穿過一個比較大的十字路口，週遭的氣氛就變得非常不同——大批觀光客擠滿了街道，到處都是攤販、小吃和計程車。

這時，戴伯格的飛雅特突然從旁邊一條巷子冒出來，出現在我後方。我們之間的距離只剩不到十碼了。然而，卡在這整片人潮和攤販之間，這會兒我幾乎無路可逃了。

前面不遠有一輛遊覽車正在倒車，不假思索，我讓自己混進觀光客的人潮裡，藉著他們的掩護，騎到遊覽車的後方，從遊覽車尾端和一面磚牆之間那道越來越窄的縫隙硬是鑽了過去。

別無選擇，我只能硬著頭皮鑽過那條小縫。我瘋了似地全速向前衝。正當我全神貫注確保自己可以安然穿過時，仿佛另一個部分的我正平靜、淡然地觀察著正在發生的一切。時間彷彿延長了兩倍，一切像是以雙倍的時間慢速運轉著。無所謂生死、傾刻間做出判斷。一種寬闊清晰的全景視角。

遊覽車司機看見我了，他意識到我不可能停下來，連忙踩下煞車。就在最後一秒鐘，遊覽車猛然晃了一下，停了下來。車尾和牆面之間只剩下一點點空間，剛好足夠摩托車通過。我從這道縫隙鑽了出去。背後是一連串的咒罵聲。不過至少現在我已經利用遊覽車替我擋住飛雅特了。

我側身一轉，左彎右拐穿過一整群觀光客，繞進一道閘門，閘門後方是汽機車禁行的人行步道，這條步道通往一個廣場，突然間，我認得自己在什麼地方了。這是杜巴廣場（Durbar Square），加德滿都最熱門的觀光景點。

古老的佛塔林立，宛如穩重的守望者，看照著一排又一排、琳瑯滿目的市集攤販。我在一座佛塔旁邊將摩托車熄火，迅速下了車，把鑰匙塞進口袋裡，讓自己混入一片茫茫人海中。

廣場的另一端是餐廳聚集的區域，大大小小的餐廳，有高有低。我盤算著，從哪個地點最容易觀察出脫身的路線？

我穿過人群往餐廳區走去，選擇了一間占據了整棟三層樓高的大餐館。「維也納蛋糕盒」附庸風雅的中歐風格，跟加德滿都雜亂無章的喧鬧街道真是再鮮明不過的對比。藤編的餐椅、鑲在漆金雕花木框裡的鏡子，巨大的銅製花盆裡種植著熱帶灌木，《藍色多瑙河》令人熟悉的旋律，穿透盆栽擺設徐徐放送著。踏進餐廳門口時，我舉起左手按了按胸口的口袋，感受到小金屬管的存在令人安心不少。

餐廳一樓鬧哄哄地擠滿了用餐的旅客，服務生們忙著送餐，所有靠窗的座位都有人坐了，而且半透明的窗簾遮住了面向廣場的景色。

我很快爬上二樓的用餐區，這裡只有一桌客人。令人意想不到的是，這是一桌佛教僧侶，他們六個人正專心地研究著眼前的菜單。

在虎穴寺住了那麼多年，讓我在看見他們時立刻反射性地雙手合十，向他們鞠躬，用不丹語打招呼。顯然他們之中也有幾個不丹人，他們用更深的鞠躬來回應我。我走過他們身邊，挑了一張可以俯瞰整個廣場的靠窗座位。大片精心編製的織錦窗簾傾瀉而下，垂掛在窗櫺兩側。

我拉開椅子坐了下來，檢視起廣場上的動靜，看著觀光客和當地人像潮水一般湧動著，川流過市集。市場的攤位上擺滿了各種喜馬拉雅地區的小飾品，從銅鈴、鼓，到各種做工精美的香爐，應有盡有。這時我才想到，也許我不應該把摩托車停在佛塔下面的，應該找個更隱蔽、完全不會被看見的地方才對。或者乾脆把它隨便交給一個當地的青少年也好。

一位服務生來到桌邊，在這節骨眼上，點一份堅果穀片加優格的早餐，感覺特別不搭調。同時間，在僧人們的餐桌上，此起彼落的點餐聲伴隨著溫柔的笑語——看來這場早餐慶祝是由其中一名僧人的供養者所贊助的。

佛塔腳下傳來了一陣騷動。其中一個康巴人正踩著階梯往佛塔高處爬。另外一個則衝衝忙忙跑向市集。我從座位上站了起來，口乾舌燥。我瞪著窗戶底下的情景，看著第一個康巴人抬手放在額頭上遮擋陽光，左右掃視著廣場。他的同夥則是大辣辣地往市集裡長驅直入，揮舞手臂大聲叫嚷。

我感覺到心臟在胸口狂跳，接下來會發生的事，看來是無法避免的了。第一個康巴人掃視過廣場，發現了停在佛塔邊的摩托車。於是他走向街邊一群在佛塔階梯附近晃蕩的孩子，他彎下腰，試著要跟他們交談。

孩子們的反應很冷淡，持續把身子斜靠在佛塔上，自顧自地聊天著，即便身材高大的康巴人在他們之間如此突兀，他們幾乎正眼也沒看他一眼。

這時康巴人從口袋裡撈出了一把銅板。氣氛瞬間改變了。孩子們開始跳上跳下、互相推擠，伸長了手掌爭取注意力。從我所在的座位都能聽見他們的喧鬧聲。康巴人挑上了幾個最積極的孩子，給了他們銅板之後，幾隻小小的指頭便指向了維也納蛋糕盒。顯然我的到來並非完全沒有引起任何注意。即使躲在窗戶後面，背景還演奏著史特勞斯高昂起伏的樂章，我都能聽見康巴人高聲呼喚他的同夥盡快趕來餐廳的呼叫聲。

來不及下樓逃出去了。這個樓層也沒有別的出口。毫無選擇的我，輕輕地把椅子推回原位，讓它看起來和其他的空桌一樣。我躲進一片厚重的窗簾背後。藏進去之前，其中一位僧人恰巧與我四目相接。他瞇細了雙眼，留神地看著我將自己隱藏起來。

06

我的計畫竟然那麼快就被人拆穿了，這令我緊張萬分。現在還試著躲在窗簾後面，這會不會只讓我顯得蠢上加蠢呢？那些僧人們會怎麼反應？我只能祈禱他們大發慈悲了。

佛家有一個很有名的寓言故事，故事中說道，假如你看見一頭鹿狂奔過森林，不久後再看見追趕上來的獵人，如果獵人問你，鹿往哪個方向跑了？為了保護鹿的性命，你不該對獵人說出牠逃走的方向。這是少數幾個說謊可以被接受的情況之一。這也說明了「不說謊」這種普世教誨在道德上的複雜性。隔壁桌的僧人們不知道會不會記得這個故事？

樓梯傳來了震耳欲聾的腳步聲。聽上去兩個康巴人都來了。腳步聲越來越響、越來越清晰。其中一個已經走進了二樓餐廳。他粗啞地用藏語霹哩啪啦問了一堆問題。聽著他粗聲大氣的吼叫聲，就算隔著窗簾我也能清楚感受到他的表情。

重重的腳步聲朝我躲藏的方向走來。這是我一生中最長的一瞬間，整個餐廳鴉雀無聲。一種註定躲不過的感覺。我屏住呼吸，繃緊身上每一根纖維，絲毫不敢移動半分。此刻我們之間的距離，也許只有幾英呎遠。他是不是正盯著窗簾看？他怎麼可能猜不到我就躲在窗簾後面？

其中一位僧人說話了。從我薄弱的藏語詞彙中，我只聽得懂他說的其中一個詞：「下面」。

康巴人調頭按原來的路線跑下樓了。他拉高嗓門吼了他的同伴。他們忿忿不平、又吵又鬧地離開了餐廳。

我繼續躲在窗簾後面，躲了像是有一輩子那麼久。直到一隻手拉開了窗簾。年邁的僧人禮貌地對我點點頭。

迎上他的視線，我抬起雙手，在胸口合十敬禮。

❖

半小時後，我離開了維也納蛋糕盒餐廳，我是混在那群僧人之間，從廚房後門離開的。後來我發現到，他們其中一人懂得英語，當我走出窗簾之後，那位僧人便充當起我的翻譯。向他們解釋完我是慈仁喇嘛的弟子，而追趕我的人想做的是傷害佛法的事之後，他們都非常熱心地想要伸出援手。

其中兩個僧人先下樓招計程車，安排車子到廚房後門來接我們。坐在計程車裡，我夾在一群穿著紅色袍子的僧人之間，開往加德滿都郊區的路程儘管擁擠，卻是平靜無波。兩位壯碩高大的僧人自願充當我的左右護法，一左一右地把我夾在中間，夾得我連大氣都無法喘一口。在他們的保護之中，我開始盤算起下一步該怎麼走。

去機場是一個選擇，不過太顯眼了。假如戴伯格真的在機場有眼線，他應該會認為，已經拿回伏藏的我會急著想回去不丹，而一團混亂的加德滿都機場就會是最好的掩護，要在那裡對我下手太容易了。

所以，我必須要採取一條讓人完全預測不到的路線。而解決方案來得十分巧妙，甚至是我自己一開始都沒想到的。計程車最後停在了僧人們預計入住的地點，那是在一條沙塵飛揚的街上，一棟看起來像公家機構的複合式大樓。旁邊有一座同樣沙塵滿布的公園，公園裡人潮熙來攘往，在公園的後面有一座古老的、殖民地風格的建築物，上面歪斜地掛著一塊看起來不太牢固的招牌，招牌上寫著「公車總站」。建築物的一旁，停著好幾輛看起來已經年代久遠的公車。

酬謝過拯救我的僧人們之後，我穿過公園，往公車總站的方向走。跟其他的地方一樣，這公園裡的攤販陳列著各種商品，從新鮮的農產品，到手工雕刻的印度神像。其中一個攤位上擺放著與藏傳佛教相關的各種用品，有轉經輪、手搖鈴等等，各式各樣。其中一個小東西引起了我的注意，頓時間我突然想起慈仁喇嘛要格西拉交代我的話：什麼地方是藏東西最好的地方？最一目瞭然的地方。最一目瞭然的地方就是最好的障眼法。

我停下腳步，凝視著那個小東西。

盯著它看時，格西拉的叮囑浮現在我腦海中：「把慈仁喇嘛的話牢牢記在心上。時候到的時候，而且這個時機隨時可能會出現，你就會明白，這句話是絕對錯不了的。」

我揀起那個小東西，更仔細地看了看它，還有跟它放在一起的卡片。以前我也在市集裡看過類似的東西幾次。然而，從來沒有一次像今天這樣，這東西顯得格外地有意義。

「多少錢？」我問。攤販老闆頭上紮著紅色的印花頭巾，滿嘴暴牙，一副地痞模樣。

「五百盧比。」他獅子大開口。

「兩百。」我還價。

「四百。」

我放下那個東西，作勢要離開。

「好啦！先生！我特別優待你！給你一個特別的優惠價！三百就好。」

付了錢，我把那個小東西，輕輕地放進了口袋。

❖

不到半個小時之後，我已經坐在一輛跨越邊界，開往印度巴特那（Patna）的公車上了。車程將會很長——要到明天早上才會抵達巴特那，而這一段路，不過是我計畫中的第一步而已。藥師佛像現在滯留在加德滿都機場，我這麼一走，只會離加德滿都越來越遠，不過我決定了，留在加德滿都不是一個明智的選擇。我不知道戴伯格玩的是什麼把戲，不過，看到康巴人坐在他的車子裡追我，讓我更加確定，置身在他影響力所及的天羅地網之中，絕對不是一件安全的事。他的勢力說不定甚至還擴展到了印度。我必須去一個不會被找到的地方。畢竟，追趕我的人為了得到伏藏，一定會不計代價，用盡一切手段。

❖

正因為如此，在長途巴士的旅程結束後，我立刻馬不停蹄地趕往巴特那機場。途中我發了一個訊息給拉莫住持，向他更新一切近況，請求他給我下一步的指示——不過因為虎穴寺連電話都沒有，所以這則訊息是發給住持住在帕羅的妹妹，由她轉成手寫的信件，等下一次桑蓋下山時，才能由他帶信回去給山上的住持。

❖

機門碰一聲地關上了，我讓自己沉進座位裡，閉上了眼睛。過去這兩天，對於才剛剛結束好幾個月閉關的我而言，實在是充滿了挑戰，我有一種強烈的渴求，想要重返這幾年在虎穴寺學習禪修下來，逐漸越來越熟習的意識狀態。那是一種脫離了馬特．萊斯特這個身分、學會放下充滿限制觀點的意識狀態。那是一種澄澈無邊、超越一切，潛入深深的平靜的狀態。

安靜地做了幾個深呼吸之後，我讓自己放下一切，允許所有糾纏在頭腦中的思緒，跟機上其他乘客們發出來的聲響一樣自由來去，不在心裡對它們發出任何評語。

身為慈仁喇嘛的弟子，每當我坐下來禪修，他的聲音總會浮現在腦海，溫柔而永恆。上師的臨在依舊如此濃烈而真實，彷彿我只要一睜開眼睛，便能看到他就在我面前，坐在跟我額頭齊高的位置，臉龐煥發出無盡的慈悲。

「盡可能，」每次禪修開始之前，他常常這麼耳提面命，「讓自己全然專注在當下，沒有過去、沒有未來，安住在此時此地。」

光是這份提引，對我而言就足以帶來一種解脫的感受了，這讓我得以放下思緒的重擔，返回完全的、海洋般的平靜。

當初是愛麗絲解釋給我聽，為什麼「藥物」（medication）和「禪定」（meditation）這兩個英文單字，拼法上只相差了一個字母——那是因為這兩個單字都是源於同樣一個拉丁字根「medeor」，而這個字根的意思是「使……療癒」或「使……變得完整」。

在我剛開始到虎穴寺修行的時候，我相信，那種療癒、安撫人心的力量，是從慈仁喇嘛本人還有其他像他一樣，經過無數小時禪修，獲得了特殊能力的瑜伽行者們身上所散發出來的。

在踏上了上師瑜伽的修行道路之後，我在這條精心鋪陳的道途上，得到了師長們的循循善誘，體驗到了我從來不覺得自己有可能達到的境界。我更是始終相信，那種專心一致、不受動搖的寧靜品質，一定是來自於我的上師。某部分來說確實如此——然而，那同時也是出於我對他的信心。

這就是喜馬拉雅人的方法，我親眼目睹了無數次，才逐漸明白到箇中奧妙。無論是比丘或比丘尼，或是沒有出家的普通人，他們都願意去相信，自己的上師擁有無比非凡的威力。他們願意坐在上師的跟前，敞開心扉，讓自己被上師的臨在所觸動，讓自己被上師廣闊、無條件的愛所淹沒，讓自己從沉重死寂的悲傷中解脫，或是讓自己的意識被打破，擴展到一個他們從來也不敢想像的寬廣視野之中。

我在不丹遇見過一位虔誠的農夫，他簡單俐落地告訴我：「如果你相信你的上師只是一個普通人，那麼你收到的就是一個普通人的加持，如果你相信你的上師是一個佛，那麼你收到的就是一個佛的加持。」

把注意力安頓在當下一段時間之後，我想像我的開悟上師陪伴著我，而我遵循他的教導，發無上的菩提心，將之注入身、語、意的所有活動之中，這絕對是每一次開始禪修之前，必要的動作。「願我能以此善業，」我在心中默念，「儘速證得開悟，以此帶領其他眾生——無論他們身在任何角落，盡皆平等、無一餘漏——全然臻至圓滿的開悟。」

❖

很自然地，我開始了一種以呼吸法為基礎的冥想——九節佛風呼吸法。「無論是對於剛入門者，或是最高級的修行者，」慈仁喇嘛經常耳提面命，「這個方法都非常有益。它讓頭腦安靜下來，平衡身體的能量。呼吸是美妙的居所。讓自己安住在呼吸之中，你會體驗到深刻的平靜。」

接下來幾個小時，飛機上這個座位，就是我美妙的居所。

❖

飛機抵達杜拜時，我感覺自己像是重新充好了電、思緒專注清晰。在印度的機場時，為了避免被追蹤，我刻意不直接買好通往我真正目的地的機票。無論是戴伯格或任何其他人想要猜測我真正的目的地，我都確定他們一定會猜錯。我要去的是一個我從來沒有去過的地方。這麼一來，我等於是一字不差地照著格西拉的指示行動了。

我買了一張三個小時後起飛的機票。接著我在機場的健身房找到一個有無線網路的安靜角落。

這裡是一個冷冰冰，用各種磁磚和玻璃打造成的空間，擺了幾台划船機和交叉訓練機，飲水機上的水桶已經空了——而且空無一人。在一面矮牆上方，我找到一個可以讓手機充電的插座。我的目標：盡可能弄清楚愛麗絲過去幾年在研究什麼。

過去幾年以來，在我勤勉不懈地為了自己的了悟進行準備時，我其實對愛麗絲的研究內容幾乎沒有概念。我只知道她在都柏林一家研究機構工作，那個機構還有個讓人印象深刻的名字，叫作「訊息醫學研究中心」（Institute of Information Medicine）。在我的想像之中，這個研究機構座落在一棟新古典主義風格的建築物裡，裡面全是多立克式的廊柱，還有大理石樓梯。身為研究總監的愛麗絲，不知道她是不是也在樓層高處享有一個寬敞的邊間辦公室呢？

話說回來，這個「訊息醫學」裡面到底賣的是什麼膏藥？在網路上搜尋了半天，出現了數萬條跟「醫學」有關的搜尋結果，但是卻很難找到一個比較顯著的入口，讓人可以快速具體地對「訊息醫學」這個主題產生瞭解。

終於，我在一個類似線上科學問答的論壇網頁上找到了一點線索。看見留言者的名字時，我的臉上不禁泛起了微笑。在一張小小的大頭照下面，印著她的名字：「愛麗絲·維森斯坦」。

「什麼是訊息醫學？」在這個問題下方，愛麗絲提供了她的定義：一種運用能量——不用化學藥物、或是任何身體和生理上的干預手段——來治療疾病、促進健康的療癒方法。

她也給出了一些用於解釋的脈絡。儘管愛因斯坦寫出他最著名的方程式：$e=mc^2$ 已經超過了一個世紀，然而當代的醫學依舊高度遵照著以物質為基礎的物理學觀點。主流的醫生們在治療病患時，仍然著重在人的生理層面，用物質的手段，例如手術或藥物，來醫治疾病。

訊息醫學則是同時從病患的生理和能量層面著手。物質也是能量。粒子也是波。她引述了英國科學家亞瑟・愛丁頓爵士（Sir Arthur Eddington）的一句名言：「事物要麼存在、要麼不存在，這種思想是十分原始而未開化的。」

更需要知道的事情是，和大多數人所以為的不同，身體和心智並非分開的兩件事，它們是共同組成一個整體系統的兩個部分。舉例來說，充滿恐懼的想法會關閉大腦前額葉的功能，讓杏仁核活躍起來，我們會因此立刻陷入「戰或逃」的反應狀態。而和性有關的念頭則會啟動另一組完全不同的荷爾蒙和生理上的連鎖反應。每分每秒，無論我們有沒有察覺到，心智活動都在影響著身體的生理活動。而潛意識裡的想法和感受，產生的影響力可能是最大的。

物質與能量，或說身與心之間存在的交互現象，已經越來越受到人們的認可。如今，當有人說壓力可能造成心臟驟停、或焦慮會導致消化系統的問題時，沒有任何一個醫生會表示異議。大多數的人都能認同，心理上的疾病也會形成生理方面的病症。

但如果說，所有的疾病，都起源於心的層面呢？如果說疾病的發生並非隨機或意外的，而是根源自我們某些失衡的內在狀態？

如果說，當任何的失衡一出現在心的層面，就能夠得到治療，而不必等到它顯化在身體的層面，那會是多棒的事？又或者我們可以在疾病出現後，運用非侵入式的、能量的方法來治療？這便是訊息醫學的主要目的。

我細細端詳著網頁最上方的愛麗絲大頭照——跟她在西好萊塢的禪修中心開設「佛法入門」課程時用的照片一模一樣——我心想，這篇文章真是很有愛麗絲的風格。她總是能把複雜的概念用簡單卻動人的方式說明得清清楚楚，同時還能激起你的好奇心，讓你忍不住想要知道得更多。比如說，訊息醫學裡所謂「非侵入式的方法」指的是什麼方法？而令我個人格外好奇的一點是，愛麗絲過去這五年來，實際在研究的臨床應用方法是什麼？

我繼續用愛麗絲．維森斯坦和訊息醫學當關鍵字往下搜索，卻找不到更多搜尋結果了，這實在令人訝異。找不到任何刊登在學術期刊上的論文、也找不到發表在研討會上的文章。檢索「訊息醫學研究中心」時，導向的頁面只顯示出「網站建構中」的訊息。就我所知，大部分的研究機構，例如我以前在倫敦待的那個，總是必須為了募集研究經費而不停地奮鬥著。他們摩拳擦掌，賣力地展示他們的研究內容，竭盡所能彰顯自己工作的重要性。

這個訊息醫學研究中心卻完全不是這麼一回事。是因為它的發展還停在非常草創的時期嗎？整個組織都很內向？還是有什麼別的因素？假如這個研究單位不高調地把自己展示出來，那他們要怎麼爭取經費存活下去？

調查碰壁，這反而更加激發了我的好奇心。我試了好幾個不同的搜尋方法。老半天之後，才終於又查到一篇愛麗絲的訪問。這篇訪問不像兩年前那篇文章是刊登在高級的學術期刊上的，而是出現在洛杉磯加州大學一份由腦神經科學研究團隊所發行、名為《突觸》的員工電子報上——這是愛麗絲從洛杉磯搬到都柏林之前的訪問。它的標題是：〈再見，愛麗絲！〉，內文以問答的形式展開，首先跳出來的第一個問題是：「過去幾年來，妳在洛杉磯加州大學進行的研究是什麼？」

「我一直在研究靜心冥想對大腦的影響。具體來說，我研究的是練習冥想會如何影響我們創造幸福的能力。」

「真的有影響嗎？」

「在很多方面都有。它的影響力很直接，而且力量也非常強大。格外有趣的地方是，不同類型的冥想也會產生不同類型的效應。『冥想』這個詞就跟『運動』一樣——它們都有非常多不同的種類。去發掘不同類型的冥想如何對應到各種不同的幸福狀態，是研究過程中最令人興奮的發現之一。」

「這是妳在離開之後打算進一步深入研究的方向嗎？」

「我接下來的研究確實是從這裡衍生的。除了大腦活動，還有一連串的生理指數會受到冥想的影響，因而直接涉及到生理健康的核心要素。我計畫在這方面進行更精細的研究。」

「妳指的是哪一類的生理指數？」

「我們還沒有精確地定位出是哪些具體的生理指數。」

「聽起來很神祕？」

「還需要其他的因素幫助我們判定。同時我們也在觀察大腦如何主導身體的變化。如果仔細觀察功能性磁振造影呈現出來的活動，會看出目前我們對神經元溝通方式的假設模型，似乎並非一個具有全面性的解釋。或許這顯示出了我們對於意識的理解仍然十分有限——」

❖

訪談在這裡就中斷了，網頁末端就剩這句愛麗絲說到一半的話，沒有下一頁，也找不到其他可以看到全文的連結。我惱火地關掉了整個搜尋引擎。真不敢相信，關於愛麗絲的研究，在整個網路上只能找到這麼一丁點資料。只有一個論壇網頁上的問答，還有半篇電子報上的訪談，而且這篇訪談還是五年前的！

我抬起頭，看著這個無人而淒涼的健身房。白色的地磚，牆面的油漆用色誇張，濕氣和空調結合起來，使得高處的窗戶都起霧了。用來消毒空間的管它是清潔液還是消毒水，散發出的氣味令人生厭。我感到十分挫折，不知道該用什麼角度解讀眼前這個情況。

這時候我突然想起格西拉說過一句話：「唯一一個對她的研究主題擁有近似理解的人叫做洛桑．米克瑪，我想他們應該一起共事過。」我立刻再次拿起手機，同時輸入他和愛麗絲的名字。網頁上出現了好幾百條符合「洛桑」這個關鍵字的搜尋結果，我往下滑了一頁又一頁，才總算看到一個同時包含了洛桑．米克瑪和愛麗絲．維森斯坦這兩個名字的頁面。點進連結，裡面是一篇有關兒童認知的發展歷程，與人類是如何學會語言的文章。

真是令人一頭霧水。這跟愛麗絲的研究領域沒什麼關聯啊？這個題目和冥想對身心的影響力一點關係都沒有。

我快速瀏覽了內文。文章是用學術性的語言寫成的，長達好幾頁。我搜尋著文章裡的名字，從第一頁看到最後一頁，不禁懷疑自己是不是漏掉了什麼。裡面引述了一長串研究者的資料，但就是沒有愛麗絲或洛桑・米克瑪的名字。直到最底部，埋在占了半頁篇幅的參考文獻裡，有一條用小小的斜體字標示的註腳：「遵循異國語言準則：一份關於學習的研究。維森斯坦、米克瑪等人。倫敦大學學院。」日期是五年前。

我立刻搜尋到倫敦大學學院的官網，把這篇研究的名稱輸入搜尋欄位裡。果不其然，找到了這篇多位研究者共同署名的論文，愛麗絲的名字排在第一個。我點進去，發現這篇文章受到密碼保護。根據我自己曾經也是科學研究者的背景經驗，我知道大部分的學術論文都受到這種形式的保護。只有隸屬受到認可的研究機構的人，才能在不需經官方許可的情況下取得某些文件。

我想到了哈利・薩德勒，我以前在帝國科學研究院工作時的上司。他是我研究生涯早期的啟蒙者、精神導師。典型的瘋狂科學家，頂著一頭蓬亂的灰髮，統御著他俯瞰國王十字車站風景的邊間辦公室，背景音樂通常伴隨著古典音樂的旋律。雖然在我的奈米機器人研究計畫被一家創投公司買下後，我就搬到了洛杉磯，後來又搬去喜馬拉雅山，不過我和哈利之間仍時不時有聯絡。他至今依然掌管著帝國科學研究院。我知道他一定願意幫我這個忙的。於是，我發了一封電子郵件給他，請他幫我下載這篇文章，然後轉寄給我。信裡順帶問了他有沒有聽過洛桑・米克瑪這個人。這問題值得一問——畢竟哈利在做研究的圈子人脈超級廣，而洛桑・米克瑪也不是什麼一般常見的名字。

然而，就算在郵件發出之後，我還是滿腦子問號。「異國語言準則」是什麼意思？為什麼愛麗絲會讓自己分心跑去做和原來的領域無關的研究？這個神祕的西藏人，跟她、還有她的研究，究竟是什麼樣的關係？

❖

十個小時後，我抵達了都柏林機場。儘管在飛機上試著小睡了一會兒，此時我已疲憊不堪。等我過了海關，爬進一輛計程車後座時，已經差不多早上十點多了。

「假日飯店。」我告訴司機。

我沒有預訂房間，不過連鎖飯店通常都很便利而且安全。很幸運地，飯店還有可以提早入住的空房。搭著電梯上樓，我走進一條鋪著地毯的安靜長廊。

用房卡開了門，走進房間，我轉身鎖上了房門。做完這個動作之後，我感到一陣意想不到的放鬆。自從離開虎穴寺之後，這是我第一次覺得自己是安全的。獨自身處在一個西方城市中，給我一種安穩的、沒沒無名的感受。

❖

睡醒的時候，床頭櫃上的電子鬧鐘顯示下午五點零五分。身體依然感覺沉重，不過我告訴自己，一定要起床，開始按照當地時間活動。我已經做好計畫了。

我沖了個澡，刮好鬍子，換上一件在杜拜機場買的新襯衫。離開房間之前，我上網登入了幾個過去幾年來幾乎沒怎麼用過的銀行帳戶，轉了一些現金到一個我能提領的帳戶，然後才下樓。很快地，我已經坐在一輛計程車後座，對著司機唸出一個寫在紙條上的地址。

愛麗絲的家位於都柏林南區，她住的這條街看起來跟愛爾蘭和英國大多數的街道沒什麼兩樣——三層樓、高維多利亞式的連棟建築，這類房子現在大多數都已經改裝成公寓。司機開始減速查看路邊的門牌號碼時，我便請他停車，付了車資。剩下的路我可以用走的。

天氣很冷，路燈將街景籠罩在一片昏黃的光線中，我在人行道上走著，一邊試著想像，這樣的景緻從愛麗絲的眼中看出去，不知道是什麼感受。這裡的樣貌和她以前居住的洛杉磯差異非常大，她剛搬來時，一定覺得這裡就如同狄更斯小說裡描寫的城市樣貌吧。

快要接近她家所在的位置時，我的步伐慢了下來。我知道她的公寓在一樓，底層是墊高的，要爬個幾層樓梯才能走上她的家門。我看見窗簾後面燈光是亮著的。我上次看見他的兒子賈許時，他才十歲。記得他是一個聰穎過人的孩子。不知道他在都柏林的學校適應得好不好？

這幾年來，我其實也常常想到，不知道她的生活中還有誰陪伴？前幾天打電話到她家，接電話的人竟然是麥可，顯然他和她們家的關係不只是普通的鄰居而已。也許正是近水樓臺吧。多年來她寫給我的信件，雖然總是滿滿的溫暖與支持，卻從來沒有透露過她自己的私生活。加上當時我的生活是在遙遠的喜馬拉雅山上，和她的生活沒有什麼直接的連結。一步步登上公寓大門前方的樓梯，我才真正意識到，眼前這間銅製門牌標著數字「42」、擁有一扇深紅色大門的公寓，裡面真實的生活光景如何，其實我所知甚少。

門框右邊，在門鈴的下方有一個小小的標示牌，一盞小燈打在標示牌上，上面沒有住戶的名字，只印著「一樓」兩個字。

我按下門鈴，但是沒聽見屋內有鈴聲響起。也沒有感覺到屋子裡有任何動靜。等待的時候，我轉過身，環顧整條街道。這裡屬於安靜的住宅區，只遠遠地在馬路對面看到兩個行人，看起來是剛下班、正要走回家的模樣。對向車道一輛汽車緩緩地行駛著。

我等了感覺像是一個世紀那麼久，然後才回過身面對公寓門口。我應該試試看用手敲門嗎？正準備這麼做時，門靜靜地打開了。

「愛麗絲！」

大門開了一道小縫，內側的防盜鎖鏈還沒解開。

她的臉上幾乎沒有表情。我只看見她揚起了眉毛。皮膚上沒有半點血色。

門關上了。我聽見裡面防盜鎖鏈解開的聲音，接著大門再度開啟。她走到屋外，一手按著門門，避免它關住鎖上。

「你不是在加德滿都嗎？」她撥開一綹垂到臉上的頭髮。

這一秒，我立刻知道自己不應該來這裡的。她一臉防備，在昏黃的路燈下，她的表情顯得十分陰沉。

「說來話長。」我說，「事情有了變化——」

「媽！妳在跟麥可說話嗎？！」她背後傳來一個青少年的嗓音，語氣中洋溢著興奮。

「賈許！我馬上就進去了。」她轉頭大喊之後瞇起眼睛，「現在不是個好時機。」

我往後退了一步。這跟她信中一貫的溫暖簡直天差地別。「妳沒事吧，愛麗絲？」

「如果你事先撥個電話給我會比較好。」她低頭瞪著地面。

她眼睛下方的那一圈陰影，是光線昏暗的緣故，還是有別的原因？

「抱歉。」我往下走了一步，「本來是想給妳個驚喜的。」

「這不是一個適合驚喜的時候。」她看了我一眼，那充滿痛苦的眼神，筆直搗入了我的心臟。

「發生了什麼事嗎？」

「我得進去了。」她回到屋裡，迅速關上了門。我聽見防盜鎖鍊重新拴上的金屬碰撞聲。

我只能愣愣地盯著緊閉的大門。

07

離開愛麗絲家後，我爬進一輛計程車後座，深深沉進座位裡。方才的震撼讓我對窗外流逝的街景渾然不覺，車子裡輕聲播放的商業電台也化為一片模糊不清的背景音。我感到一陣麻木、動彈不得，回想著住在喜馬拉雅山上這麼多年來，我們寫給對方的每一封信。我記得自己總是喜歡一個人跑到虎穴寺上方的山丘上，坐在某棵高聳的孤松下，拆開她寄來的書信，細細地品味信中的每一個字句，在那裡，我度過了許多充滿美好想像的時光。愛麗絲和我之間並非任何浪漫的男女關係，而是某種更難以用言語表述的聯繫、一種無法形容的連結。像是一種互相認可，像是一對旅伴，陪伴彼此前往相同的目的地。

透過計程車窗，我望進街邊餐館的窗戶裡，共享晚餐的伴侶們傾著身子，向餐桌對面的彼此靠近。一家酒吧裡人們聚在一起談天說笑、另一家紅酒吧裡的酒客則是圍在壁爐旁邊互相碰杯敬酒。我突然感到飢餓難耐，也不願繼續孤獨地沉浸在自己的思緒裡。

當飯店出現在視線範圍裡時，我衝動地要求司機停車。這附近有很多餐館和酒吧，應該能找到一間氣氛好一點的。

「巴榭塔」（Barchetta）看起來會是個不錯的選擇。愜意的地中海風格，客人不算太多，有餐桌也有吧台區域，我可以進去找個雅座，餵飽自己的肚子。

很快地，一位容貌姣好、散發活潑的愛爾蘭氣息的年輕女服務生送來了菜單。菜單分成兩個部分，一半列出店裡供應的菜式，另一半則是葡萄酒、啤酒、烈酒等等的酒單。

我只花了一秒鐘便決定點一份瑪格麗特披薩。

「你的最愛？」服務生微笑著問我。

我點點頭。本來我還可以告訴她，我已經五年沒吃過披薩了，不過我克制了自己脫口而出的衝動。

「喝點什麼嗎？」

我翻開菜單，盯著飲料那一欄。

「『斷除飲酒！』」虎穴寺主管紀律的僧值丘揚・布提（Chogyam Bhuti）洪量的嗓音冷不防在我腦袋中響起。酒精、菸草、大麻和所有其他娛樂性藥物，都歸屬於進行皈依儀式時，必須誓言戒除的五戒其中一戒。

「需要幫忙介紹嗎？」女服務生提議。

我抬眼迎向她熱心的目光。該怎麼向她解釋，距離我上一次喝到含酒精的飲品，已經是好幾年前的事了呢？雖然我沒有受持「不飲酒戒」，不過虎穴寺的菜單上，可從來不曾出現過任何一種酒精飲料。

「我看一下……」瀏覽著菜單上的酒名和葡萄品種，直到某個熟悉的名字印入眼簾。「田帕尼優（Tempranillo）好了。」

「單杯？」

「先這樣。」

我重新把自己安頓好，欣賞起座位面對的那道牆，這才注意到，對面是一整座從地板高到天花板的紅酒櫃，包覆著典雅的銅製邊框。我右手邊的壁爐炭火搖曳，映照在架上的紅酒瓶上，將瓶身們照得熠熠生輝。

我還記得自己最後一次喝的酒，就是一杯田帕尼優。為什麼記得這麼清楚呢？因為那是我最後一次和伊莎貝拉見面。我大老遠從洛杉磯開車到納帕谷去和她道別。那時，我們倆都已百感交集地承認了，儘管我們之間的關係曾經那麼美妙，我們各自的生命卻已經開始邁向截然不同的方向。

如果伊莎貝拉知道我後來在虎穴寺的生活，不知道她會怎麼想？畢竟那和我們一起共享過的生活方式可說是天壤之別。我想起她用她拉丁式的熱情，興致勃勃地告訴我，田帕尼優是一種很順口的紅葡萄品種，是西班牙里奧哈（Rioja）產區最常採用的品種。猶記得那段時光裡，她經常挑燈夜戰、苦心研讀，不斷地試飲，還得不斷地用清水漱口、清潔味蕾。她在訓練課程中學習辨認各種酒的色澤、香氣，也要學會運用正確的詞彙——可不能把黑莓跟黑櫻桃或黑加侖混為一談了。身為一名侍酒師，需要懂得如何巧妙表達出不同經驗元素的細微之處，這些原則似乎跟藏傳佛教對於空性智慧的教導，具備了同樣縝密精確的特質。

很久以前我便留意到，侍酒師和西方的正念大師，幾乎可說是不相上下。他們辨認、描述、甚至重新創造經驗的能力，細緻的程度遠遠超過一般大眾。有別於偉大的瑜伽行者們致力於追求內在的經驗，侍酒師們則是將精力投注在完美的外在感官上。這是東方與西方長遠以來的不同之處。

酒保把我的田帕尼優倒進酒杯裡時，女服務生就站在吧台邊和他聊天。

斷除飲酒。

一個沒有出家的修行人，只被要求持五戒中的其中一戒——不殺生——其他四戒則可以自由選擇。除了不殺生的戒律，我也很樂意接受另外三戒：不偷盜、不邪淫、不妄語。只不過，當我第一次在格西拉的面前受戒時，想到以後再也不能端著香檳和人們一起舉杯同慶、不能在仲夏的夜晚享受一杯令人暢快的琴湯尼、不能再用一杯紅酒烘托出一頓完美的晚餐——不免令人覺得有點太過火了。

我曾經饒富興味地聆聽過丘揚·布堤講解飲酒的風險。出家的比丘們被要求遵守的戒律，比起在家的修行人更加嚴格許多，其中包含了必須滴酒不沾。而飲酒的危險性在於，僧值總是把這一點講得一清二楚，它會削弱一個人的判斷力。

女服務生用托盤端著我的田帕優尼向我走來。又一次，我突然感覺到自己彷彿正從前方一個更高的視角，俯瞰著下方的自己。時間的流速慢了下來，她來到我的桌邊、從托盤上舉起酒杯、然後放在我面前，變成了一連串的慢動作。

「請享用！」

我對她微笑。「謝謝。」

服務生離開後，我繼續觀察著看著酒杯的自己。我將高腳杯夾在手指間轉動，然後將它舉起來，對著壁爐的火光，讓光線更好地映照出酒杯裡的漩渦紅寶石和李子般的色澤。將它湊近鼻子，我聞到一陣莓果與香草的芳香，一股立刻就感到熟悉，同時卻也覺得像是屬於另一段人生、一個早年的記憶。

杯緣貼上嘴唇，我啜了一小口，紅酒的滋味在舌尖上爆發，旋即令我的下顎感到一陣刺痛。同一個瞬間，一個急切的念頭像是耳邊響起的一道命令：過些時候再喝。現在的你必須保持警醒！

這種刺痛我以前也有過。有時丹寧會讓我有這種反應。我已經那麼長時間沒碰過一滴酒了，我的味蕾毫無準備。

至於耳邊那句制止的聲音，我不知道它是從哪裡冒出來的。我四下環顧，食客們都已經漸漸安靜下來，沉浸在餐食裡，看不出有什麼立即的威脅。幾分鐘後，裝在木砧板上的披薩送來了，我心想，不管怎樣，總之這是我現在想吃的食物。撕下第一片披薩，飢腸轆轆的我大咬了一口，品嚐它烤得酥脆、薄得恰到好處的餅皮，襯托出莫扎瑞拉起司、番茄和羅勒葉交織而成的美味。

不久後，在我要離開時，女服務生看了一眼沒有動過的酒杯。

「不合胃口？」她皺著眉頭。

我聳聳肩膀。「剛好沒有心情而已。」

❖

回到飯店，因為下午已經睡了一場午覺，我的精神仍然很好。我知道現在的自己需要什麼。從椅子上拿了一個靠墊，我把它疊在枕頭上，調整成恰好適合打坐的高度。我取出胸前口袋裡那隻古老的金屬管子，放在邊桌上，接著將燈光調暗，坐在床鋪正中央。雖然才出關不到一個星期，然而過去幾天以來的動盪，讓那場閉關顯得已經像是前世的事了。

我闔上雙眼，所有事物的表象彷彿都消融在清澈的天空中，那種遼闊，轉眼就將人帶入寧靜之中，同時間又生機盎然地充盈著一切的可能性。

「願我能以此善業，儘速證得開悟，以此帶領其他眾生——無論他們身在任何角落，盡皆平等、無一餘漏——全然臻至圓滿的開悟。」

藉由習慣的力量，這番話不請自來地浮現在腦海中。伴隨著這些話語，我讓自己沉澱下來，開始進行九節佛風呼吸法。前三個循環，先專注從左邊鼻孔吸氣、右邊鼻孔吐氣，接著三個循環，專注在從右邊鼻孔吸氣、左邊鼻孔吐氣，最後三個循環，則同時專注在兩邊鼻孔吸氣、兩邊鼻孔吐氣，這樣算是完成完整的一套呼吸法。

這個冥想方法的目的並非在於刻意控制或操縱呼吸的進行，當然也絕非試圖只靠一邊的鼻孔呼吸，它的重點在於如何將專注力在不同的鼻孔之間交替。

在寺院中，從最資淺的小沙彌，到修行最深的瑜伽行者，九節佛風呼吸法都能幫助他們安頓頭腦、平衡身體的精微能量——左右兩邊——並且提供一條經驗到非二元性的途徑。在這種狀態下，禪修者與他的呼吸，不再是觀照者與被觀照者的分離狀態，而是融合成為一個單一的體驗。那是一種與呼吸合一的覺受。禪修者成為了呼吸本身。

在這個純粹澄澈的體驗中，慈仁喇嘛顯現了，不過不是平常我所熟識的模樣，而是以光體的形式出現。他全身綻放著青金石般的深藍色光芒，像一道彩虹般觸摸不到，但是亮眼鮮明。慈仁喇嘛盤腿端坐，身上的僧袍有著美麗的刺繡花紋，他右手握著一小段櫻桃李枝，枝枒上有小巧的白色花朵，和鮮紅欲滴的紅色果實。他的左手靠著腹部，掌心捧著一碗光彩奪目的神聖甘露。

這幅景象和修持方法，對我而言已經是再熟悉不過了。這是自從我開始在虎穴寺接受訓練以來，早已練習過無數次的。不過，這可不是輕易得來的。是慈仁喇嘛看著我勤勉不懈地練習禪修，一直到他對我展現出的誠意感到滿意之後，某個傍晚，他才邀請我進入虎穴寺燭光搖曳的佛寺裡，在祕密的儀式中為我進行了灌頂。這種上師傳授弟子的方式已經流傳了數百年之久。如今，我很榮幸地每天都可以反芻它、重複它、體現它。這種狀態對我而言已經熟悉到，即便當我處在像最近這種動亂不安的情況下，只要我一閉上眼睛、做一個深長的呼吸——我就在那個狀態裡了。重新回到我慈愛的喇嘛跟前，沐浴在他的臨在裡，深藍色的光芒中，他的神態永遠流露出無上的慈悲。

它並非一個靜止不動的畫面，而是一幅動態的景象。慈仁喇嘛的光身所發出的深藍色光、還有缽裡的七彩甘露，彷彿像是極光一般，從他的心口和手中的缽裡流瀉出來，流進我的頭頂，然後充滿我整個身體。「這些光和甘露會滲透到整個身體，」慈仁喇嘛有回對我說，「七彩甘露和它所攜帶的所有特質，會滲透你的每個器官、每個細胞和構成你的每一粒原子。」

這是一種完全沉浸式的體驗，在其中，各種色彩所具有的能量品質灌注全身，我不只是和我慈祥又珍貴的上師共振著，還和他所體現的所有能力和力量共振著。那種感覺就像是直接接通到開悟本身，一種時間不再具有意義的存在狀態。

當我重新回到現實時，對於下一步該怎麼走，我已了然於胸。拿出手機，我連上網路，搜尋「葛雷桑．戴伯格」這個名字。這是這一刻我最迫切該做的事。就我看來，打從我回到虎穴寺之後發生的每一件事，似乎最後都會連到戴伯格身上。我手裡把玩著那奇異的、小小的金屬管，從一手換到了另一手，一邊想著，雖然說住持對他抱持堅強的信心，但我卻打從一開始，就對這個人的動機感到可疑。

❖

眼下，是這段時間以來第一次，我有個上網調查的機會。按下搜尋鍵，頁面跳出數百條搜尋結果，我看了看，大多數是跟戴伯格古文物行過去賣出的某些特定物件有關。這些搜尋結果立刻顯示出了戴伯格經手的亞洲藝術品範圍的深度和廣度，同時也彰顯了他百科全書般的豐厚知識。伴隨著從比佛利山莊到日內瓦，各種最頂級的拍賣會名錄一起出現的，是戴伯格在上流藝術雜誌上接受的專訪，或是他出現在城堡、皇宮，以及他與他的超級富豪客戶們一起搭乘快艇出遊的社交新聞畫面。

那些照片裡，有的是我在他加德滿都的宅院裡初次和他見面時所看到的同一張臉龐，那張深不可測、無法解讀的臉龐。好幾年前我放棄了這一切，轉向更精神性的追求。當時他用他高貴的嗓音這麼告訴我。我真巴不得自己可以相信他是個正直的人——看在住持的份上。

然而，任何事也無法抹去我在加德滿都街上遭到兩個康巴人追趕時所產生的驚恐——他們坐的還是迪佩什開的車。我也無法忘記，當我走出飯店時，發現迪佩什竟然在飯店外等我，與我拒絕他的提議時，他臉上那急切的表情。

我搜尋了「不丹寺院竊案」，出現的是十年前那場大型竊案的媒體報導。當時，十二件不丹境內最珍貴的佛像、唐卡和嘎烏盒在短短幾天之內消失無蹤。這是一場由買家指定標的物、經過縝密執行的犯罪案件，而且至今依然尚未破案。

這樁竊案導致的後續效應是，從此觀光客被禁止在寺院中拍攝任何照片。很快地，不丹境內所有的宗教和藝術文物都經過了重新洗牌，某些珍稀的物件被轉移到鄉間保存，另外一些則是改用複製品替代，如今，很少人知道不丹的廟宇或佛寺中的文物真正的出處。

接著出現了一篇刊登在印度的宗教藝術期刊上的訪談文章，我瀏覽著戴伯格針對他所謂「荒謬的指控」所提出的辯護，在那些段落裡他提到，他將紀錄不丹的佛教遺產這件事視為一件使命，這不單單是出於愛，也是他對佛法的一部分實踐。對於有人想要偷走這些絕無僅有的珍貴文物，他感到深痛惡絕。更何況，他反問了訪問他的人，作為一個文物交易商，他何必要大費周章地偷來對他而言最難轉手的商品呢？

他的論點頗有一番道理，我實在也想相信他這番話。可是，我對這個人就是沒辦法感到信任。我還記得那個傍晚，在他加德滿都住所的花園裡，他對我說過的話：最可疑的人也許是季同志。近幾年來，在他伸手管得到的範圍內，他持續地重建拉薩的佛教寺廟，盡可能恢復裡面原有的文藝品或雕塑品。」

假如這位季同志願意付給他天價買下那些文物呢？要真是這樣的話，那麼戴伯格要轉手那些失竊的文物、大賺一票，可是件一點都不困難的事。

我讓那篇期刊文章的網頁開著，用複製貼上的方法，搜尋每一件失竊文物的名字。有沒有可能在網路上找到照片、看到它們的模樣呢？

一件一件往下搜尋，出現了許多名稱相符的本尊——然而從詳細的尺寸和素材來看的話，又會發現這些和失竊的文物描述不符。我看到了一尊用二十四K金打造、上面鑲有鑽石、紅寶石和祖母綠的釋迦牟尼佛像，唐卡上以千手形象展現出無上慈悲的觀世音菩薩，女性的救護者綠度母，還有一幅我所見過最巨幅的十二緣起生死流轉圖。我逐一把每件文物的名稱鍵入搜尋欄，但總是一再地落空，一無所獲。直到我輸入第十個名字時，終於有了不同的發現。

一尊來自古杰寺（Kurjey Lhakhang temple），象徵著大智慧的文殊師利菩薩雕像，祂的尺寸不大，也並非貴重材質打造的，莫名其妙地出現在蘇黎世，一場喜馬拉雅藝術文物展覽會布展中的展場上，不過祂只短短地出現了幾分鐘，旋即不知去向。一位經常造訪不丹的德籍退休學者，他的住家距離藝廊的地點不遠，熱心地針對這個事件提出了討論。身為佛教雕像的權威，《喜馬拉雅地區佛教圖像誌》一書作者的卡爾．施耐德（Karl Schneider）教授表示，當他看見離家五分鐘的展場上，竟然展示著古杰寺的文殊師利菩薩像時，他幾乎不敢相信自己的眼睛。他連忙跑回家想拿相機，不過等他重新回到展場時，雕像已經消失了。

「我百分之百確定那是古杰寺的文殊師利菩薩像。」七年前，施耐德教授在一個網路上的喜馬拉雅藝術論壇討論區上留言，「光是祂的存在所散發出來的氣場，就能讓人融化。我絕對不會搞錯。我在不丹親身體驗過許多次，而那天早上，我又感受到了那份臨在。」

論壇後續的討論中顯示，那場展覽是受到亞太經濟合作會議（APEC）成員國的贊助所舉辦的，而策展人不是別人，正是葛雷桑．戴伯格。

我忍不住從椅子上站了起來，在飯店房間裡來回踱步。樓下的馬路上，公共汽車、私人轎車與計程車川流不息，人群仍然流連在市區街上，四處移動著。

我不禁納悶，住持是怎麼回事？為什麼偏偏要獨排眾議，那麼相信戴伯格？那些懷疑戴伯格的人可是包括了也擁有自己的情報網路的不丹政府高官呀？或許，等住持收到了我的訊息，讀過了我報告給他所發生的事件之後，他會開始改觀。

我查看了手機螢幕上顯示的時間，計算了一下。距離我發信給他，已經過了二十六小時。

08

翌日下午

走進飯店大廳時，只見她雙手交抱在胸前，背對我站著，皮包的肩帶斜掛在肩膀上。她一身黑色花紋西裝，飄逸的金髮已經剪短，不會錯的，那一定是她——只不過和我原來認識的她很不一樣。

「愛麗絲？」

她轉過身，臉上勉強掛著笑容。

我輕輕地擁抱了她，她交抱在胸前的手並沒有放開，彷彿這樣緊緊抱住自己才能保命似地。擁抱結束後她倒退了一步，低頭看著地面。

今天早晨，去銀行辦完一些重要的事情之後，我發了一封簡訊給她，為了我的突然造訪致歉。我告訴她，希望能在她方便的時候見上一面。當她回覆今天下午就能見面時，我心裡鬆了一口氣。她原本對我說，她下午兩點有一場會議，預計要用掉兩個小時，不過這會兒才剛過三點。

「會議很快就結束了？」

她搖搖頭。「被放鴿子。原本應該和我開會的傑克．布雷蕭（Jack Bradshaw）沒有出現。」

看見她如此憔悴的模樣著實令我心疼。和當初在西好萊塢的禪修中心第一次看見她坐在講台上時，那種沉穩自在的模樣是那麼地不同。

大廳某個光線柔和的角落，面對面擺放著一對看上去很舒服的沙發。我指了指那一對無人的沙發。

「要坐那裡嗎……？」

她搖搖頭。「我需要走一走。」

「好。」

她邁步走向飯店大門。我尾隨在後。當我們漫步往貫穿都柏林市區的利菲河畔走去時，我決定，讓她來主導對話的步調。顯然她正處在痛苦之中。我不知道原因是什麼——甚至不知道她是否願意讓我知道發生了什麼事。

我們沉默地走著，終於走到了河邊，於是我們往右轉，朝上游的方向繼續前進。過了幾分鐘之後，她說：「原來你住的飯店離我工作的地方路程不到十分鐘。」她轉頭，看向一座高聳的石磚建築，建築物的穹頂上立著一道十字架。

「訊息醫學研究中心？」我向她確認。

她微微揚起了眉毛。「三一學院。」她說，「這所大學有很多合作夥伴機構。我們的是其中之一。」

「妳們的想必是其中比較有趣的那個。」我說。

我感受到一股強烈的質問。「為什麼這麼說？」她充滿防備的模樣，是我從來沒有見過的。

又走了幾步之後，我說：「我其實不知道妳的研究內容，」我承認，「只知道那是一項長期的研究——」

「五年。」

「——實地調查的部分已經完成了。在上一封信裡妳這麼提過。我猜妳和妳的研究團隊一定已經接近研究的最後階段了。」

我清楚記得她那份熱切期待的心情。當我還是個研究人員時，也曾體驗過一樣的歷程，那種在經過漫長的辛苦工作後，終於走到了最後揭曉結果的一步，期待看見自己的假設得到驗證、或者可能遭到否定的心情。

「沒錯。只不過，」聽見我坦誠自己的無知，她的態度似乎緩和了一些，「沒有什麼研究團隊。」

「妳的職務是研究總監，對吧？」

她點頭。「獨自待在象牙塔裡的總監。」

「實地調查由誰管理？」

「外包。」

「數據分析？」

「外包。」

「那麼多都外包？」

「任何承包的研究人員都不得對整個研究案的全貌知情。這是經費贊助者開的條件。」

「那誰負責監督？」

她深吸一口氣。「這就是傑克．布雷蕭登場的時候了。」

我還在虎穴寺的時候，她曾經寄來一篇關於傑克．布雷蕭的文章給我看。他是一位極受推崇的人物。三一學院院士。在表觀遺傳學的領域享譽國際。照片上的他看起來瘦瘦高高、頭髮接近全禿。

「資金來源？我在網路上查的時候——」

「你查不到任何東西的。」

我點頭。

「一個瑞士的基金會。非常低調。」

「什麼樣的基金會？」

「我只見過裡面一個人。」

「這麼多年來？」當年我還在做研究的時候，我的贊助人可是天天跟在我屁股後面追進度呢。

「傑克是他們的對口。就連我唯一見過的那個人，對他的興趣似乎都還比對我的興趣大。」

「那傑克近況怎麼樣？」

她雙手環抱著自己，握緊了拳頭，好不容易才吐出一句：「這正是問題所在。」焦慮爬滿了她的臉龐，「我不知道。」

❖

我們沿著河畔繼續走，愛麗絲告訴我，原本她的研究案一直進展得很順利，就快要進入尾聲了。布雷蕭和她一樣興奮，殷切地希望可以盡快分析實地調查得到的數據，好讓研究結果盡快得以顯現。只不過三個月前開始，事情變得有點古怪。

我留意到，三個月前，剛好是我開始單獨閉關的時間點。而那時候的我也沒想到，這個單獨閉關的決定，會為我帶來一連串的麻煩。很有意思的巧合。

愛麗絲的研究方法採取的是非常嚴謹的雙盲實驗，這意味著不只是受試者，就連實驗人員也不知道哪些樣本參與了哪些活動。一直到解盲的結果出爐之前，無論是愛麗絲或布雷蕭都不會知道實驗結果。

然而就在即將進行解盲之前，布雷蕭把愛麗絲找進他的辦公室，說他希望讓解盲結果接受第三方審查。他表示，假如他們能對外界顯示出，他們已經竭盡一切努力來確保方法論上的嚴謹性，這將會符合他們的最大利益。這件事他以前從來沒有提起過。愛麗絲嚇了一跳。而他提出這個建議時滿臉尷尬的神態，也引起了她的猜疑。

儘管她已經迫不及待想要知道研究結果了，但是她別無選擇。畢竟他是她臨床上的主管。從他的話裡，她得到一個大概的印象是，審查的等級會很高，不過頂多讓研究結果出爐的時間拖遲一個星期。然而一個半星期過去後，她聯絡了審查小組的其中一位組員，才發現布雷蕭要求審查小組繼續針對細節逐項審查。這是這五年來第一次，愛麗絲感覺到自己和布雷蕭的想法已經產生了分歧。

愛麗絲將審查員告訴她的話拿去質問布雷蕭，布雷蕭頓時滿臉通紅。他說，也許是他們將他的話斷章取義了。他原本的意思只是，不要為了節省審查時間而犧牲了品質。這個研究案的意義重大，呈現結果的過程必須是無可挑惕的。

那她還能說什麼？

審查結束後，結果將會被傳送給布萊蕭。一旦他收到了實驗結果，一切的謎底都將揭曉。

只不過，恰好那個時間點布雷蕭正在為他自己的另一項計畫即將在布拉格舉行的研討會作準備。他很少進辦公室，只用白天或晚上的零碎時間回覆電子郵件。布拉格的研討會占據了他的全副精神。他傳達的訊息是，這檔事只能等他從布拉格回來再處理了。等到布拉格的研討會結束，他回到自己的辦公桌前時，他會把全部的注意力都放在她的案子上。

而等到愛麗絲真的見到傑克，已經是他從布拉格回來好幾天之後的事了。當時他露出罕見的慌亂，說他手邊的工作一直有進度，很快就可以讓研究案進入最後階段，到時候他們倆就可以一起討論實驗結果。

他跟她約定了一個星期後再碰面。

然後他取消了約會。

同樣的情況又重複發生了兩次。

直到這最後一次，他的態度似乎變得非常篤定。愛麗絲說，他的語氣變了，彷彿他終於把某些愛麗絲一直隱約感覺到、卻不知道是什麼的阻礙給解決了。

確認解盲結果的日期就訂在今天。下午兩點，在三一學院。可是昨晚愛麗絲才剛回到家，市內電話就響起來，是一通從公共電話打來的電話：電話裡的布雷蕭呈現出前所未有的焦慮狀態。

布雷蕭告訴她，發生了很多事，但是他一時沒辦法解釋。他希望直接和她碰面，但不是在他的辦公室。他提議了一家有私人雅座的咖啡館，在那裡他們可以放心地交談。事情已經不在他的掌控中了，他說。

那實驗結果呢？過去五年來的心血結果究竟如何？

他還不知道，他說。不過他很快就會知道。他本來就打算今晚要處理這件事。等到他們碰面的時候，他會告訴她結果。

只不過，他們還是沒有碰到面。愛麗絲去了咖啡店，但是他沒有出現。也不接她電話。也沒有請學校的行政人員留話。他甚至缺席了今天早上原本該講的一堂課。

「妳的研究，」我決定直接了當地問她，「妳能告訴我內容是什麼嗎？」

我們已經往上游的方向走了好一段路，這裡的車流變得比較稀少。愛麗絲沒有回答，只撇過頭看了我一眼，讓我後悔問了這個問題。

「沒關係，」我說，「它還在保密階段。我能理解。」

其實我不能理解。這種不信任令我非常意外。她的反應使我毛骨悚然。那種未曾出口，但幾乎伸手就能摸到的驚恐，跟我昨晚在她家門口感覺到的一模一樣。

「對於妳的研究，我所知道的訊息，」我試著維持正常的對話，「都是從某篇網路文章上看來的。」

她苦笑。

「還有其他人也在類似的領域做研究嗎？」

當然，我是在套她的話。她說出了幾個我認得的名字，這些人名甚至都是我搬去不丹以前和愛麗絲聊天的時候聽過的。範圍太廣了，連不上我想問的人。

「那洛桑・米克瑪呢？」我問。

她從一旁直射過來的眼神，像是要把我看穿了似的，彷彿我們的對話已經變得次要，背後還有某種更重要的事情。「他們跟你說了？」

「不多。」

「那是很久以前的事了。」

我正在消化這個訊息時，她突然跳到馬路上，瘋狂地對著一輛亮著頂燈的計程車招手。那輛計程車原本的車速蠻快的，顯然沒有預期會在這個安靜的路段被攔下來。煞車刮出了尖銳的噪音，車停了下來。

愛麗絲拉開後門，跳進車裡。

「快點！」她招手，臉上滿是驚恐。

我跟著她鑽進車裡，用力甩上車門。

「盡快離開這一區，越快越好！」她告訴計程車司機。

司機是身材壯碩的中東人，蓄著一臉濃密的鬍鬚，表情看來很錯愕。

「有人在跟蹤我！」

司機看了一眼後照鏡，猛力踩下油門。我回頭從車尾的窗戶看出去，確實，人行道上有兩個男人，正跑步朝我們的方向追上來。其中一個人很高大、光頭，正齜牙咧嘴地咆哮著。他的脖子上有一個深藍色的紋身。一旁的男人則是矮矮壯壯，正在人行道上奔跑著，他的右腿隨著每一個奔跑的步伐沉重地甩動著。穿著黑色連帽運動衫的矮壯男人，帽子底下的雙眼流露出凶狠的目光。

我轉頭看看愛麗絲。她嚇壞了。

「他們是什麼人？」

眼睜睜看著我們溜走，高個子男人怒不可遏，他怒吼的嘴張得老大，像一座壁爐的開口。

「我不知道！」

頓時我想起了自己在加德滿都被追的事。「妳剛才說妳被人跟蹤？」

「剛才他們靠得越來越近。」

車子即將開到一個十字路口。「直走！」愛麗絲告訴司機，「下一個紅綠燈停車。」

「以前也發生過這種事嗎？」

她搖搖頭。

「妳有懷疑過——？」

「這陣子什麼事都不對勁，」她瞪著我看，湛藍的眼珠變得灰暗，下巴繃得緊緊的。「我有這種……直覺。」

「直覺自己被跟蹤了？」

「直覺到壞事會發生。」她盛滿恐懼的眼神，直直探入我眼底。

我反射性地回頭看了一眼，雖然那兩個男人早已消失在視線範圍之外。

「假如真的有人在跟蹤妳，」我說，「那回家也許就不是——」

「已經搬了。」她說，「今天早上。麥可在郊區有房子。發生了這些事，我和賈許決定搬過去。」

「嗯。」

計程車快要開進市中心了，離我住的飯店已經不遠。「妳現在要去那個地方？」我問。

她點頭。

前面紅燈，司機將車速放慢下來。

愛麗絲坐在座位的最遠端，用手摩擦著環抱在胸前的臂膀。她看著後照鏡裡的動靜，巴不得燈號快點變綠燈。

我靠過去，對著她的耳邊小聲說道：「我們在這裡下車，換一輛計程車吧。我們不知道這個司機是什麼樣的人。」

很快地，我們下了車。我付了車資。就在紅燈變成綠燈的前一刻，我們從計程車的前面過了馬路。對向車道的車流很順暢地順著街角流進我們停下腳步的地方。用不到幾分鐘，我們就攔到了下一部計程車。

愛麗絲指示司機開到附近一個火車站。

「我們可以讓司機直接開到妳要去的地方。」當她靠回椅背上時，我這麼對她說。

「火車快多了。」她說，「每十分鐘就有一班。」

09

看著她搭的那班火車駛離月台之後，我返回了自己下榻的飯店。我刻意走地下室的入口，以免飯店大門有任何可疑的人。愛麗絲認定那兩個人是在跟蹤她。她整個人嚇壞了，也說不出為什麼自己會被人跟蹤。兩個流氓模樣的傢伙，有什麼理由要去跟蹤一個做研究的科學家？除非，這件事跟她的工作無關。或者，甚至跟她這個人無關。幾天前，得設法擺脫兩個康巴人追逐的人是我。無論是什麼樣的勢力在那兩個康巴人背後運作著，會不會，跟現在正發生在都柏林的事，是同一股勢力？只不過，究竟是誰才猜想得到，我現在人在都柏林？

回到房間，我檢查是否有任何來自住持的消息。沒有。倒是有一封哈利．薩德勒寄來的電子郵件。他已經把愛麗絲和那個神祕的洛桑．米克瑪合著的論文下載下來了。點開文件，我讀起文章，撇去學術性的術語不談的話，這個研究背後的概念其實很簡單。

原來，「異國語言準則」指的是咒語（mantra），還有應該如何唱誦它們的方法。這份研究花了六個星期的時間，去觀測人們可以多快地憑記憶記住咒語，並正確地將它們唱誦出來。同時也記錄了，在研究團隊要求但不強迫的情況下，他們之中有多少人能夠堅持住每天唱誦咒語十分鐘的習慣。

研究團隊選擇了三種語言形式的咒語：梵文、藏文和巴利語——這是大多數以英語為母語的研究對象都不熟悉的語言。

這份研究的要點在於，他們將受試者分成兩組，一組被要求學習唱誦的，是已經被歷來的求道者們唱誦了數百年、甚至數千年的著名古老咒語。而另外一組受試者被分配到的，則是隨意編造的咒語。那些咒語和古老咒語具有同樣的複雜度，也採用跟上述三種語言相同的音節，只不過它們是為了研究的目的而由研究人員刻意虛構出來的。在這項研究開始之前，沒有任何人唱誦過這些虛構的咒語。

愛麗絲．洛桑．米克瑪和研究團隊想要知道的是，當咒語由不熟悉該種語言的人士所學習時，若咒語本身是流傳已久的著名古老咒語，是否會造成學習速度上的差異。曾經有一些非正式的證據顯示，一首非常知名、經常被傳唱的外語童謠或歌曲，比起《賈克修士》（*Frère Jacques*）、《飛翔》（*Volare*），《搖擺吧》（*Bamboleo*）這些較罕為人知的曲目，會更加容易學會。而當研究團隊針對這樣的現象進行臨床實驗時，能否證實這其中的道理呢？

研究結果顯示，兩組受試者的表現存在著顯著差異。平均而言，學習原本就已經廣為流傳的咒語那組受試者，他們學會咒語的速度只有學習虛構咒語組的一半。他們認為古老咒語更簡單易學。不僅如此，當受試者被要求在六週內每天固定花一段時間唱誦咒語時，古老咒語組的受試者堅持達成每天唱誦咒語的人數比例，比虛構咒語組的人數高了三分之一。這表示古老咒語組的人們比起虛構咒語組，有更高的意願維持唱誦的實修練習。

在研究目的與結果都如此清晰的情況下，當我讀到論文的尾聲時，結果卻令我感到困惑。研究所得出的結論非常明確——但是研究者卻沒有對此提出任何解釋。究竟為什麼知名的古老咒語會比虛構咒語更加容易學會？為什麼人們會更願意維持唱誦古老咒語的習慣？一般而言，即便是最嚴謹的研究者，也會允許自己花個一兩段的篇幅，提出一些假設性的解釋。很明顯地，這篇論文的研究者們在這件事情上卻刻意保持沉默。

在論文的最末，有一份詳盡的研究人員名單，標明了他們的資格和所屬的機構。我發現洛桑．米克瑪也隸屬於三一學院——或至少說，在這篇論文發表的時候是。經過一番調查之後，我查到一支他的手機號碼。雖然看起來是一個希望不大的嘗試，不過我還是發了一封簡訊給他，要求見面。

在房間裡來回踱步的我，腦袋中裝滿了各種疑問。像是為什麼這項研究會被歸入這種標題，而且它呈現的方式，更像是一種阻撓，而不是幫助人們簡便地得到新發現？這項研究的發現有什麼敏感之處，讓研究者需要將它隱藏在公眾視野之外？

原本我希望，這篇論文能給我帶來一些線索，讓我有機會更加瞭解愛麗絲目前的研究。這篇論文裡所缺乏的，對真咒語和「假」咒語之間的差別的解釋，會不會正是愛麗絲選擇進一步深入研究的題目？她過去這五年的時間，會不會就是用在研究——為什麼人們覺得真咒語比假咒語更容易學會？不過這跟訊息醫學又有什麼關聯？而這真的是導致兩個流氓在都柏林街上追趕她的原因嗎？

那兩個男人暴力又充滿侵略性的模樣令人驚恐。我想起愛麗絲臉上擔心受怕的表情。那種深入骨髓的恐懼，就連我的心也跟著狂跳不止：和我在加德滿都街上被康巴人追趕時的感覺一模一樣。然而，我知道富豪收藏家們為了得到稀罕的喜馬拉雅文物，是有可能不擇手段的，但我卻想像不到，為什麼愛麗絲的研究也會吸引來這種敵意？如果那兩個男人真的抓到愛麗絲了，他們打算對她做什麼？

正當我思考著這個問題時，手機鈴聲響起。螢幕上顯示「私人號碼」。

「我是愛麗絲。」我接起電話，聽見她近乎絕望的聲音，「我找到布雷蕭了。他人在聖詹姆士醫院的加護病房裡。我不能去看他，以免有人監視我。你能替我去嗎？」

❖

聖詹姆士醫院，都柏林

推開醫院的旋轉門時，時間剛過晚上八點。愛麗絲對我說，加護病房只准直系親屬探病。醫護人員會在晚上八點的時候換班。以原本就十分繁忙的加護病房來說，晚上的時段通常是最忙的，我能不能趁人不注意的時候偷偷溜進去？

「探病時間十五分鐘前就結束了。」醫院櫃檯一位護理師正經八百地對我說。

「那他們呢——」我指了指一旁的沙發上，一群圍著一位病患的親友。

「正要離開。」她瞥了我一眼打發我，轉頭面向兩個病房助理，他們正推著一個輪椅上的病人走過來。在電話中，愛麗絲也對我說了，在她搭上火車之後，她便不停地試著找到布雷蕭。布雷蕭沒有接電話。跟他住同一棟公寓的鄰居們也沒有人看到他。三一學院的人說不出他在哪裡。

根據一位和布雷蕭在同一個樓層上班的同事艾勒莎．辛格頓（Alexa Singleton）的說法，昨晚大約八點四十分時，還看見他在辦公室裡工作。當她把頭探進布雷蕭的辦公室裡時，布雷蕭還對她說，他忙到連午餐都還沒吃呢，不過他打算待會兒就回家，順便在路上找點東西吃。在他的辦公桌上，幾個小時前買的午餐雞肉三明治，還好端端地擺在塑膠盒子裡。

愛麗絲想到，他一定是用公共電話打給她的，很可能用的就是安裝在校園裡的其中一支公共電話。他昨晚加班就是為了趕她的案子嗎？那他看見研究結果了嗎？否則，現實上還有什麼別的事會讓他忙到這麼晚？

那盒沒有動過的雞肉三明治反覆在她的思緒裡浮現了好幾次。瘦得跟竹竿似的布雷蕭，食物對他而言，不過就像是燃料而已。只是用來維持身體和頭腦機能的必要養分。

他每天都吃同樣的東西。她已經看見過好幾次，當想賺點外快的在校生推著午餐車經過的時候，布雷蕭永遠都會點一份雞肉三明治，在付了幾個銅板之後，就把三明治擺在辦公桌上，繼續埋首在一堆學術文件之中，或是沉浸在電腦螢幕前。

瞬間一個念頭閃過，愛麗絲決定打電話到市區裡幾個比較著名的醫院，詢問是否能跟他們的病患傑克．布雷蕭通話。試了好幾間醫院，院方均表示他們院內沒有名為傑克．布雷蕭的病人，一直到她試了聖詹姆士醫院。聖詹姆士醫院的櫃檯人員告訴她，他正在加護病房裡，沒辦法跟她通話。

我推開旋轉門走出醫院，走到門外之後，我開始留神觀察醫院的動態，靜靜等待。

那個正經八百的護理師已經忙完了輪椅上的病人的事，而大廳的對面有一位穿著西裝、儀態威嚴的男士正在叫喚她。同時間，一群三十來歲的人正陪著一個穿著醫院拖鞋、牛仔褲，腋下夾著拐杖的朋友走過來。他們嬉嬉鬧鬧地湧進醫院旋轉門，顯然是在一場違禁的酒吧之旅結束後，正要將拄拐杖的朋友送回醫院。

「探病時間已經結束了。」一位護理師提醒他們。

「只是要陪他走到電梯！」其中一位朋友解釋。

「免得他又落跑！」另一個朋友補上一句，惹來一陣笑聲。

那位正經八百的護理師忙不迭地壓制這陣嬉鬧。正是好時機。我混在他們之中穿過了醫院大廳。一走到大廳底部，我馬上跟著標示加護病房的箭頭往下走。

上了二樓，沿著一條明亮的走廊往前走，就能找到加護病房。愛麗絲在電話中已經將病房號碼告訴我了。我迅速地朝目標方向前進。

我知道就算我能找到布雷蕭，也很有可能在碰到他之前就被人攔住。而且他很有可能不省人事。不過我總得試一試。

我抬頭挺胸，盡可能讓自己看起來若無其事、自信地走進病房。沿著牆面，這間病房裡排了一共十二張病床。

房門旁的一張病床邊，幾個訪客圍著一位非常年邁的病人站著。另外一邊，急救程序正在展開，護理師拉上了隔簾，另外幾個人正忙著朝她的方向趕去，其中一個人手上推著器材推車。我走進病房時，一位護理師用疑問的表情看著我，「我忘了這個，」我用我的手機當幌子，「現在要走了。」

她沒有停下腳步，我也沒有。我一直往下走，直到我走到某一張病床邊。就算事先在大學網站上看過布雷蕭的職員照，他現在的樣子已經讓人認不出來了。他半邊臉整片都是發紅的傷疤，腫到連眼睛都睜不開。看著這麼明顯可怕的證據，毫無疑問他的半邊頭部遭到了重擊。

這時候，我不免擔心起來，假使當時愛麗絲沒有在那兩名跟蹤者靠近之前就發現他們的話，不知道會發生什麼樣的事。

「我叫馬特．萊斯特，是愛麗絲．維森斯坦的朋友。」我對他說完，從他睜著的左眼搜尋回應的跡象。

在這種情況下還要他回答問題，著實令人不忍，更不敢奢望他能聽得懂我說的話了。愛麗絲說，布雷蕭聽說過我的事。他們以前聊天的時候提到過我，他知道我也有從事科學研究的背景。

「我會來這裡，是因為愛麗絲覺得她來這裡不安全。她認為自己遭到跟蹤了。」

倚著枕頭，布雷蕭的頭似乎微微地點了一下，他左眼眼皮沉重地闔上了。

「她想知道，你是不是已經看過了她的研究案的結果？解盲完成了嗎？」

「沒有！」布雷蕭呻吟地說道，意外地大聲，似乎說得很痛苦。

這引起了一旁護理站的注意。我從眼角餘光發現，一位護理師正朝我們走過來。我立刻就後悔一次問他兩個問題，而不是只問一個。

「你有沒有什麼訊息要我轉達給愛麗絲？」我問。

布雷蕭的下顎顫抖著，掙扎著吐出字句。終於，他擠出了幾個字：「通行證。被偷了。」

「被偷了。」

他左手亂顫揮舞，像是在指著我的衣領。「通行證。」他又說了一次。

「請不要打擾這位病人。」一位中年護理師把手搭在我的手臂上，冷靜但強硬地拉著我離開。

「什麼通行證？」我困惑地問。

我已經被拉著往外走了一半了，就快要聽不見他的聲音時，傳來了他粗啞但清晰的聲音：「研究室通行證！」他大叫，「叫愛麗絲躲起來！」

❖

踩著下樓的樓梯，我一邊拿出手機，朝著大廳的方向走去，經過一間已經熄燈、無人的等候室時，我按下快速撥號鍵。

只響了幾聲愛麗絲就接起了電話。

「我見到布雷蕭了。」我對她說，「看起來他還不知道妳的研究結果。」

「你不能確定嗎？」

「我幾乎沒時間可以跟他說話。不過他聽得懂我的問題。他……還有意識。」

我不想讓她知道太多布雷蕭現況的細節。

「你覺得他怎麼了？」她問。

「頭部受到重擊。瘀血。不知道有沒有骨折——」

「他們找上他了。」她說。

「『他們』是誰，愛麗絲？」

「那正是我需要知道的！」

「他們想要什麼？」

「研究結果，我猜。」

停頓了一會兒之後，我對她說：「還有一件事。我問他有沒有訊息要給妳，他告訴我，他的研究室通行證被偷走了。」

電話另一頭一片靜默。我問：「這……會有多嚴重？」

「傑克是一個很老派的人。」一陣子之後，她才開口，「他喜歡把文件都印成紙本。用螢光筆畫重點。他的辦公室裡塞滿了各種報告。」

我認出了她語氣中沉重的心情。她的研究結果會不會已經被列印出來，就擺在布雷蕭的辦公室裡？「你們的辦公室有任何保全機制嗎？」

「不算有什麼特別嚴格的保全系統。只要有通行證，誰都可以任意進出。」

「妳最好盡快打電話給他們。」

「這個時間點打電話沒有意義了。已經過了那麼久。」

「就算是緊急事件吧？」

「我不認為史丹．蘇登（Stan Sutton）會把這個看成緊急事件。」

「史丹．蘇登？」

「負責大樓維護和保全的人。」

「他怎麼會不把這個看成緊急事件？」我的音量不自覺提高，回過神來之後，我說，「布雷蕭還有另外一個訊息要給妳——不過妳已經在做了。」

「什麼訊息？」

我深吸了一口氣，讓自己平靜下來，才對她說道：「他要妳躲起來。」

10

走進一條狹小的鋪石路面巷弄，一直到接近最深處，會看到「古蘇格蘭人」門口柔和的照明。它的位置很隱密，穿過它的大門時，感覺就像正在踏進一所私人俱樂部。能夠理解為什麼洛桑・米克瑪，這位只跟愛麗絲合作過一次的研究夥伴，會提議在這裡碰面。和他簡單地透過簡訊交流之後，我們敲定晚上九點見面。

酒吧裡的氣氛很熱絡，但不至於到人擠人的程度。酒客們在狹長的吧檯邊上排排坐著，面向著裝滿了上百隻各式烈酒的鏡面酒櫃，鏡子將光線反射在酒瓶上，照得它們閃爍晶亮。一旁的桌子是用威士忌酒桶做成的，緊挨著漆成深綠色的牆面擺放。我將整個空間掃視了一番。不知道洛桑・米克瑪長得什麼模樣。他會穿著僧袍嗎？且不管他是不是僧人，你在都柏林的酒吧裡遇上一個西藏人的機率能有多大？

大部分的桌子都被占據了，不過我在靠近裡面的角落發現了一張空桌。看一眼手錶，差兩分鐘九點。

入座之後，我想起了傑克・布雷蕭受傷的臉。紅腫發炎的傷痕從他的太陽穴一直延伸到臉頰。會是那個脖子上有刺青、鬼吼鬼叫的光頭男人對他下的毒手嗎？還是那個穿著連帽運動衫、壯得像頭公牛一樣的傢伙？他們背後是抱著某種企圖的嗎？還是他們就是一時衝動、沒來由地攻擊了他？

更重要的是，我暗自祈禱洛桑·米克瑪能夠幫忙解釋這一切。到底發生了什麼事？還有為什麼格西拉會那麼堅持，要我務必弄清楚愛麗絲的研究內容？

一個年約五十多歲、戴眼鏡，穿著花呢西裝外套和牛仔褲的男人朝我走來。

「馬特·萊斯特？」他的腔調帶著一種蘇格蘭式的顫音。

看我點完頭，他與我握手，才在對面的椅子上坐了下來。「你可以叫我的法名，如果你想的話。這一帶的人都叫我喬治。」

「喬治？」我重複他的名字，迅速地修改起腦海中預設的圖像。

「喬治·弗布斯（George Forbes）。我的本名。」

在鏡片背後，喬治·弗布斯有著一對清澈無比的藍眼珠。他散發出來的氛圍如此輕盈，有個瞬間我還以為自己又回到了虎穴寺的喇嘛跟前。從他身上嗅不出一絲自我的氣味，柔和的外觀，幾乎像是不食人間煙火。

我先去吧檯替我們倆弄點喝的——薑汁汽水——一會兒後回到了座位上。

「謝謝你這麼快就答應見面。」我把飲料遞給喬治。

「有什麼急事嗎？」

「幾天前，格西旺波吩咐我，去深入瞭解跟愛麗絲·維森斯坦的研究計畫有關的一切。只是沒想到這個任務比我預期的還要困難很多。」

他點點頭。顯然他認得格西拉的正式稱號。

「在搜尋資料的時候，我讀到了你們的論文——真假咒語之間的比較。很有趣的研究。」我看著他的眼睛，「只不過它讓我留下了很多疑問。」

他處之泰然地看著我。

「那篇論文的標題有些故作玄虛？」

「我們正準備發表那篇論文的時候，」喬治回答道，「愛麗絲剛剛拿到她現在這個案子的資金贊助。資助者提供資金的條件之一就是，給那篇論文定一個模糊一點的標題。而且要限制取得條件。」

「資助者可以這樣要求嗎？我的意思是說，前面那個研究案他們並沒有提供資助，不是嗎？」

「沒有，那個案子他們沒有出過錢。」他不帶表情地看著我，「不過他們幾乎可以提出任何要求。因為愛麗絲不會放棄得到保證全額贊助下一個研究經費的機會。那也讓我輕鬆了很多。因為剛從虎穴寺回來，能有個幾個月的工作機會讓我安心許多。它幫助我安頓下來。」

「你去過虎穴寺？」

喬治穩重地凝視著我，安靜了好一會兒。「他們沒有告訴你我的事？」

「只說過你和愛麗絲之間的關係。為什麼這麼問？」

「我想這也不是什麼天大的祕密。」他似乎正在決定要不要把話說出口，一陣子之後才說道：「我去虎穴寺，是為了當你的替身。」

聽見這句話，我眼睛瞪得老大。

「你真的出現在慈仁喇嘛面前時，全部的人都鬆了一大口氣。格西拉事先給我們寫過信，交代你的情況，信的內容讓人感覺很樂觀，不過，在你沒有真的踏上前往虎穴寺的路途之前，」他聳聳肩，「輪迴啊，這個我們所居住的界域，總是充滿了不確定性。」

一直到這一刻，我才知道，原來有備案的存在。沒想到有另一個人接受了訓練，以防萬一我沒有出現。更別提那個備案還是眼前這個坐在我對面的蘇格蘭人。

「去虎穴寺之前，你的背景是——？」

「量子科學。跟你一樣。」

這不只是我第一次知道，有另一個人對於我的使命，瞭解得遠比我能想像到的還要多，除此之外，我對這個人卻是一無所知。而且為什麼要那麼強調量子科學？

「我知道我是為了某個特定的目的在做準備。」他說，「不過我從來沒有機會弄清楚真正的細節。我只見過慈仁喇嘛幾次而已。」

「然後我就出現了。」

「讓我可以自由地回到科學宅男的世界，」他的眼角閃現一抹光亮，「這對我來說可是一大解放。」

有太多問題可以繼續追問下去了。太多方面值得探索。可是我必須專注在原來的問題上。「愛麗絲的資助者。那個想要把你們的研究隱藏起來的基金會。是因為他們，所以我才無法在網路上查到任何跟她的研究相關的資訊嗎？」

他點點頭。

「通常資助單位會希望他們的名稱被放在顯眼的地方。盡可能地曝光。」我問，「可是為什麼這個基金會作風這麼神祕？」

「那是為了顧及到它可能危及到的東西，」他靠了過來，用一種機密的語氣：「愛麗絲的研究發現，帶來的將會是哥白尼等級的轉變。」他原本風度翩翩的模樣，倏地轉換成一股意料之外的氣勢，強烈到讓我覺得像是肚子挨了一拳。

哥白尼是十五世紀時的數學家，是他證明了，太陽才是太陽系的中心——不是地球。就天文學而言，這個說法是革命性的，違背了人類經驗的總和——太陽從東方升起、西方落下，看上去太陽是繞著地球轉的。然而哥白尼卻證明了，大家都錯了，並不是太陽繞著地球旋轉，正好相反，是地球繞著太陽旋轉。

更重要的是哥白尼學說裡的神學意涵。數百年來，宗教的信條中所篤信的是，上帝創造萬事萬物，而地球是這個造物的中心，至於人類，則是在這個地球上最進化的物種，是上帝最高等、最珍貴的成就。然而哥白尼的發現卻一舉摧毀了這個受人珍視的概念。

愛麗絲真的也走上了這樣一條道路嗎？她的研究發現，也將帶來哥白尼等級的革命？看著喬治．弗布斯溫文儒雅的模樣，怎麼也不像是一個會把事情刻意誇大的人。

看見我驚訝的神色，他回應道：「在這個領域，很多其他的研究將重點放在檢視冥想對與壓力相關的疾病，比方說心臟病，所產生的影響。而愛麗絲的研究——」他壓低音量，「比這些都還要深入多了。」

我揚起眉毛。

他臉上浮現一個意味深長的表情：「想想看，假如她能在疾病發生之前就阻止它的發生，會是什麼情況？」

「這是她在研究的主題？」我驚訝地瞪著喬治，完全沒想過她正在進行的研究竟然具有這麼遠大的野心。

「那人類的平均壽命……」我不禁喃喃自語，這個研究隱含的可能性在我的腦海中翻騰。

對面的喬治喝了一口薑汁汽水，豎起拇指，比了一個向上的手勢。

「過去一百年來，人類的平均壽命已經提高了非常多。」我說。

「六小時。這是我最近一次聽到的數字，」他接著說，「每一天，人類的平均壽命就增加了六小時。」

「大多數要歸功於我們對疾病的管理能力一直在提升。」

「要是真的能成功趁著疾病的成因顯現在肉體層面之前就將它們移除，那麼，愛麗絲的研究會顛覆整個醫療現狀。」喬治凝視著我，我讓自己的身體沉進椅背裡，沉吟了許久。

「以整體式的觀點來看待疾病，是一種和傳統西方醫學非常不同的視野。」他說，「有一次，也是唯一一次，我和愛麗絲聊到她的研究，那時候她用了一個比喻，」他看向天花板，試著正確地回想起愛麗絲的比喻。

我目不轉睛地盯著他。

「你開著車，這時儀表板上的故障警示燈亮了，」他說，「你不知道出了什麼問題，所以把車開到維修中心。到了那裡，維修技師發動了你的車子，看見亮著的警示燈，接著花了大約三十秒，找到儀表板背後的警示燈燈泡，把它拔了下來。然後他重新發動車子，這時候燈號已經不會亮了。於是他對你說：『車修好了。』」

聽完這個故事，我說：「消滅了症狀卻忽視根源。」

喬治點點頭。「而以意識為基礎的模型卻告訴我們，無論是健康或疾病，最初都是由心念中升起的。然後才會顯現在肉體的層面上。即便解決了肉體上的問題，你處理到的也只是症狀，而不是根源。」

「所以說，根據這樣的模型，」我思考著，「當你的身體產生疾病的時候，不應該只想要解決肉體上的不適，而是該試著去消除最初導致這個疾病的根源。」

「正是如此。要去找到你的內在失衡的地方。其實這也不算什麼石破天驚的觀點，」他聳肩，「幾乎所有的醫生都同意，壓力能導致心臟疾病、焦慮能造成消化系統的問題。

「藉由手術的手段，比方說，幫一個心臟驟停的病患進行冠狀動脈繞道手術是沒有什麼意義的，如果說這個病患在手術之後還繼續維持著原來的生活方式的話。必須要有一個整體式的改變。他必須改變自己的生活方式、精神狀態，否則同樣的情況還會再度發生。」

「你剛才說，愛麗絲正在研究如何在疾病的成因顯現在肉體之前就將它們移除的方法？」

「身心科學界的聖杯。」他點點頭。

「那為什麼你會認為愛麗絲已經有了非常重大的發現？」

喬治仔細地打量了我的表情，然後才說：「因為至今還沒有人深入研究過共振這個領域？」

我試著理解他的意思。

「量子科學也能應用在生理的層面上。」他微微激動，「這個你我都知道的原理，也是一個對虎穴寺裡的僧人們而言都非常重要的原理。」

「我能理解目前在醫學領域的人，基本的觀點大多都還是遵循著牛頓定理。」我說，「還在使用表示物質的球棍模型。」

「我們這個領域的人，」他同意地說，「物理學界的人，好幾十年前就逐漸脫離那個模型了。把物質獨立出來單獨談論，無視它背景的場域——」

「那是行不通的，」我搖著頭，「粒子不可能脫離場域。它們是場域的化現。」

「生物學界一直到今天都還未曾正視場域的存在。」他一臉嚴肅，「不過共振是一種整體式的研究事物的方法。」

在我的記憶深處，有某些東西被觸動了——那是當我還在從事科學研究時的事。正如同磁場、電場和重力場對人體的活動具有看不見但強大的影響力，同樣地，人類的生理層面也同樣受到量子場的影響。用最簡單的角度來說，在生理的層面上，我們每個人都跟自己看不見但時刻存在的心念場共振著。

在這個場域中，最強大的力量來自於我們慣性的思想、言語和行動模式。我們從事的工作、成長的家庭背景、我們創造的婚姻家庭、保有的習慣、必要的例行公事——這些對我們的意識都會帶來各種看得見或看不見的影響。

我們如何投放我們的注意力，會在大腦的生理層面上產生實質的改變。我想起加拿大科學家唐納德・赫布（Donald Hebb）的名言——同時間發射訊號的神經元會串連在一起。據我所知，練習冥想者的大腦和不練習冥想者的大腦之間，會產生微妙的差異。而大腦的變化勢必會引發整個身體運作方式的變化。

除了有意識的思想層面外，我們也和這個層面之外的領域共振著。潛意識中，我們也和我們沒有覺察的能量場域共振著。尤其是那些和我們親近的對象，有時候甚至連不那麼親近的對象，比方說已經過世了的人們，我們也經常和他們的習慣或觀點共振著。

「共振理論，」喬治說道，「也許就能用來解釋某些看似無法解釋的謎團：比方說，為什麼用同樣的複雜度、同樣的異國語言寫成的咒語，人們卻更容易學會著名的古老咒語，而不是新近被編寫出來的虛構咒語？」

「你們那篇研究！」

「正是。」

「你們呈現了實驗結果。可是沒有提供解釋。」

「愛麗絲原本想要這麼做——直到她現在的資助人介入。他們希望把結果拉到檯面下。」

因為這算是共振理論首度出現的臨床證據嗎？我不禁猜想。

「為什麼人們覺得 QWERTY 鍵盤更容易學會，而不是按照 ABC 排序的鍵盤，即使按邏輯來說，ABC 鍵盤的學習速度應該更快？」喬治說，「許多的研究結果都顯示，人們認為 QWERTY 更容易學會。為什麼智商測驗的得分逐年提高——這個現象被稱作弗林效應（Flynn Effect）——直到考題被重新設計才改變？這並不是因為人們的智力提升了。共振理論的假設認為，當我們做某件事，不管是什麼事，如果它和很多人已經做過、或正在做的事互相共振，那麼我們就會覺得它比較容易。

「一旦和周遭的場域共振，思想的模式就會變得越來越根深蒂固，然後轉化成物質的形式。慢性壓力可能會轉變成高血壓、心臟病，或是發炎症狀。而社會性的連結，或者說，與他人之間的正向共振，相較於任何其他生活方式裡的因素，例如飲食或運動，都更加適合作為一個預測長壽的指標。我們的意識活動綜合產生的效應，最終會顯現在身體的層次。所以說：你是你所吃的食物，同時也是你所共振的事物與對象。」

我專注地聆聽著喬治的說明。「假設負面的共振是疾病的肇因，那麼，要免於疾病，我們就需要和場域裡很強大且正面的事物共振。」

喬治點著頭。

「愛麗絲在研究的就是這個？」

「我猜是。不過我不知道具體的細節。」

我沉思著，想像起這種正面能量具體會是什麼樣的東西。這時候，一個青春期模樣的男孩推開酒吧大門，走到我們這一桌。一身運動服和運動鞋，他滿臉通紅，顯然剛剛結束一場運動比賽。

「我們在外面。」他對喬治說。

「馬特，這是我的繼子喬登（Jordan）。」

喬登撥開垂掛在他臉上的深色頭髮，露出一個微笑，這時喬治正把手伸進口袋裡，掏出他的皮夾。

「十塊錢夠嗎？」他遞出一張鈔票。

喬登嘻皮笑臉地接過了鈔票：「永遠夠拿去賭一把。」

「別拿去胡搞了啊！」喬治對著轉身而去的孩子喊道。

「他的外表可能看不出來，不過，喬登是唯一一個被倫敦公園路賭場禁止入場的十六歲少年。」喬治一邊說著，一邊把皮夾塞回口袋，「他能破解任何一種遊戲。他發現了某個方法，讓整個公園路賭場裡的吃角子老虎機同時吐出硬幣，整整吐了兩分鐘。」

「讓賭場吐出免費鈔票，兩分鐘真夠久的了。」我看著那個逐漸消失的背影。

「賭場可不高興了。」喬治說道。

❖

時間不多，可是我還有好多想要弄清楚的事情。「愛麗絲的資助單位——你對這個瑞士的資助單位瞭解多少？」

「接近一無所知。他是在我差不多要去進行下一個研究計畫時才出現的。我只知道他可以說是富可敵國。」

「他是一個人？我還以為是一個基金會？」

喬治聳聳肩。「設立在日內瓦的合法單位。」

我告訴他，愛麗絲對我說過她從頭到尾只見過一個人。

「你有可能知道這個人是誰嗎？」

「我猜跟想要壓制我們發表前一個研究結果的人，是同一個人。帕斯卡・拉賽爾斯（Pascal Lascelles）。」

對這個名字我壓根沒有半點概念。

「他是整個歐洲最有錢的人之一。」

我眉頭抬了起來。

「也是最孤僻的富豪之一。一個需要證明自己的人。」

「是嗎？」

「一邊致力於讓他們的家族企業站穩龍頭地位的同時，拉賽爾斯家族也盡全力讓他們的家族成員遠離公眾視線。那個家族企業就是ＪＢ製藥廠。」

太令人震驚了。ＪＢ藥廠是世界知名的藥廠巨頭之一，從止痛藥到乙型阻斷劑，出產各式各樣家喻戶曉的藥品。

「這個……帕斯卡・拉賽爾斯是JB的老闆？」

「曾經是。」喬治說，「和他的兄弟姊妹大吵一架之後就不再是了。十年前吧，說不定更久。因為是私人企業，所以需要公開揭露企業內部消息的壓力就比較少。帕斯卡想帶著家族企業朝整體式健康的取向轉型，可是他的兄弟姊妹們想要堅守傳統的製藥原理。雙方爆發了巨大的衝突——雖然我聽說過帕斯卡是個聰明絕頂的傢伙，但最終一個人還是贏不了兩個人。」

「他們付錢請他走人？」

喬治點點頭。「從此他成了局外人。也有了追求個人興趣的自由。」

「例如去資助某個可能將來會摧毀他兄弟姊妹的財富根基的研究？」

「就像我剛才說的——」喬治點著頭說，「——他是個需要證明自己的人。而且他一直用保密得滴水不漏的方式在進行。」

現在我對背後的利害關係有了幾分掌握，也知道了是誰在資助愛麗絲，我才開始猜得到，可能是誰會想要傷害她。

「大藥廠——」我正要開口。

「她的研究會威脅到他們整個商業模式。」喬治確認了我想說的話。

不久後，我們離開了古蘇格蘭人，踏著小巷裡的石磚路面往前走時，我問喬治：「對了，你認識葛雷桑・戴伯格這個人嗎？」

「那個文物貿易商？」他反問。「我們從來沒見過。」

「拉莫住持對他的評價似乎很高。」

「就算他名聲那麼臭？」喬治誇張地反問。

「我只是好奇你知道哪些關於他的事？」

「有一次我從我哥的朋友那裡聽說過一件事。他和戴伯格以前在同一支軍隊裡。那是他開始做文物交易之前很久的事。」

「軍隊？」

「精確地說，是英國空勤特遣部隊（ＳＡＳ）。」

知道了這件事之後，戴伯格的身體姿態所散發出的那份沉穩，給人感覺又添了一分凶險的意涵。

「他是整個部隊裡最受矚目的精銳之一。」

「真的？」

「他聲名在外，令人聞風喪膽。他受到世界各地各種軍種的矚目，也和他們保持良好的關係。一旦他決心要達成一件事，任誰也阻止不了他。」

11

隔天早上八點四十五分，我掃視著尖峰時段從休斯敦車站蜂擁而出的人潮。愛麗絲從來沒有從這個車站通勤過。不可能有任何人猜想得到她會出現在這裡。跟先前一樣，我堅持護送她走這一小段路，陪她到辦公室，找三一學院的保全組長報告發生了什麼事。

夾在從月台湧出的人潮之中，是她先發現了我。

「妳還好嗎？」我感覺到手肘被人拉了一把，下一秒便發現我被拖到了她的旁邊。

我留意到她眼皮底下那兩輪黑眼圈。還有臉上繃緊的肌肉。看起來是整晚沒睡。

她領著我走向三一學院她辦公室所在的校區——不是那種氣派宏偉的新古典主義風格建築，而是八〇年代左右那種缺乏特徵的玻璃帷幕大樓。一路上，我們不停地確認著周圍的風吹草動。

「可以麻煩妳通知史丹．蘇登，說我們想見他嗎？」走進大樓，愛麗絲向櫃檯的女士提出要求，「有急事。」

櫃檯接待員按下了一串號碼。我瀏覽著她背後那一面牆。在閃亮的玻璃面板上，按字母順序列出了一長串登記在這棟大樓裡的研究單位和夥伴機構的名稱。不過找不到「訊息醫學研究中心」這個名字。

隨後，我跟著愛麗絲往上爬了幾層樓，她轉過頭對我說：「玫瑰是他的超級心頭好。」

她勢必看到了我困惑的表情。

「我說的是花。」

沿著走道兩旁，是一整排樣式單調的辦公室，從地面延伸到天花板的落地透明玻璃隔間，從走廊上就可以看見裡面的桌椅、電腦設備。接著我們走進了一扇敞開的門，一進門就看見辦公桌上擺著一大盆盛開的玫瑰花，幾乎占據了整張桌子。

「這是我朋友，馬特．萊斯特。」進門的同時，愛麗絲向他介紹我。

那一盆霧粉色的玫瑰花體積龐大，飄散出滿室芳香，讓人難以一眼看穿它後方的景物。這股香味，使我感覺彷彿瞬間回到了虎穴寺。在玫瑰花的後面，坐著一個胖胖的中年男人，戴著眼鏡，雙手抱胸，正靠在椅背上打量我。

「我們有失竊案件要申告。有人的研究室通行證被偷了。」

「妳的嗎？」他眉頭翹起。

「傑克．布雷蕭的。」

「他本人沒有來報失竊。」

「他人在醫院。」

「他被人攻擊了。」我這時才開口，「傷得很嚴重。他的通行證被偷了。」

蘇登的表情沒有絲毫改變，身體依然動也不動地斜躺在椅背上。

「他跟妳說他的通行證被偷了，是這樣嗎？」他問愛麗絲。

「他跟馬特說的，昨天晚上。」

「在校園裡被攻擊？」他瞄我一眼。

我聳聳肩膀。我看得出來他想把話題帶往什麼方向。這證實了愛麗絲昨天提過的擔憂。

「假如是發生在校園裡，那確實是個安全問題，」他肯定，「不過那也還是得交由警方來判斷。」

「那通行證呢？」愛麗絲問。

「如果每一次有人跟我說通行證被偷我就能賺一塊錢，那我現在就是個大富翁了。」他嘴角上揚，「我想『弄丟』可能是一個比較適合的字眼。」

「我擔心他的辦公室裡面放著我的研究案列印出來的報告。」在蘇登譏諷的表情面前，愛麗絲的語氣聽起來很慌亂。

「妳是說小偷想用他的通行證去偷妳的研究數據？」他做出一個皮笑肉不笑的微笑。

我遵照慈仁喇嘛的教導，把視線專注在附近的某個物品上——那盆玫瑰花——做了一個有意識的深呼吸，藉此控制我腹中升上來的怒火。畢竟我是親眼見過布雷蕭的傷口的，那毫無疑問是被人蓄意攻擊。我們得讓蘇登做好他該做的事。

顯然蘇登看見了我的表情，只不過被他誤會成我對他的玫瑰感興趣。

「你看看這些花瓣的形狀。還有它們優雅細緻的香味。真是巧奪天工啊。」

伴隨著滿屋子的花香，蘇登提到「花瓣的形狀」時，激起了我某一段回憶。某天早晨，慈仁喇嘛對著一叢玫瑰彎下了腰，那是在密院的花園裡，這個區域是整個虎穴寺最隱密、也是地球上最接近天堂的區域。精巧濃郁的香氣飄散在虎穴寺清新純淨的空氣中，慈仁喇嘛摘下了一朵玫瑰，對我說起關於這個玫瑰品種的一些事。

「大衛・奧斯汀（David Austin）。」玫瑰的名字毫不費力地從記憶深處浮現，我脫口而出。

「啊！」蘇登的臉亮了起來，「他真是玫瑰的專家！」原本斜躺在椅背上的蘇登突然坐直了身體，放開交抱在胸前的雙手。他用一種讚許的眼光看著愛麗絲。

「愛麗絲……她會非常感激你的。」我抓緊這個機會，「如果您願意幫她查查看，過去二十四小時內，有沒有人用過布雷蕭的通行證。」

坐在椅子上的蘇登轉過頭，手指在鍵盤上敲了起來。

用不了多久，螢幕畫面上出現了某些資訊，他將螢幕旋轉過來給我們看。在布雷蕭的大頭照旁邊，排著一列日期和時間記錄。最後一行紀錄顯示的是前天的深夜十一點十三分。

「在加班嗎？」蘇登的態度轉變了。

愛麗絲彎腰湊到螢幕前面。「那麼晚？」電腦螢幕詭異的藍光映照在她蒼白的臉上，「艾勒莎・辛格頓是最後一個在辦公室看到他的人。她說她看到他的時候，是晚上八點四十分。當時布雷蕭還跟她說，他餓了，很快就會回家。」

蘇登把螢幕轉回原位，迅速地往前瀏覽過去幾個月的紀錄。「他不是夜貓子型的人。至少在這棟大樓裡不是。」

他拿起辦公桌上的話筒，按了四個數字。

「丹尼，請你幫我調一些監視器的畫面好嗎？前天晚上，十一點十三分，還有身分檢查。」

蘇登掛回話筒，看著愛麗絲。

「妳覺得會是盧德主義者（Luddite）嗎？」他問。（註：源自十九世紀工業革命時期，強烈反對紡織工業化的社會運動者，後世則延伸為強烈反對新科技的社運分子。）

「我想不至於吧。」

「妳剛才不是提到列印出來的紙本報告？不過我跟妳說，如果是我們電腦系統內的東西，我還管得著，可是如果今天有人把敏感文件印出來隨便放在辦公桌上……」

「我不是說他一定有印出來，只不過我還是想檢查一下他的辦公室。」

「如果照妳說的，那他的辦公室可能已經成為犯罪現場了，我不能讓妳進去。」他又變回了一副撲克臉。

焦慮爬滿了愛麗絲的五官。她激動得幾乎說不出話。

「愛麗絲擔心的是ＩＴ漏洞，」我試著把主控權拿回手上，「因為我們不知道布雷蕭把他的密碼記在什麼地方。」

「在他腦袋裡吧。」蘇登頂回來。

「你確定？」輪到我擺出一臉懷疑的表情了。「五十三組密碼全都記在腦袋裡？那麼多不同平台的密碼——工作用的、銀行的、業務上的、政府機關的還有社交媒體上的，全都記在腦子裡？」

我盡可能讓自己的語調保持中性，「我猜，他應該會跟大多數人一樣，把這些密碼寫下來，存放在某個地方。而他保存密碼的地方，很可能就在他的辦公室。」

假如這番話激起了蘇登的憂心，那他並沒有表現出來。不過他也沒有反唇相譏。

這時螢幕上出現了訊息通知，他點開那則訊息——看來是前天晚上的監視器畫面。他把螢幕朝我們的方向轉了一半，按下播放鍵，全螢幕的黑白畫面上出現的是一樓大廳的景象，螢幕左上角顯示著時間數字，畫面每十分之一秒就會跳一次。

大廳原本空無一人，直到十一點十三分，大門外出現了一個人影。那個人在讀卡機上刷完卡，走進大廳時，他的臉正好對著攝影機，這時蘇登按下了暫停鍵，我們三人全都往螢幕的方向湊了過去，想看個清楚。

這名男子身材粗壯，穿著深色的連帽運動衫，頭藏在帽子裡。愛麗絲和我交換了一個眼神。他就是昨天在街上追我們的其中一個人。他低著頭，從螢幕上看不清楚他的五官。不過那件連帽運動衫、他的體型，還有他走路的樣子，一定是那個人沒錯。

蘇登再次按下播放鍵，影片繼續播放，出現的是內部走廊上的監視器畫面。男子的手臂下方夾了一個運動提袋。十一點十四分，他從某個樓梯間出現，沒有半點猶豫地往某個方向前進。他先推開了一扇防火門，接著用他特有的步態，大搖大擺直闖布雷蕭的辦公室。

看見他這麼明確的前進路線，就連蘇登都皺起了眉頭。

那個男人走進布雷蕭的辦公室之後，就沒有進一步的監視器畫面了。我們無從得知他在裡面幹了哪些勾當。不過，二十分鐘後，攝影機的鏡頭再次捕捉到他的身影，手臂下方仍然夾著那個運動提袋，往大門的方向走去。

蘇登把監視器畫面重播了好幾次之後，對著螢幕點點頭，「安全漏洞。我會跟警方報備。也會檢查我們的 I T 系統。」

「什麼時候——」愛麗絲開口，「我是說，大概要多久……？」

「妳很快就會接到警方的消息了。過幾天吧。」

「要好幾天？」

蘇登撇了她一眼，「他們一定會先去詢問布雷蕭博士。他是調查的起點。」眼見她臉上痛苦的表情沒有消失，他接著說，「現在事情看起來是有人偷走他的通行證，好潛進他的辦公室。表面是這樣沒錯。可是為什麼？打從我在這個位子上工作開始，像這一類的非法入侵，」他比了比螢幕，「非常少見。十年裡不超過三、四件吧。而且理由永遠都是因為私下有糾紛。職業上的競爭。從來都沒有人是為了要竊取智慧財產的。如果歹徒想要的是妳的研究結果，他們會試著駭進網路系統。不會伸著狗鼻子在辦公室裡面找什麼印出來的文件。」

旋轉椅上的蘇登轉了過來，正面對著愛麗絲：「妳擔心的是妳的智慧財產？」

愛麗絲咬著下唇，點了點頭。

「布雷蕭是一個身上隨時都有一整打案子在忙的人。妳為什麼會認為這件案子一定跟妳的研究有關？」

「那個人，」她伸手指向螢幕，「昨天跟蹤我。」

「跟蹤妳？」他兩條手臂在胸前交叉。

「在外面。大街上。」

「那時候我跟她在一起。我們攔了一台計程車才甩掉他們。他們有兩個人。」

蘇登狐疑地看著我，毫不買單的樣子。顯然剛才搬出大衛．奧斯汀名號贏得的信任都用光了。

「這些事你們留著跟警方說吧。」他額頭皺在一起，仔細審視著愛麗絲好一陣子，「我記得妳有一次跟我聊過妳的研究計畫。那時候妳說，如果妳成功了，沒有任何人能夠用妳的智慧財產賺走一分錢。這是真的嗎？」

愛麗絲微微低頭，確認了這番話。

他用眼睛上下將愛麗絲打量了一番，接著問道：「如果是這樣的話，那誰會想偷走它？」

❖

愛麗絲不發一語地帶著我往回穿過走廊，走下樓梯，走到下面一個樓層。這個樓層的陳設和樓上差不多，都是一整排單調的辦公室。她在其中一扇門前停下腳步，開始在手提包裡找鑰匙。

「這是妳的辦公室？」我問。

她點點頭。

「妳不覺得現在進去裡面有點危險嗎？我是說，也許在裡面不方便說話？」

她愣住了。過了幾秒，她把鑰匙放回手提包。「我知道有個地方可以去。」她說。

我跟著她重新走回樓梯，一直走到地下室。地下室的發電機發出震耳欲聾的噪音，我們迅速地通過包圍著它的彎曲走道，盡可能快點遠離它。幾分鐘後，我們穿過了迷宮般的地下室，往上爬了一小段樓梯，走進一間昏暗的海洋生物研究室。

研究室裡有一座巨大的水族箱，占滿了一整面牆。簡直像是裝了一扇可以直窺海底風景的觀景窗。大片珊瑚礁從水缸的一端延伸到另一端，海葵在水流中搖晃著。望進青綠色的水缸深處，會看到遠處有某些騷動進行著。時不時會有一些深海魚類短暫地閃現，轉眼間又隱沒在暗處。幫浦不間斷地低鳴著。

「瑪希－麗茲（Marie-Lise）是我的朋友。這是她的研究室。」愛麗絲朝著水族箱走去，一邊說道。

我點頭。

她轉過身，雙手環抱在胸口，抬起下巴指著樓上。「你看到他的反應了吧。」

「尖酸刻薄又懶惰。」我附和，「不過並不笨。他確實指出了那個最該問的問題——究竟是誰想對妳的研究結果下手？」

「跟蹤我的人。」她的聲音尖銳了起來，「害得傑克住進加護病房的人。」她搖著頭說，「你知道嗎？原本我打電話到醫院找人的時候，心裡想的是他也許食物中毒了，沙門氏桿菌之類的。可絕對不是這種情況！」

「要是妳能儘早跟傑克講到話——」

「剛才來的時候在火車上我已經打過電話了。病房只讓直系親屬跟病人對話。可是我也不能只是坐著，什麼事都不做——」

「我同意。妳之前跟樓上那傢伙說過，沒有人能用妳的研究結果發財。這是事實，不過，這不是真正的重點吧？」

「什麼意思？」

「真正的重點在於——是誰會因為妳的研究結果蒙受損失？假設妳證實了妳的研究，這對大型製藥廠來說會是一個災難級的商業衝擊。這是最嚴重的生存威脅。」

這時，一條身長好幾碼的海鰻從水族箱的深處游了出來，就在她的背後張開了嚇人的大嘴，嘴裡的牙齒閃閃發光，水底的沙子隨著牠橫掃而過的身軀捲起一陣沙塵。

「如果喬治·弗布斯告訴我的事情是真的的話。」我補了一句。

「你們說過話了？」

「只是覺得也許可以找他談一談。」

「你在網路上查不到任何跟我的研究有關的資料，大藥廠確實是背後的理由。所以當然了，他們是頭號嫌疑犯。可是，究竟是大藥廠裡面的誰？他們想要什麼？如果那兩個流氓昨天在大街上抓到我了，下一步他們打算做什麼？就算他們把我殺了，研究成果還是在的啊。」

「只不過，就沒有人能取得它了。」

「這就是我昨晚一整晚在擔心的事。」她往前踏了一步，焦躁地扯著皮包的把手，「會不會他們的目的就是驅逐我和布雷蕭，取得數據，然後處理掉它。」

「毀了妳的研究成果？」

「等到我跟布雷蕭重回研究中心，如果我們真的回得來……」

仔細思索過喬治昨晚對我說的那些話之後，這也是我一直在擔心的事。

「也許該是妳把研究案的主導權拿回自己手上的時候了。」我說。

「怎麼做？」

「去看一看妳的研究結果。」

她的雙眼睜得老大。

「我和喬治見過面了。我也見到了他的繼子喬登。」

「你說那個被賭場禁止進入的喬登？」

「如果他駭得進公園路賭場的系統，我想駭進史丹．蘇登的系統對他來說，應該只是小事一樁。」我瞇細眼睛，「妳覺得呢？」

從一早到現在，我第一次看見她下巴的線條似乎放鬆了下來。我的提議也許令她吃驚，不過她正認真考慮著。終於，她說道：「值得一試。」

「好。」我點點頭，「如果妳想的話，我來打電話——」

「不用了。」她說，「我來問喬治就好。」這也是今天早上以來第一次，她的神情裡露出了一道希望的光芒。

「還有一件事，」我說，「也許這也是時候妳該主動去聯絡資助妳的基金會了。」

「我只見過那個人一面。好多年前了。」

「拉賽爾斯？」

她點頭。

「妳有他的聯絡方式嗎？」

「我們從來沒有直接聯絡過。」她說，「永遠都是透過布雷蕭。為什麼你會覺得我應該這時候去找他？」

「布雷蕭住院了。還有人在跟蹤妳。樓上的蘇登只管著聞他的玫瑰花。今天如果妳是這個研究計畫的資助人，難道妳不會希望有人來告訴妳，現在到底是什麼情況嗎？」

愛麗絲轉過身，在水族箱前面踱步，深色鱗片的魚兒們在她的身旁搖搖擺擺，順著水流上下滾動著。她右手抓緊了皮包的背帶，左手拇指在其他的指尖上來回滑動著，似乎沉浸在某種她難以言明的思緒中，陷入了不確定感的深處。

終於，在她踱步走到水族箱的最遠端，又走回來之後，她轉回來面對我。「我沒辦法好好用言語說明，不過我就是有一種感覺——」

「感覺？」

「這裡面有什麼東西。」她用左手食指指著自己的心臟。

提起直覺感受不太像愛麗絲的風格——至少，在這種需要涉及專業思考的情境之下。倒不是說愛麗絲欠缺直覺力，而是，她的內在身為研究型科學家的那個部分十分清楚，嚴謹的證據才是行走在物質主義世界的通行證。

此刻，她卻願意跟我分享某個感受，只不過這個感受是更偏向於右腦而非左腦的。但這並不代表我就會比較輕率地看待它。

「那種感覺好像是說，我不想要把事情搞得比現在更糟。」她說。

「如果按照喬治跟我說過的話來判斷，帕斯卡．拉賽爾斯應該不是問題的來源。麻煩的是他的兄弟姊妹。」

「我懂。但這整件事都讓我好困惑。」

「除了布雷蕭，妳認識任何人可以告訴妳，拉賽爾斯是一個什麼樣的人嗎？有沒有任何人可以幫忙釐清——」

「嗯。」她給了我一個同意的眼神，「我知道你要說什麼。」她思索著，眼珠子隨著思考骨碌碌轉動，正努力回想著。

「有一個人。」她想到了，「對，」她豎起食指指向天花板，「氣博士（Dr. Qi）。」

「奇？」

「她的本名叫琳賽（Lindsey），不對，是林。林江博士（Lin Jiang）。她是研究氣的專家。你知道吧，就是指生命力量。她有一個研究計畫需要資金。所以我告訴她去那個基金會試一試。那是

三、四年前的事。」

「那她去了嗎？」

愛麗絲點頭。「傑克幫她聯絡了拉賽爾斯。她去了一趟巴黎跟他碰面。他投資了一筆錢。後續怎麼樣我就不清楚了。好久沒見到她了。」

「她住在哪裡？」

「就在這裡。都柏林。不過她總是到處跑來跑去。」愛麗絲讓皮包的肩帶從肩膀上滑下來，開始把手伸進包包裡，找起她的手機。解鎖之後她滑著通訊錄名單，找到林江的名字時，愛麗絲看著我，揚起眉毛。

我肯定地點了點頭。

12

一個小時後，我們搭上了一班駛離都柏林的火車。坐在我們對面的，是林江博士。她正準備前往高威參加一場為期兩天的研討會，她答應給我們一點時間——如果我們不介意跟她一起搭火車的話。

在這節接近無人的車廂裡，最初的半小時，林江博士都坐在最遠端的座位上，戴著入耳式的耳機，參加一場電話會議。偶爾她會對著下巴附近的麥克風快速說出一連串的意見。電話會議結束後，她扯下耳機，轉頭對我們示意。

愛麗絲走到她正對面的位置上坐了下來。我坐在愛麗絲旁邊，看著面前這位女性。她有一頭隨性飄散的棕髮，姿態活潑，表情變化多端。第一眼給人感覺的印象是她十分機敏，遇到事情時能夠在短時間內迅速理出頭緒。

「我們希望妳能夠幫助我們多瞭解一些關於基金會的事。」愛麗絲開口。

「妳是指帕斯卡·拉賽爾斯？」林江博士瞇細雙眼，「他不是還在提供妳研究資金嗎？」

「是。只不過一直以來都是傑克·布雷蕭——」

「保持距離。」林江博士理解地點點頭，「我記得。傑克最近好嗎？」她的神態很溫暖。

「在加護病房。他昨晚被人襲擊。」

林江博士露出了震驚的表情。同時也像是快速地在思索著什麼事。「妳的研究這會兒不是差不多該結束了嗎？」

「是的。」

「妳沒事吧，親愛的？」她往前靠了一點，牽起愛麗絲的手，握在自己的手中。

愛麗絲的視線低垂到了桌面上。

林江博士看了我一眼。

「最近發生了很多麻煩事。傑克被人攻擊，還有其他的狀況一直冒出來，我們認為這些情況應該要讓拉賽爾斯先生知道。只不過，我一直都跟他沒什麼接觸。」

停頓了一會兒之後，林江博士才問道：「妳們想知道他是一個什麼樣的人？」

愛麗絲點點頭。

放開了愛麗絲的手，林江博士重新靠回椅背上，凝視著車窗外移動的鄉間風景。「我和他相處的時間也不多，」她說，「三年前，大約就半個週末吧。」

「然後呢？」愛麗絲追問。

「他是個極端聰明的人。邊緣型的天才。文質彬彬又有騎士風範，頗有某些歐洲男性特有的那種氣質。對於我們的領域，擁有非常豐厚的知識，」她的手在空氣中比劃了幾個圈子，「身心科學。」她說。「妳知道他們家族的事嗎？」

「JB大藥廠。」愛麗絲點頭，「帕斯卡和另外兩個兄弟姊妹決裂。」

「我聽說他的兄弟姊妹想要維持傳統的經營方式，」我補充，「可是帕斯卡．拉賽爾斯想要投入在醫學上的新一次大躍進。所以他們決裂了。」

「那是故事的一部分，」林江博士說，「他不只想要把公司的研究和發展帶往一個完全不同的方向，他還想更深入地參與世界衛生組織的事務。他花了很多時間待在日內瓦，發展上層的人脈。在他的眼中，全球健康的未來應該是大家共同攜手合作的。」

「聽起來很博愛。」愛麗絲說。

「某部分是。」林江博士同意，「他同時也把世界衛生組織看成一座寶庫。」

「因為它裡面的元資料（Meta-data）？」我問。

「沒錯。世界衛生組織所搜集到的數據資料是世界上其他組織都比不上的。當然他們有自己的理由。只不過同樣的數據，可以被其他組織運用在不同的目的上。帕斯卡看見了緊密合作的好處。他的兄弟姐妹沒有。」

「什麼樣的元資料？」愛麗絲發問。

「我知道他對亞洲特別感興趣。他資助了那裡的某些研究，缺乏維生素所造成的影響這一類的主題。因為跟我自己的研究沒有關聯，所以我沒有仔細去看。」

「妳的研究和他合作得怎麼樣？」愛麗絲問。

「很有幫助。」她說，「只不過，就跟這個領域大多數的研究一樣，研究結果引出的問題比得到的答案多。」

我知道有某個特定的問題，長久以來一直占據著林江博士的心思。剛才她忙著電話會議時，我趁著等她的這段空檔，上網搜尋了一下她的背景。她鑽研「氣」，或稱之為身體的電磁能量，或是生命力，她是這方面的專家。我發現，她最早是在舊金山接受過針灸治療師的訓練。

「氣」是所有生命體中流通的能量，而針灸的基本治療原理則奠基其上。在人體中，氣是一股豐沛且自由流動的能量，除非它受到某些因素的干擾，例如情緒或身體上的壓力、受傷或感染，它才會中斷或受阻。針灸師會利用細小到幾乎感覺不到的針頭，在遍布人體的能量經絡上尋找特定的穴位進行調理，藉此移除阻滯不通的氣。

針灸在東方已經流傳與應用了超過五千年，如今也已經在西方受到認可，到了連醫療保險都會給付的程度，而且根據我個人的經驗，針灸確實有神奇的功效，尤其是針對疼痛管理或是消化系統問題。

從我所搜集到的資料來判斷，林江博士的整個研究生涯，大抵上都在試著回答一個非常明確的問題：究竟「氣」的定義是什麼？——也因為這樣，她才得到了「氣博士」這個暱稱。

看著火車餐桌對面的她，我向她提出了這個問題：「那個研究幫助妳定義了什麼是『氣』嗎？」

她看了我一眼。「我想它定義出的是當今科技的局限。」她身體往前傾，「不管怎麼說，世界上在這個領域裡最聰明的科學家們，都在試著為一個單一的問題尋找答案。問題是很簡單，但答案卻顯然一點都不簡單。」

愛麗絲和我都忍不住往前坐了一點。

「那個問題是：確切是在哪一個點上，能量轉變成了物質？什麼時候我們可以說：『從這一個點開始，剛才原本不是以物質形式存在的，現在存在了。』或者說，假設波和粒子真的是無法分割的存在，那麼是在哪一個點上，波，或者說場域，影響到了粒子？氣是如何和生理的層面互動，支持正面的功能、抑制無用的功能？」

「在細胞的層級上？」愛麗絲提問。

「在更基礎的層面上。原子的層級。」林江博士回答，「真正令我感興趣的是，能量是如何顯化出形式，又是如何影響形式的。確切是在哪一個節點上，精微能量影響了物質，甚至是轉化成了物質？」

我回想起和喬治．弗布斯之間的對話。他談到大多數醫界人士的觀點都還停留在牛頓定理、生物物理學的球棍模型，即便如今的我們早就知道，事實遠比這些早期的理論更加複雜，也更加難以預測。

「我想，能量影響物質或顯化成為物質的關鍵，應該是取決於能量的。」我提出我的看法，「不過這兩者不都是同一件事嗎？都是從心念中升起的。」

林江博士熱切地審視著我，那眼神和虎穴寺的喇嘛們如出一轍。

「妳在嘗試去測量並且量化那些現象嗎？」我問。

「這就是妳希望帕斯卡．拉賽爾斯資助妳研究的項目，是嗎？」愛麗絲問。

林江博士點頭。「以量子科學的角度來看，當人體內的電子密度不足，就意味著健康已經失衡。電子參與了所有形式的生理過程。氧氣是一種強大的電子受體。當我們呼吸的時候，我們實際上是在促進體內的電子數量增加。」

「照妳這麼說——電子就是西方科學家所說的氣？」我問。

「這正是我一直以來在探索的，」她點頭，「所有有生命的組織，在電子自旋共振實驗中都會釋放訊號。研究人員最近幾年才開始把注意力放在電子對健康的影響。截至目前的研究似乎顯示出了，當體內的電子不足時，人體會產生從睡眠障礙到慢性發炎等各種失調現象，而這些現象可能是癌症的前兆。」

愛麗絲和我專注地聽著她所說的話。我知道電子是穩定的次原子粒子，存在於所有的原子之中，而且是固體內電的主要載體。不過，電子可能就是西方用來形容氣或普拉那（prana）的術語，這說法我倒是頭一次聽說。而且這項提議確實有種難以抗拒的說服力。

「妳的測量進展到什麼程度？」我問。

她眉頭皺在一起。「很棘手，」她說，「我們都知道，所有的生物化學過程最終都是由電子的傳輸所驅動的。現在已知的部分是它在細胞層級上的運作方式，我們也知道當細胞中的電子耗盡時，這些細胞所組成的器官會發生什麼事。挑戰的部分在於精準地觀測到一個電子什麼時候會動、什麼時候不會動。什麼時候它在、什麼時候它消失。」

愛麗絲點著頭。

「某件事物是如何從一切可能性都存在的場域中升起的？」林江博士往下說，「這個現象無時無刻都在我們周遭、也在我們之內，發生在所有的層面上——量子層面、細胞層面、器官和身體的層面。不過，它所有的起點，」她用兩隻指頭敲了敲桌面，「就在這裡。就在當事物開始成形的次原子層面。問題在於，」她輪流看著愛麗絲和我，「該如何在次原子的層級上觀測電子的移動。跟隨電子的移動是目前的我們還做不到的事。即使我們有能力在電子上面做記號，例如替它加上某種輻射標籤，但這也很有可能會改變電子傳輸的方式。」

「觀察這個舉動本身就能使被觀察者產生改變。」我提出了量子科學界廣為人知的一個概念。

「正是如此。」她點點頭。

愛麗絲望向窗外，青蔥翠綠的田野飛掠而過，不久她轉回頭，筆直看著林江博士的眼眸，正色說道：「意圖也是能量的一種形式嗎？」

「我會說，它是意識最細微的形式之中的一部分，而意識最細微的形式也包含了能量。」林江博士認真地看著愛麗絲，「意圖不會單獨存在。一個沒有心識的人不會產生意圖，意圖需要由意識中升起。意圖是知曉的一個面向，是我們最細微的心識裡的一個元素。另外一個元素就是能量。氣。」

「知曉與移動。細微心識的兩個部分。」我同意她的說法，「心識朝向哪裡，能量就流向哪裡。」

「當我們弄清楚箇中機制的那一天——」林江博士說。

「——我們就真正理解了創造的機制。」愛麗絲替她把話說完。

我正思考著她們倆的對話時，愛麗絲接著說：「現在我明白為什麼拉賽爾斯先生如此深受妳的啟發了。」

林江博士靠回了椅背上，銳利的眼神審視著愛麗絲：「現在你們想知道他是不是一個值得信任的人。」

「他是嗎？」愛麗絲回。

「首先要看的是他的意圖，」她對著愛麗絲點點頭，「套用你們的話來說，他追求的是一種更覺醒的健康照護方式。他相信，我們正站在一場科技革命的最前端，我們一定會看到量子科學給醫療方式帶來的變革。終有一天，人們會摒棄現在這些充滿了有毒副作用的化學治療方法，就像我們曾經拋棄過的老舊手術方法一樣。那是他要走的方向。」

林江博士語氣有些曖昧，似乎話裡有話。

「可是？」愛麗絲追問。

林江博士陷入了思索的表情，隔了一會兒：「要留意他的自我。」

「妳是說……他是一個沉浸在自己的想法中的人？」我問，不確定林江博士接下來想說的是什麼。

「我們碰面的那個週末，他很少談論關於自己的事。」林江博士說，「他不是那種汲汲營營個人利益的人。不過我相信他背後是有某種東西在逼著他的。救世主情結。他需要這種認可。」

喬治．弗布斯說過的話在我耳邊響起。他是一個需要證明的人。

林江博士看著愛麗絲，說道：「我敢肯定，他是刻意不跟妳有聯絡的。不是因為他不重視妳的研究，而是他希望它不受污染。」

愛麗絲眉毛高高挑起。很明顯地，這是她第一次用這種角度來思考她資助人矜持的作風。

「其實我一直不知道妳在研究什麼？」

「大部分是保密的狀態。」愛麗絲回答。

「聽起來很像拉賽爾斯會做的要求。」

「妳剛剛提到他有救世主情結，」愛麗絲想進一步弄清楚，「那如果說，我讓他知道我的研究遇上了一些麻煩，妳想他會怎麼反應？」

「如果他覺得自己悉心呵護的寶貝研究遭到威脅了——」林江博士認真地注視著愛麗絲，「就算移山倒海，他也會出手幫妳的！」

❖

林江博士放在桌上的手機震動了起來。是預先約定好的一通電話，倫敦打來的。我們的時間結束了。

我們往回走向車廂的另一頭，愛麗絲站在座位之間的空隙裡，打了幾個電話。其中一通是打給喬治・弗布斯，請求他的兒子喬登幫忙的。喬登立刻就答應了，他的態度輕鬆自若，只問了兩個問題：什麼時候想看結果？要把檔案寄到哪裡？

愛麗絲走回坐位時，火車開始減速。我往窗外一看，發現高威就快到了。

「我們要不要找個安靜的地方討論一下，然後——」她舉起手機。我想她的手勢是在說打電話給帕斯卡．拉賽爾斯的事。剛才林江博士已經把號碼給她了。

我點頭同意。「她說的話很鼓舞人心。」我歪了一下頭，指向林江博士的方向。

愛麗絲看著我的眼睛，點了點頭。

❖

火車抵達高威車站，我們下了車，穿過車站大樓，走到戶外。艾爾廣場的石磚路面在我們的眼前展開，一路延伸向一座綠意盎然的公園，公園裡有成排的大樹。我們先走過鋪著石磚的區域，接著走向草坪，然後繼續朝廣場對面成群的建築物走去。那一帶看起來有不少餐廳和旅館。

走到一半，愛麗絲轉過頭看我，神色突然變得慌張。

「不要回頭。他們在後面。」她低聲說道。

「妳確定？！」

「不確定。不過我覺得是。」

「一樣那兩個人？」

「一個看起來是監視器拍到的那個人。黑色連帽衫。」

「離我們多近？」

「二、三十碼。」她加快腳步。

「這樣吧，」我的思緒奔騰，構思著該怎麼應變，「到馬路對面。看到泰瑞斯飯店了嗎？他們一定會有監視器。有警衛。妳在那裡面不會有事。」

「那你呢？」

「我會繼續往前走。我們會假裝揮手道別。我會裝作我要去別的地方。我會沿著那條路繼續往前走，走到超過銀行那裡。我想繞回來看看他們是什麼來歷。」

她的臉色白得像一張紙一樣。

「好嗎？」我問。這時候我們已經快走到廣場盡頭的街上了。

「好。」她說。

人行道的號誌快要轉成紅燈了，馬路的對面就是泰瑞斯飯點，爬上三級階梯之後就能抵達飯店大廳。這時路上的車不太多，趁著右邊一輛巴士、左邊一台摩托車朝我們開過來之前，我抓起她的手，一起跑過馬路。

「快進去！」假裝揮手道別的時候，我說。

她踩著樓梯上去了。

我繼續往前走了大約五秒，才回頭瞄了一眼飯店入口。

就在這時，我看見了那兩個人。一樣的兩個傢伙。脖子上有刺青、光頭的高個兒。跟另一個穿黑色連帽衣，有點跛腳的傢伙。他們一點都沒有要走進飯店的意思，腳步連一秒都不曾猶豫。他們正跟著我的方向走來。

他們發現我看見他們了嗎？

我把雙手插進口袋裡，加快步伐。這可不是我原本的計畫。我，或說我們，一直以為他們跟蹤的人是愛麗絲。我的眼前沒有半間商店、酒吧或任何就近的建築物入口。只有一條長長的磨石子路，一路延伸到銀行門口的台階。

也許他們只是想確認我要去什麼地方。

附近只有零星幾個行人。路上也沒什麼車經過。我可以聽得見他們在我背後的腳步聲。而且越來越近。

依照這個速度來判斷，在我走到銀行門口之前，他們就已經趕上我了。我掃視街道對面，想看看有沒有可以脫身的路線。

可是對面除了另一家銀行以外，什麼也沒有。那家銀行外牆裝的是深色鏡面玻璃，看著鏡面玻璃反射的街景時，我忍不住盯著那兩個人看。

被他們發現了。這瞬間，他們立刻邁開腳步追上前來。

13

我拔腿狂奔，全速向前衝刺。

我把手從口袋裡拔出來，盡可能用最快的速度跑向銀行。

不用再裝模作樣了。他們要逮的人是我。可是為什麼？我對他們有什麼用？我對愛麗絲的研究內容一點概念都沒有。他們不知道嗎？

就在我接近銀行門口的前一刻，正準備往樓梯上跑，這時裝著銅環門把的銀行大門打開了，兩個快遞人員拉著一輛裝滿文件的小拖車出現在門口，堵死整個大門。

我只好繼續往前跑。

過了銀行，出現了一整排商店，服裝店、珠寶店、傢飾品店等等。在陌生的城市街上遭人追逐，我能怎麼辦？我可以衝進去一家安靜的小店，那兩個男人會跟進來，但店員可保護不了我。

我需要保護。在人行道上全速狂奔，街上的人群目光紛紛集中在我們身上。追我的人不受半點影響。我聽得見他們重重的腳步聲，就在我正後方。我繼續全力奔跑，暗自期盼著會碰上個警察、軍人——任何能提供安全的人物。腎上腺素在我的身體裡狂奔，推動著我的腳步。各種聲響與氣味的碎片，以從未想過的方式迎面襲來。一面留意著能夠讓自己脫身的所有可能性，我感到自己從來沒有如此亢奮過。

我已經看過他們是怎麼對待布雷蕭的了。他斜躺在加護病房的枕頭上，那張腫脹不堪的右臉，那個畫面依然鮮明地停在我的腦海中。

等我跑到商店街一帶時，我知道自己必須怎麼做。這一整排賣的都是小吃，漢堡、烤馬鈴薯、炸魚薯條。我從人行道上闖進一間果汁吧，店裡明亮的燈光打在水果色彩的牆面上，我衝向不鏽鋼櫃檯，溜了進去，直衝廚房。正在打果汁的店員嚇了一跳，抬起頭來，驚嚇地看著我從他身邊跑過，跑向店後面一扇通往外面的門。門沒有上鎖。

我推開門，發現外面是一條小巷。其他幾家小吃店的後門也通往這裡。其中有幾扇是半掩著的。這時果汁吧的廚房響起一陣騷動，追我的人也闖進店裡了，我連忙鑽進一間漆黑的儲藏室，關上了門。

我給自己爭取到了一些時間——能有多久呢？這條街上的商店並不多。我當然可以躲在角落裡，祈禱他們不會發現我。但這個辦法感覺不太可行。

於是，我走出儲藏室，走進前面的店鋪裡。踏進店鋪之後，我發現這是一間用毛利語「海神」（Tangaroa）命名的刺青店，這時一個身材魁梧的毛利人，正坐在刺青師傅的座位上，彎著腰看早報。

他抬起頭，與我目光相會的那一刻，我看見他寬大的五官上刺著生猛的圖案，看起來像是海浪，也可能是火焰。

我正往大門口走到一半，他用一種驚人的速度從椅子上跳起來，我含糊地連聲抱歉。

過了幾秒，一陣怒吼傳來，我立刻明白是怎麼回事。回頭一看，我看見毛利人兩腿岔開，站在他的工作室中央，而追趕我的兩個人就被他擋在另一頭。

我拔腿跑出刺青店。右轉之後，我搜尋著可能安全的地方。任何有監視器或警衛的地方也許都能為我提供一點保護。高威的警察局在哪裡？在市政大廳裡？我盡全力拉遠我和追逐者之間的距離，因為我知道，他們也許很快又會追上來了。

右前方街角有一幢巨大的建築物，是一整片有屋頂的大市場。我看到一樓有一個農產品攤販，再遠一點是賣肉的。這兩攤後方，就是一般會在市場看到的各種攤販。要不要躲進去那裡？有沒有可能利用這個市場徹底甩掉追我的人？

我盡可能在不引起騷動的情況下，用最快的速度跑進市場。不知道他們多久以後會猜到我逃跑的方向。不知道他們現在離我多遠。就在快要跑到市場最裡面時，答案便自動揭曉了。我聽見一位女士在走道上突然被推開，傳來憤怒的尖叫聲。

原本我以為，既然這是一間在馬路轉角的邊間市場，一定兩面都會有出口才對。可是等到我跑到最裡面，才發現自己面對的只是一整面牆壁。一個個攤位背靠著牆面排列。跑進一大堆攤販的市場裡，妄想會有不同出口，這個自認為聰明的舉動轉眼讓我自己陷入了絕境。無路可逃。唯一一個能夠離開的出口就是原來的入口。

市場上方的夾層有一家麵包店和附設的咖啡館。往那裡跑也許是冒險的舉動。不過聽見不遠處巨大的碰撞聲，一個手工藝品攤位陷入騷亂，被撞倒的攤頭木頭珠子灑落一地的聲響傳來，我只能選擇繼續往前跑。我跑上樓，跑進咖啡館背面，這裡的視野可以將整個市場一覽無遺。上面一層樓是一整片涵蓋了整座市場的開放式儲存區，往前延伸到盡頭的牆面上有一扇窗戶，位在一個蔬菜攤位上方。

我的心臟撲通跳著，躡手躡腳朝咖啡館的邊緣走去，小心翼翼地不讓自己暴露在下方的市場可能看見的角度，一面掃視著攤位之間的人流，確認追趕我的人的所在位置。

他們也已經跑到市場的最裡面了。正在檢查每一個我可能躲藏的角落。他們翻找著攤位的下方，掀開掛著衣服的衣架，翻箱倒櫃，把箱子弄得東倒西歪。從樓上往下俯瞰，就像是看著一道高速的漩渦，在市場裡席捲出各種混亂。只不過這漩渦只搗蛋了一會兒，他們就決定往樓上試試。

這家咖啡館布置得像是一間鄉村小木屋，桌上放的是蕾絲餐巾、花俏的骨瓷杯，玻璃櫥窗裡擺滿了糕點。櫃檯是這個空間裡唯一可以藏身之處，不過正當我想鑽進去時，店裡的女主人阻擋了我的去路。背後的樓梯響起一陣雜亂的腳步聲。他們馬上要追來了。

無處可躲的情況下，只剩下一個選擇。我衝向欄杆，翻過一道「禁止穿越」的告示牌，穿梭在一堆疊放在一起的箱子和棧板後面，急忙往前逃跑。我聽見背後的咖啡館杯盤碎裂的聲響，接著是一陣痛哭。他們跟上來了，正在翻過欄杆。

我向前跑著，沿路翻倒紙箱和桌椅。儘管我知道這麼做最後可能會把自己逼向死角，不過我仍掙扎著想要盡量擋住我的追逐者。我一邊閃躲著木地板上的缺角，一邊盡可能在背後留下更多的障礙物。

終於我跑到了夾層樓的最深處，在差不多腰部的高度，有一扇起霧的老舊窗戶。我用右腳的鞋子砸破窗戶，一陣冷冽的空氣灌了進來。

窗戶正下方就是農產品攤販的天篷。往前一點，已經下完貨的卡車沒有熄火，暫停在一旁。在我的背後，被翻倒的木製茶櫥砰地一聲，劇烈地顫抖了一下。一支斧頭的刀鋒出現在箱子之間。我看見了那個高個子男人的側臉。他脖子上刺的那隻狼蛛，深藍色的長腿環抱住他的頸項。當他舉起斧頭，打算再砍一記時，臉上的表情幾近瘋狂。

只有一條路可以走了：從窗戶跳下去。我先踢掉還殘留在窗框上的玻璃尖，接著手腳並用，讓自己硬是擠過窗戶，爬向窗台。從窗台站起身之後，我縱身一跳。飛越過天篷時，我又再度經驗到那種奇異的、彷彿雙倍慢速運轉般的強烈體驗。一部分的我，身體正在半空中向前飛馳，另一部分的我，則是分分秒秒觀看著這一切。這時我伸長雙腿，準備降落在卸完貨的卡車上。而正是落在車上的這一刻，我聽見了引擎的發動聲。車子一晃，往前開動了。

路上的車流不大，卡車很快便加速了。我回頭看，兩個追趕我的人就擠在破掉的窗邊。他們頭探出窗外，穿著連帽衫的男人盛怒地掄起拳頭。另外一個刺青的光頭高個兒，對著他的同夥，將手舉到脖子前方，緩緩劃出一道橫線，作出殺頭的手勢。

❖

卡車迅速地往前開了好幾百碼。卡車司機若是有留意到我跳上車時造成的那陣晃動，我猜他也沒有半點想要停下來一探究竟的意思。到了下一個十字路口，車子左轉，從這裡開始，我們已經完全離開了市場的視線範圍。直到卡車因為路旁一輛並排停放的轎車而將車速放慢時，我趁機跳下卡車，迅速跑進離我最近的一家商店。這是一家油漆行，進了店裡之後，我掏出手機，打開共享汽車叫車程式。

兩分鐘後，一位亞洲男性開著一輛豐田轎車出現在門口，我告訴他目的地——我剛才在網路上查到的一間位於郊區的租車行。不過中途要先經過泰瑞斯飯店。我低下頭，坐進後座深處，避免讓窗外的人看見，接著給愛麗絲發了一則簡訊，通知她我正在去接她的路上。

那兩個追趕我的人，就算他們立刻從市場離開，也來不及在我抵達之前回到泰瑞斯飯店。只是不曉得除了他們兩個人之外，飯店外面還有沒有其他人。

車子一停在門口，愛麗絲馬上快步從大門的樓梯跑下來。她鑽進後座，坐到我的身邊，吃驚地見到我一身狼狽的模樣。汗水正沿著我的兩頰往下流淌。

「你怎麼了？！」車子開動，摻進馬路上的車流中時，她用口形無聲地問我。

「待會兒再告訴妳。」我壓低音量，「我們先去租車。剛才的人就是昨天那兩個人，我已經把他們甩開了——暫時。」

她害怕地回頭望了車外一眼，這時車子正駛離艾爾廣場，遠離高威市區。她滿臉心疼地凝視著我的雙眼，伸出手，牽起了我的左手，緊緊地握在她的雙手之間，然後看向擋風玻璃之外，筆直地望著前方。

租車行裡有兩輛空車可以選。我們租了一輛可以在都柏林異地還車的轎車。雖然愛麗絲和我身上都帶著該有的證件和聯絡資料，不過完成租車手續還是需要時間。半個小時後，我們終於坐上了這輛租來的福斯汽車，駛離租車行。

❖

不久後，我們置身在一整片錯落有致的田園風景之中，鄉間小路兩旁草木扶疏，遠處還能看見農舍屋頂上的煙囪，幾縷藍灰色的炊煙緩緩上升。轉進一條小路，我把車子開進了一小片樹林裡，在這裡，我們可以暫時將自己隱藏起來，不被路上的人看見。在經歷了人生中最恐怖的一場追逐戰之後，我急切需要下車，走到戶外，讓自己好好喘口氣。

愛麗絲能夠理解。她似乎也有同樣的渴求。站在林地中的她，環抱雙臂，抵擋迎面吹來的冷風，目光飄向眼前綿延不絕的原野，腹部隨著呼吸起伏，就這麼佇立了許久。

好一陣子之後，我走向她身邊。她轉過身，迎上我的視線，神情烏雲滿布。

「有件事情我需要弄清楚。」我注視著她，「妳第一次發現自己被人跟蹤，是什麼時候的事？」

她揚起眉毛，移開了視線。「這幾個星期以來，感覺一直不太對勁。」

「是不是兩天前，我第一次去找妳，嗯，就是我原本想給妳驚喜的那一次？」

「在那之前我就已經有一種被監視的感覺了。」她說。

「因為妳發現自己被跟蹤，所以才有被監視的感覺？」我必須弄清楚細節。

「很難解釋。」她搖著頭說，「總之我知道一定出了什麼事。」

❖

「在我們昨天一起在街上走動之前，妳曾經親眼看見過任何人在妳家外面，或是妳的實驗室外面跟蹤妳嗎？」

「沒有。」她承認。

我大大地嘆了一口氣。

「怎麼了？」

「剛才追我的那兩個人，跟昨天是一樣的人。他們來勢洶洶，」我搖搖頭，「明顯不懷好意。」

「噢，馬特。」她捏了捏我的手。

「所以我意識到，他們要追的人其實不是妳，是我！」

她露出了驚訝的表情。「可是昨天我下班的時候，他們就在我的實驗室外面！然後我們一起離開你住的飯店的時候，他們又出現了。在我們一起走了一段路之後，我已經很肯定他們在跟蹤我。」

「他們是在跟蹤妳沒錯。」我點頭，「不過那是為了透過妳找到我。因為他們不知道我住在哪裡。我才剛到都柏林而已。」

「如果真的是這樣的話——」她問，「那他們為什麼要去傑克的辦公室？」

「這就是我卡住的地方。」我搖搖頭，「我想不透。」

「而且他們怎麼會知道我要去找你？」

「也許他們不知道。不過只要他們一直跟著妳——」

「甚至是他們如何知道我和你有聯絡的？」

這不是今天裡的頭一次——我想起了那個傍晚，我在加德滿都的宅院裡，看見的那張葛雷桑・戴伯格的臉。還有他嘴裡的那句：「我們佛教圈子裡，鑽研量子力學的科學家。」

「他們掌握的訊息，可遠比妳所能想像的還多。」我說。

「你說的那些人究竟是誰，馬特？」她絕望地問道。

「我現在沒有答案。」我低下頭，「不過有件事必須讓妳知道。」

❖

我說出了發生在加德滿都的事。佛像裡的伏藏消失的事。我在帕坦的街上被兩個康巴人追著跑，而且他們是坐著戴伯格的車追我的。我是怎麼溜出了尼泊爾邊境，跑到印度，然後才搭飛機到了都柏林。我把這些過程一一說給了愛麗絲聽。

「是什麼樣的人——」愛麗絲不禁大嘆，「會在全世界都有眼線，可以追著人跑——」

「喜馬拉雅地區最惡名昭彰的文物大盜，」我說，「葛雷桑・戴伯格。」

愛麗絲皺起眉頭。「可是，住持要你去找的人不就是他嗎？」

我點頭。「喬治・弗布斯還跟我說了一件事。戴伯格以前是特遣部隊的。」

「什麼？」

「那是很久以前的事，比他開始做文物生意還要早很多年。不過很顯然，他到今天還是有很多軍方的人脈。」

「這太不合理了！住持說你可以相信他。」

「是沒錯，」我說，「而且我確定住持是真的這樣想。不過如果妳回頭看看自從我跟他見面之後發生的每件事，妳想想看，還有誰擁有跟他一樣的資源？還有動機？」

一陣冷風穿過田野襲來，愛麗絲轉過身，望著一整片青翠的綠地。

「你的意思是說住持信錯人了？」

我沉默了半晌，才回答：「也許當一個人與世隔絕地在寺院裡住了那麼多年、幾乎是好幾十年，他對世俗的世界就變得不那麼敏銳了。」

「可是他說戴伯格是一個值得信賴的人？」愛麗絲還在同一個問題上打轉。

「整個不丹大概沒幾個人會跟他說一樣的話吧。」在背後說出反對住持的話，讓我有種背叛他的感覺，可是現在不是適合假惺惺的時候，「在發生了不丹史上最大型的文物失竊案之後，戴伯格就被官方禁止入境了。當然，他否認這件事和他有任何關係。不過那一點都說不通。」

「那你覺得戴伯格是怎麼取得住持信任的？」愛麗絲依然掙扎著想弄懂這一點。

「我想住持只是想要看到他內在最好的一面吧。」

愛麗絲轉過身，直視著我：「住持也有天眼通的能力。就跟格西拉、跟慈仁喇嘛一樣——我沒說錯吧？」

她的目光灼熱，我覺得自己彷彿在接受審查。

「無論多麼不食人間煙火、多麼與世隔絕，他都還是有看人的能力。」

「有天眼通的能力就夠了嗎？」我挑戰她的想法，「不丹的寺院裡有那麼多比丘也都有天眼通，但這並沒有阻止失竊案發生啊。」

愛麗絲對這番話沉吟了許久。終於，她開口問：「你把伏藏帶來愛爾蘭了嗎？」

正打算開口回答的那一刻，我想起了住持嘴裡常說的一句話，於是我改口，借用他那句話：「也許現在並不適合用這個訊息來增加妳的負擔。」

她眉頭翹了起來，一會兒後才說，「好吧，」她淺淺一笑，「為了我自己好。」

「可以這麼說吧。」我同意。

❖

接下來的一個小時，我們一路開回都柏林。我們聊到布雷蕭，想著他不知道什麼時候可以離開加護病房。我們不清楚他傷得有多重。而且即使他已經被轉到普通病房、可以見訪客了，我們也不確定他對於那天晚上的事還有多少記憶、他又願意吐露到什麼程度。更何況不只是我們，警察也會忙著問他一堆問題。

信。

我們也聊到喬治．弗布斯的兒子喬登，還有請他駭進布雷蕭的帳號時，他那種一派輕鬆的自

「林江博士呢？」沉默了幾分鐘之後，她問：「你覺得她怎麼樣？」

「很了不起。」我說，「我是第一次聽到有人提出『氣』跟電子可能是同一件事這種說法。我很喜歡她那種直搗核心的作風。切中要害地去探索思想、意圖如何顯化在原子的層面。事物是如何被創造的。感覺上她已經站上了這整套全新的療癒途徑的前端。」

我往旁邊看了一眼，看見愛麗絲的眼裡閃過一抹光亮。

「我剛剛是不是正好說到了妳的研究？」

她挖苦地看著我。「也許現在並不適合……用這個訊息來增加你的負擔。」

「噢，是嗎？」我調侃回去，「謝了哦！」

又開了一段路之後，我說：「她告訴我們的拉賽爾斯的那些事，也蠻耐人尋味的。」

「JB大藥廠。」愛麗絲苦笑了一下。

「對於一個有所追尋的人來說，他一定覺得那樣的環境很令人窒息。」

愛麗絲點頭。

「聽到林江博士的話之後，妳對他比較放心一點了嗎？」

「你說移山倒海那一段？」她思索著，「現在我相信我們一定可以找他幫忙。」

「我同意。」

「其實我已經試過打電話給他了。只是訊號太弱。」

「妳的手機在哪裡？」我吃了一驚。自從上了火車之後，我就沒有再看過她拿出手機了。

她調整了一下脖子上那條灰色的棉質圍巾，那上面有個小口袋，她的手機就裝在裡面。「這樣就不需要一直用手拿著，」她說，「我會留意收訊。」

「嗯哼。」

車廂裡又安靜了好一段時間。然後我問她：「運用冥想、觀想的方法來進行療癒，有關這一類的主題，我有些事情想要瞭解。」

我往她的方向看，確認她聽見了我的問題。

「我們都知道改變正在發生。妳、林江博士或其他研究者，無論妳們正在鑽研的是什麼，我們都知道，它的效力可以非常強大。」

愛麗絲點頭。

「不過我們也知道，它不是永遠都有效。」

「你的意思是——」

「有些生病的人——比方說長了癌症腫瘤的人好了。他們接受了專科醫師的治療，做了一切西方醫學認為該做的事。他們也非常勤奮地練習療癒冥想、做盡所有他們的老師教他們做的練習。可是病情不但沒有好轉，還惡化了，癌細胞轉移，說不定最後還是死了。」

「嗯。」

「所以，」我聳了一下肩膀，「這不是讓這整個領域的工作看起來很不可靠嗎？」

「噢，我懂了，」她說，「你的意思是，結果很像是碰運氣的是嗎？」

「對！」看見她對我的疑問處之泰然的模樣，我鬆了一口氣。

「這要看你用什麼來衡量，還有你採用的時間軸。你觀測的是這些方法對症狀的影響？還是對疾病成因的影響？」

「對症狀的影響是指？」我反射性地回。

「腫瘤的成長情況。對發炎症狀的影響。」

「大多數的人會認為這些就是疾病。是疾病的不同表現。」

「如果你決定採取這種觀點的話，那麼你就必須回答這些問題：這些疾病是哪裡來的？是什麼導致了它們？」

「慢性壓力？」我聳肩，「基因？經常暴露在毒素之中？」

「這些答案在我聽來更像是在碰運氣，」她堅定地說，「如果說你和你的家人都有同樣的基因遺傳，那麼為什麼只有某些家族成員會得到遺傳疾病，另一些家人卻不會？如果說慢性壓力會讓人生病，例如說心臟病好了，那為什麼有些每天生活在高度壓力中的人身體狀況還是很好，另外一些生活在壓力很小、或是幾乎沒有壓力的情況中的人，卻反倒得了心臟病呢？」

「基因、壓力，等等這些，都有可能是影響疾病形成的因素，」她接著說，「然而疾病底層的根本原因，是起源於心識。我正在進行的研究假設，採行的是這個原理。」

「好，」我說，「那妳剛才說，要衡量一個療癒方法是不是有用，取決於你衡量的方式，這句話具體是什麼意思？」

愛麗絲在一旁嘆了口氣。

「你的想法是，一個方法要嘛就是有用的，不然就是沒用的，是嗎？」

「沒錯。」

「那今天有一個已經流傳了很久、很有效的冥想方法，它不也是要嘛有用、要嘛沒用？」

「那要看練習的人的修行功力。」我說。

「當然。可是對一個專注力普通的一般人來說，做那個冥想的結果就可能有效，也可能沒效。」

「那是肯定的。」

「假設我們今天有足夠大的樣本數、針對某項練習進行了足夠長的時間，結果這些人幾乎都沒有表現出任何身體疾病的現象，這代表了什麼？」

「這個練習方法能夠預防疾病？」

「這是一點，」她點點頭，豎起一根手指。接著她豎起第二根手指：「那另一點呢？」

我想不出別的了，只好搔搔頭。

「第二點和第一點一樣重要。」她搖了搖手指，然後自己給出了答案：

「它證明了『疾病起源於心識』這個假設。疾病是從心識之中升起的。那是一切的起源。是健康與不健康的源頭。」

「好。可是對某些人而言，這種方法成效太慢了。這些練習也許可以幫助他們的頭腦——」

「所以我才說那還要看你採用什麼樣的時間軸。」她點著頭說，「假設我們把『死亡就等於終點』這種物質主義式的觀點暫且擺在一邊，試著敞開另外一種觀點：在人死後，意識仍然會以一種精微的形式繼續存在，那麼，在這種觀點下，哪一種情況比較好？是讓意識繼續攜帶著疾病前進，或是讓意識中的疾病消融、再繼續前進？就算在這一世，已經來不及阻止症狀吞噬你的身體，但是來世呢？總有一天，你遲早要面對真正的根源，否則疾病只會一再地顯現。」

「所以，妳所說的療癒，關乎的不只是眼前這一世。」

「我們必須要超脫短視的觀點。如果我們用一種更全面的角度去看待意識，那麼療癒的方法就會顯得更加重要。療癒要著眼的不只是現在，而是更遠的未來。」

我注視著她的雙眼，以及她眼底的那份堅定，我想起自己在虎穴寺裡所學習到的，和她剛才提出的觀點幾乎不謀而合。我在慈仁喇嘛的照拂之下，逐漸熟悉的洞見和實踐，在她的口中，被清晰地表達出來了。

❖

路程仍繼續著，而天色已逐漸暗了下來。我們的肚子開始咕嚕叫了起來。得找點東西吃。此外我們也得弄清楚下一步該往什麼方向去。離開高威的時候，我腦袋裡唯一的目標就是擺脫追逐我們的人——但是不能搭火車。起初我設想著回都柏林去，把愛麗絲護送回那間由她的神祕男伴麥可所擁有的郊區房子裡，讓她安全地待在那裡。

不過沿途上討論了一陣之後，我們意識到也許回去都柏林並不是一個好主意。只要我們一直待在高威和都柏林之間的某個鄉下地方，追我們的人怎麼可能發現我們在哪裡？等到明天，我再帶愛麗絲回去，讓她去找拉賽爾斯談一談。至於我自己，我得決定好下一步該怎麼做。只有一件事我十分肯定：我是絕對不可能回去原來的飯店了。

到達塔拉莫爾時，夕陽已接近西沉。塔拉莫爾是一個規模不大的小鎮，在鎮中心的主要街道上還是能看得見幾家酒吧和旅店。兜了幾圈之後，我們選定了「奧米莉之家」落腳。這裡是一家傳統的愛爾蘭酒吧，屋外擺設著精美的手寫看板，透著光亮的窗戶，彷彿在告訴我們，在這裡一定可以享受到美味的家常菜。它門口還有一塊黑板寫著：「提供住宿」。

民宿女主人身材福態，兩頰紅通通的，腳邊還跟著一對傑克羅素小獵犬。當我們向她詢問住宿的事時，有別於我的預期，她沒有帶我們到酒吧樓上，而是帶著我們走到屋子的後方。穿過停車的空地之後，出現了幾間馬廄改建成的客房。她站在其中一個房間門口，忙著撈出正確的鑰匙時，我和愛麗絲就在一旁看看周圍環境。

大約幾碼之外，停車空地的對面有一座果園。夕陽下，果樹的枝葉就像是一片黑色的剪影，疊印在一片昏黃的背景之上。一陣纖細香甜的芳香，飄來到我們身邊。

「可惜天快黑了，」愛麗絲說，「真想在附近逛逛。」

「也許明天？」

民宿女主人找到了鑰匙，推開門，領我們進屋。「有浴室的主臥在右手邊，如果繼續往前走，」她告訴我們，「就會看到客廳。」

屋內的陳設相當簡樸，但是清潔得很乾淨。我直接走向了客廳。愛麗絲先轉進主臥查看了一下房間，隨後才跟上來。她走進客廳時，我對著沙發點了一下頭。「我睡這裡就行了。」我說。

❖

還在不丹的時候，我經常想像有一天，當我再次和愛麗絲相會時，會是什麼樣的光景。我們的書信往來一開始以為只是幾個月，後來卻變成了好幾年，我總是好奇，靠著這種老式的書信方式彼此聯絡，究竟會讓我們的關係走向哪裡？

當我們再次見到對方時，我們彼此會有什麼樣的反應？每當我在喜馬拉雅山上，一個人坐在孤松下，翻閱著她寄來的書信時，總能感受到一股殷實的親密感，像一道暗流，在她的字裡行間湧動著。當我們真正見面時，我還能同樣鮮明地感受到這種親密嗎？當我們一起坐在餐館或咖啡館裡，望著桌子對面的彼此時，會是什麼樣的情形？當我們倆單獨共處時，會有什麼樣的感受？

自從慈仁喇嘛過世、我匆匆忙忙離開虎穴寺以來，沒有一件事情是按照我的想像發生的。包括了我跟愛麗絲之間的事。這天晚上，在我點完餐，回到我們坐的餐桌前時，已經是最接近我想像中的正常情況了。畢竟就連今晚也不能算是一個正常的夜晚。

「點好了。兩杯檸檬汁，」我放下飲料，「還有兩份素的千層麵。老闆娘八成會覺得我們是一對怪胎。」

「至少我們是一對點了餐還訂了房間的怪胎，」她說，「不算太糟糕。」她舉起了檸檬汁。

「願一切眾生免於疾病。」我也舉起了我的杯子。

我們一起舉杯致敬。

❖

晚飯過後，我們回到客房裡。愛麗絲試著打電話給帕斯卡．拉賽爾斯。以一個鄉下小鎮來說，這裡的訊號算是不錯的了，只是拉賽爾斯沒有接電話，他的號碼也沒有可以留話的語音信箱。愛麗絲試著打了好幾通，結果都一樣。他正在搭飛機嗎？還是吃晚餐？愛麗絲決定明天早上再試一次。

我用主臥室裡的浴室沖了澡，再回到客廳時，發現愛麗絲已經替我把沙發布置成睡床的樣子了。

「不是最理想的擺法。」她看向我。

「也算是不完美中的完美了？」我說。

「算吧。」

她給了我一個擁抱之後，獨自進入了臥室。

❖

我需要的不只是洗掉身體上的汗水而已。我還想要洗刷掉那些驚恐、創傷，將所有的惶惑不安都拋諸腦後，重新和超越這一切的永恆連結。

我拿了一個靠枕當禪修坐墊，用毯子裹住身體，閉上眼睛。我做了幾個非常深長的呼吸，讓空氣充滿了我的肺部，而當我吐氣時，我將一切全都吐出——所有的感官感受、思想、記憶和情緒。我觀想自己將普拉那或氣以淨化之光的形式吸入身體，就像是喜馬拉雅山上純淨的晨間空氣，吐氣的時候，則讓我的經驗、創傷、一切我想釋放的，像黑煙般吐出。每一次呼吸的循環，就是一次淨化與釋放。吸入正面的，釋放負面的。

願我能以此善業，儘速證得開悟，以此帶領其他眾生——無論他們身在任何角落，盡皆平等、無一餘漏——全然臻至圓滿的開悟。

我花了一點時間進行九節佛風呼吸法，讓自己沉澱下來、重新找到平衡，放掉正在禪修的馬特這層自我認同，單純地與呼吸合而為一。這是一種清澈無邊的狀態，不再有任何的概念、認同，是純然平靜的感受，無始、亦無終。

在這樣的狀態之中，就像一道波浪從海洋中升起，慈仁喇嘛出現了，沐浴在深藍色的光輝之中。蓮花座姿的慈仁喇嘛，右手握著一枝櫻桃李，左手捧著一碗甘露，祂凝視著我，神情洋溢出非凡的愛與慈悲。祂正是至高無上的療癒者、藥師佛本尊的體現。

七彩奪目的光芒從祂身體的每一個毛細孔中綻放出來，心的區域更是光芒耀眼，他左手心上的那碗甘露，也一同放射出斑斕的光輝，這些光束很快地包圍了我的身體，滲透我的全身。

「每一種顏色都代表了某一種轉化的特質。」慈仁喇嘛曾經這麼告訴我。藉著不斷地修持，我漸漸熟悉了身體在經驗到每一種顏色時，相應升起的各式感官感受。

白色是淨化的顏色。所有的負面性，不論是身體疾病或是不快樂的情緒狀態、所有的包袱和受苦，都能消融在淨化的白光裡。白光浸透了我的整個存在，觸及到每一個角落，無論是我的身體、我的心智，每一個細微元素都得到了淨化。伴隨著淨化，我體驗到一份平靜，那份平靜如此地浩瀚無邊，使我超脫了肉體局限，走出我只是一個血肉之軀的短視想法。一個更擴展、更精微的現實在我的覺知中展開，在那裡沒有任何限制，時間和空間的意義也全然不復存在。緊繃狹窄的自我感消失了，取而代之的，是無始無終的純粹意識。

接著我感受到的是藍色，藍色是療癒的顏色。藍色是三原色中的一種顏色，燦爛深邃的鈷藍色不但擁有豐沛的動能，也充滿了治癒的力量。它能夠立即消除疼痛、發炎、阻塞、壓力、停滯等所有的失衡現象，像浪潮一般，一波又一波地用充沛的活力和健康，扭轉疾病、洗刷身心連續體。它的影響力深遠、不受任何局限，不只帶領著身體、也帶領著意識重新回到完整的狀態，消弭心識之中所有的疾病根源。此時此刻，毋需任何我刻意的努力，只是啜飲著深藍色光的能量，便增強了我的復原力。僅僅是沉浸在它的陪伴之中，便增強了一種全然的幸福感。

紅色是能量的顏色。它是創造熱情、製造活力的火焰，它是能夠顛覆冷漠的顏色。慈仁喇嘛曾經說過：「沒有充沛的能量，是不可能在靈性上有所成就的。」紅色的能量讓人在修行的道路上即使遭遇顛簸，依然能保有熱忱，就算面臨著可能被環境壓倒的風險，仍舊能堅持住對意義的追尋。紅色的力量激發一個人的使命感，推動了希望與夢想。在得到紅色光和甘露的灌注之後，我感到不只是身體，就連身體之外的層面，都重新充飽了能量。

綠色帶來和諧。遼闊舒緩的綠色，是大自然的顏色，是肉身起源的視覺提醒。在綠色的能量中，一切都會恢復平衡。當我們因為太過沉溺在思想之中、太少活在當下而和生活失去連結，綠色是一劑解藥，幫助我們重回與自然的連結。在得到綠色光和甘露的灌注之後，我再一次回歸自己，回想起什麼才是單純的，重新與我真正的根源校準。我回到了家。

金色是喜悅的顏色。它是帶來希望的曙光，使一切成為可能，是豐盛與樂觀的神妙象徵。沉浸在金色靈動的能量中，一股活潑閃耀的氛圍將會升起，歡快的愉悅感滿溢。金色讓我想起自己不可思議的好運——在世上無數芸芸眾生之中，我成為了少數有幸親近佛法、學習它寶貴的修行方法之人。我得到了難能可貴的機會去培養菩提心、開悟的意識，有機會為自己和他人帶來終極的利益。假如幸福是一件內在的運作，那麼有機會接觸到佛法這種專門設計來涵養最終極的幸福、世上最強而有力的實踐方法，難道不是一種無與倫比的幸運嗎？沐浴在金色光的能量中，我雀躍地體認到：我是一個多麼有福的人啊！

這一晚，我持續在禪修的狀態中，接收著彩光和甘露的滋養。它們幫助我恢復活力與平衡，這正是此刻我所需要的。結束之後，我放鬆地沉沉入睡。

❖

一道詭異的光線使我醒來。睡眼惺忪的我，一時間想不起自己身在何處，眼前一片灰糊糊的景象，什麼也看不清楚。一陣寒意讓裹在毯子裡的我蜷縮起來。我就這麼躺著，半睜著眼，只看見一點點光亮。那陣寒意似乎是隨著那微弱的光而來的。

現在我在哪裡、昨天發生過的事，這些碎片慢慢流回我的意識，轉過頭，我往沙發背後的方向看去，接著看向另一邊，那裡是關上的落地窗簾。幾秒鐘之後，我才找回方向感，挺起身子，看了看通往主臥的短廊，然後再遠一點，看向大門口。門開著。

記得昨天傍晚到這裡時，天色已經暗了，晚風將樹梢的芳香吹拂過來，愛麗絲看著果園，說她希望可以在附近逛一逛。我猜也許是她想趁著清晨時分，沒有人來打擾的時候，起床去果園裡走一走吧。她一定是沒把門關好，所以讓門被風吹開了。冷風不斷地灌進屋裡。我迅速甦醒過來。

我坐起身，做出了一個新近養成的習慣動作，摸摸胸口，確定那只金屬管子還安然地掛在脖子附近。站起來時，我拉了拉身上的毯子當成保暖的披肩，接著走向門口，想把門關上。

半途中，我在主臥門口停下腳步，往房裡查看。是空的。

走到門口，當我的手指握住門把，正準備要關上時，某件事吸引了我的注意力：屋外的聲音。一半像是悶哼，一半像是喉頭發出的低吼，猶如一頭困住的野獸。聽得我寒毛直豎。

我一踏出門外就看見了愛麗絲，在空曠的停車場對面。冰冷的晨曦之中，她跪在一棵樹下，黑色電纜線捆綁住她的身體，她的嘴也被堵住。穿連帽衫的傢伙左手抓著她的頭髮，右手亮著一把刀，直瞅著我。

一看見我出現，淚水立刻盈滿了愛麗絲的眼眶。

同一個瞬間，我突然跪倒在地上，我感覺到後腿被人用力踢了一腳，接著是背上的一陣重擊。

「佛像裡面的東西在你手上。」頭頂上方傳來一個東歐口音，「交出來。」

14

正要把手伸向脖子時，一股力道橫掃過來，我冷不防被摺倒在地，一陣痛楚傳遍我的手臂。

「不准動。」他命令我，「跟我說在哪裡？」

「脖子。」我沙啞地回答，突然的攻擊讓我幾乎說不出話。

他扯下我身上的毯子，扔在地上。我的衣領被往後一扯，露出了脖子上的麻線。當歹徒拉起我藏在衣服裡的麻線時，我的視線一直停留在愛麗絲身上。行蹤暴露、受到嚴重暴行侵犯，我們倆都被眼前這個局面所震懾。站在我背後的男人順著麻線摸到最尾端，摸到了掛在上面的那支金屬管子。他把它摘了下來，從眼角餘光，我看見他將它高高一舉，像戰利品一樣。

❖

等我恢復意識，我意識到自己在門邊甦醒過來。

一旁的愛麗絲正瘋狂地扭動著，想要掙脫背後手腕上的電纜線。她一面掙扎，一面淚眼婆娑地看著我。

她想要喊我的名字，可是她的嘴被堵得很牢，只能發出一些刺耳的喉音。我感到一陣茫然，左看右看，一時分辨不出自己在哪裡、在這裡做什麼。

過了好一會兒，我才發現自己可以動。我的手臂、兩條腿都還有反應。雖然全身昏沉沉地，我還是勉強側過身，支著身體坐了起來。我想不起來發生了什麼事、我怎麼來到這裡的。不過愛麗絲看起來需要人幫忙。她轉身背對我，好讓我把纏在她手上的纜線解開。

她手上的纜線綁得很緊，我花了好一會兒功夫才解開。然後我又花了更長的時間跪在她背後，幫她拆下綁在她臉上的纜線，好取下堵在嘴裡的布團。這時候她則忙著解開捆住她兩個腳踝上的結。

等到我終於幫她取下塞在嘴裡的布團時，她又嘔又咳，彎下腰猛喘了一大口氣，接著一陣嘶啞的乾咳，才把哽住的氣吐出來。這樣反覆喘咳了好幾回之後，她終於平緩下來，用手背仔細地擦了擦嘴巴。她嘴唇兩邊都腫起來了，留下了電纜線的勒痕。

等到她抬起視線，我看著她，將她擁入懷裡。我們就在門邊擁抱了一會兒。

「你記得發生了什麼事嗎？」分開之後，她問我。

我注視著她蒼白的臉。直到剛才，我的記憶都還是一片空白。現在才逐漸恢復。我想起看到愛麗絲跪在地上，人被綁住時的驚嚇。意識到追我們的人真的找上門來了。還有背上被踹的那一腳。頭上有塊地方感覺有點潮濕，我抬起右手摸了摸，才發現指尖全沾滿了鮮血。

「止痛藥。」她站起來。

她走進屋裡，從她的皮包裡拿出了一盒止痛藥。我吞了兩顆。我頭上的疼痛不太是普通的頭痛，更多的是被打的地方的皮肉痛。

「所以，」她憂傷的藍眼睛變得黯然，「他們在追的人真的是你。」

我點頭。「我們得快點離開這裡！」我走去抓起掛在椅子上的夾克。

「他們還會回來？為什麼？」她瞪大了眼睛。

「說不定我身上還有更多他們想要的東西。」

「有嗎？」

「我們最好趕快離開。盡快。」

很快地，我們走向租來的車。「他們到底是怎麼找到我們的？」我打開車門。

「從租車的地方？」她猜。

「他們不知道我們開的是哪一條路。也不知道我們走了多遠。就連我們自己都不知道。」握著方向盤，我轉過頭，愛麗絲和我彼此對望，剛才的事件所引發的恐懼、對下一步的擔憂，在我們倆之間迴盪。我發動了引擎。

「我覺得我們好像……失根的浮萍。」她說。

我點點頭，回憶起生活在虎穴寺時的那段時光，每天規律作息，總是清楚自己該做的事、也很清楚做那些事的理由。現在看來，那樣的日子多麼天真無邪、多麼安逸。而此刻，就如同愛麗絲說的，沒有任何一件事是確定的。我們的道路每分每秒都面臨著威脅。

車子才剛開上通往都柏林的主要幹道，我的手機就響了。私人號碼。愛麗絲接起電話，按了擴音，替我握著手機。

「我是住持，」話筒清晰地傳來他獨特的嗓音，這個剎那我彷彿回到了他的辦公室裡，就站在他的身邊，一起踩在那塊老舊磨損的刺繡地毯上，也立刻感受到了他堅若磐石、無所不知似的威嚴。短短四個字，不僅僅把我召喚回他在虎穴寺的辦公室，更重要的是提醒了我他存在的事實。

「記不記得你離開虎穴寺的時候，我要你去見戴伯格？」他問。

我認得出他這種語氣。每當有比丘像任性的孩子那樣不遵照住持的指示，因此惹上麻煩，於是住持不得不重頭指導他們、把他們帶回正軌時，住持用的就是這種語氣。

「記得。」我回答，「可是後來出了嚴重的差錯。」

我向住持交代了整個經過：一出機場，我就直接前往戴伯格家，隔天一大早，我接到消息，佛像裡面的伏藏已經被拿走了，接下來我去了帕坦、拿到伏藏，然後就是一連串的追逐，在加德滿都被追趕、甚至到了愛爾蘭之後還是被追趕。

「你覺得這些事情背後是戴伯格搞的鬼？」他問。

「除了他之外還有誰有這種能力和動機？連我們到了鄉下都還是被找到——」

「我知道，」他打斷我，「我看得見你們，就跟看電視一樣。」

愛麗絲和我互看了一眼。

「那您一定知道我和愛麗絲都遭遇了些什麼事。」

「知道、知道。」住持的態度像是他早就知道會發生這種事，「不會死人的。」

我花了幾秒消化住持這種反應。以前我也聽過他說這句話。當身邊有人慌慌張張地去找住持問事時，他就會這麼對他們說。不會死人的。終結爭辯的終極王牌。

不過，從住持的語氣聽來，似乎暗示了，事情會出錯，是因為我沒有和戴伯格保持聯繫。在我和愛麗絲經歷了那麼多之後，竟落得這種罪名，實在令人難受。

「我是有計畫的。」我告訴他。

「什麼計畫？」

「有一個非常富有的慈善家，叫作帕斯卡．拉賽爾斯——」

「不要相信拉賽爾斯。」住持立刻打斷我。

一旁的愛麗絲大感吃驚。

「你認識拉賽爾斯？」我很驚訝。

「他來過不丹，跟世界衛生組織一起來的。裝出一副贊助者的模樣，彷彿他是比丘和比丘尼的偉大拯救者。他說他要捐綜合維他命給我們所有人，因為我們都營養不良。可是他不是真心想幫我們。他是想要我們幫他。我們擁有某種他想要的東西，只是他不懂那是什麼。他甚至來過虎穴寺。他興沖沖地在每尊佛像和唐卡前後東翻西看，覺得我們一定在這種一目瞭然的地方藏著什麼祕密。」

又出現了。慈仁喇嘛的那句話。

「那慈仁喇嘛怎麼說？」我問。

「慈仁喇嘛拒絕和他見面。就算拉賽爾斯提出了大筆捐款的保證，我們還是送他走人。」

我為愛麗絲感到擔心，所以告訴住持：「拉賽爾斯全額資助了愛麗絲的研究案。現在研究案已經進展到一個非常重要的關頭，結果馬上就要出來了。可是卻出現了一些意外的干擾。」

住持的態度不動如山。「戴伯格會指示你們倆下一步該怎麼做。」

一時間我驚訝得反應不過來。不只是因為我想到了那些追趕我們的人背後的惡勢力，也因為住持竟然把愛麗絲的研究和我的任務混為一談。

「戴伯格？」我簡直不敢相信。

住持沒有答腔，只是讓這個名字懸浮在靜默中。

「您言下之意是——」我必須弄個清楚，「伏藏和愛麗絲的研究，這兩者之間有所關聯？」

「那當然。」

「我甚至連她研究的內容是什麼都不知道！」

「看來不是只有喜馬拉雅人喜歡凡事保持神祕。」住持的語氣有幾分揶揄。

愛麗絲和我愣了一下。

「等到她告訴你的時候，」住持似乎想要結束這通電話了，「你會發現自己早就知道了。」

「好吧。」

「現在你知道該怎麼做了。謝謝、再見。」

「住持，還有一件事。」我連忙問他。

「什麼事？」

「您是特地下山打電話給我的嗎?」

電話另一頭的住持嘆了一口氣。接著他說:「這是對現代社會的讓步。自從慈仁喇嘛的事發生後,我買了一部衛星電話給寺院。通話費很貴,講緊急的事就好!」話聲一落,他已經掛斷了電話。

❖

「戴伯格?」放下手機,我對住持的指示感到無比掙扎。如果照住持的意思,那麼我對追我們的人的想法就全都錯了。我們的敵人不是一個有特種部隊背景、和地下犯罪網絡擁有良好關係的文物大盜,而是有其他的勢力在運作。更糟糕的是,住持的語氣明顯讓我感受到,是因為我沒有遵照他的叮囑,才讓自己惹上了這一身麻煩。他彷彿在說,當初如果我乖乖聽話、和戴伯格密切保持聯繫,如今的情況會大不相同。

「住持對拉賽爾斯的評價不太好。」我瞄了一眼愛麗絲,她正望著遠方,眼底盛滿了憂慮。她點點頭。「我聽說過WHO那件事。」

「WHO?」

「世界衛生組織。我的研究案最剛開始的階段,傑克跟我提過拉賽爾斯參與了世衛事務的事。那時候我覺得這是一件好事。人道主義行動。」

「那他們去不丹做什麼?」

「群體健康狀況統計。就是那種他們幾乎在每個國家都會做的統計測量。拉賽爾斯出了一筆額外的經費，專門去測量寺院人口的健康細節。因為寺院裡的飲食方式看上去有點令人擔憂。就跟住持說的一樣，拉賽爾斯曾出言表示要免費供應鐵劑和維他命。不過我想結局應該是不了了之。」

「我可沒有在虎穴寺裡看過什麼鐵劑或維他命。」我說。我在那裡住了五年，從來不曾看過比丘們收到任何營養補給品。倒不是說他們真的有那個需要。虎穴寺的新鮮蔬果供應十分充沛，剛去的時候我甚至為此感到驚訝——直到我見識過密院裡那個神祕的區域之後，才豁然開朗。

我的心思又轉回到了戴伯格身上，還有住持明確要求我必須打電話給他的指令。他竟然說戴伯格可以「指示」我下一步該怎麼做？我真的很難相信住持看待戴伯格的眼光。剛才在電話裡我沒有機會告訴住持發生在蘇黎世展覽會上的那件事。喜馬拉雅文物專家卡爾．施耐德教授，在展場上認出了失蹤的文殊師利菩薩像，可是等到展覽正式開幕時，那尊佛像卻又神祕地消失了。

不自覺地我伸出手，做出那個已經變成慣性的動作，我摸了摸胸口，但是空無一物——金屬管子已經不在那裡了。不知道它現在流落到何方了？他們會把它送去哪裡？它什麼時候會被拆開呢？一想到我要再一次主動去和戴伯格打招呼，就讓我覺得心煩。正當我苦思著這麼做會引發什麼樣的後續時，愛麗絲開口說道：「我很驚訝他說那兩件事是有關聯的。」

我往旁邊一看，愛麗絲正看著我。

「我的研究和伏藏之間。」

「噢。」

「他說話的語氣好像認定我們已經知道了。」

「好像我們應該早就自己想到那樣。」

安靜了一段時間之後，她才又說道：「也許這沒什麼好驚訝的。畢竟最早是格西拉把我推到這裡的。」

「妳是指妳的研究計畫？」

「嗯。現在我仔細回想，是他推著我走上這個方向的，一步一步地。只是那時候的我還沒看出來。」

「方便善巧？」我問。

「方便善巧」是一個藏傳佛教裡常用的詞彙，指的是成就較高的修行者，會運用某些善巧的方法，推動他人往證悟的方向前進——有的時候被幫助的人甚至不會意識到。

「對，」她說，「現在回想起來，是他設了整個局。」

「妳的意思是說，」思考了一陣之後，我試著釐清，「今天這整件事其實都是慈仁喇嘛在幕後一手策劃，然後格西拉從旁推動？」我腦海中浮現了慈仁喇嘛那張毫無歲月痕跡的臉，坐在虎穴寺的窗櫺邊，俯瞰著帕羅谷壯麗的風景。我思索著這一切是如何發生的，讓我從倫敦搬到了洛杉磯，最後去到了他的跟前。以及愛麗絲所做的每一件事、從洛杉磯搬到都柏林，還有她的研究。

「他一直處在整件事情的核心，」她同意，「格西拉完全是照著慈仁喇嘛的指示行事的，這一點我從來不曾懷疑過。」

「圓滿的上師瑜伽。」我說，同時間也敏感地想起了我自己和慈仁喇嘛的關係、還有最近和住持間的關係，我放任自己的想法，踰越他們給我的指示。

「妳覺得是慈仁喇嘛告訴格西拉去指導妳的嗎？還是格西拉……就是知道？」

我們倆都知道格西拉是一位大師級的瑜伽行者，擁有特殊的天眼通能力，就跟他的上師慈仁喇嘛一樣。

「這有什麼分別？」愛麗絲聳肩，「到了那種等級，很多事八成都已經……」

「自動組織？」

她點頭。車子又往前開了一段路之後，她說：「也許是時候，我們這個等級的人，也想辦法運作得更有組織一點了。」

我覺得自己知道她的意思，但是又有些不確定。剛才住持挖苦我們的時候，是不是間接說服了她把她的研究內容告訴我？

我點了點頭。

❖

我們暫停在泰瑞爾斯帕斯鎮上。愛麗絲嘴唇兩側紅腫的勒痕還沒有消退，我也得把黑色纜線留在手上的污痕洗乾淨。我們找到了一家供應早餐的館子，先點了兩杯咖啡，慢慢等待食物上桌。

隔著餐桌，我看著她，露出期待的表情。

「該從哪裡開始呢？」她別開視線，轉向戶外的草坪，草坪修剪得很短，延伸向一片翠綠濃密的樹籬。

「從林江博士提過的那個問題開始好了。」她往下說，「那個無數研究者都在探詢的問題：在最細微的層級，能量和物質之間，究竟是如何互動的？或者說，用我個人偏好的說法是，究竟意識是如何和物質互動的？」

我點頭。

「它們彼此一直在互動著，只是人們總把它視為理所當然。假設某個人被擁抱了，他會臉紅，相反地，如果他受到了驚嚇——他的臉色會變得慘白。若身心真的是分開來的兩件事，那麼這個現象就不會發生。何以只是因為一個想法、一個感受，臉上的血管就跟著擴張或收縮？所以說，這兩者的互動一直都是存在的。最明顯的例子就是性慾。就只要某個特定的想法、意念，一旦浮現在一個人的腦袋裡，接著就……轟！一連串複雜的生理反應就自動發生了。」

我笑著回應，「是呀。」

「所以，我們該如何運用這種交集點，來達到療癒的目的？」

「用一種可以檢證的方法？」

她認真地看著我。「用一種可觀察、可重複、可測量的方法。一種能夠可靠地促進健康、消除疾病的精神工具。而且它的效用在所有增進長壽的指標範圍內，都是可檢證的。」

「某種禪修方法之類的？」我問。

「某種那些也許專注力不足的一般人也能接觸的形式。去驗證一個只有瑜伽大師才會的技巧不會有太大幫助。」

我啜了一口咖啡。「聽起來很像格西拉會說的話。」

她用怪怪的表情看著我。「這就是格西拉說的話。幾乎一字不差。」

我點頭聽下去。

「就跟許多他教給我們的智慧一樣，他總是能把重要的智慧變得淺顯易懂，一旦經由他的口中說出來，聽起來就變得像是常識一樣。」她用清晰、簡單的說法陳述起當中的邏輯，「對於沒有特殊能力的普通人來說，要將意識轉換成物質，最細微的途徑是透過聲音。」

「妳是指思想轉換成話語？」

「沒錯。聲帶的振動。口型的移動。這是思想的第一道物質顯化。聲音也許不是固態的，但是它可以被量化。它有測量指標。跟思想不同，聲音可以被測量。」

「也就是說，聲音是能量構成的形式？」

「波或場域變成了粒子。」她點著頭回答，「巧的是，話語是意識的物質表現這個概念，並不僅僅存在於佛教之中。印度教在更早之前就曾經提出這個概念。又過了很久之後，在聖經裡，約翰福音第一章的第一句，就這麼說道：『太初有道（Word），道與神同在，道就是神。』」

椅子上的我不禁靠得更近一些。

「特別有趣的地方是聲音對身體的影響力。然而這個現象在西方，卻沒有任何深入的研究——還沒就是了。」

「雖然說我們到處都可以聽到音樂。」我伸手指了指掛在牆上的音響喇叭。

「沒錯。音樂是傳達情感的語言。」她點頭，「每個人都有自己獨特的喜好。它讓我們產生特定的感受。它也會造成生理層面的改變。我們都知道這件事。只是在科學界，我們一直沒有對它付出應有的關注。我們不會試著去釐清什麼樣的聲音會造成什麼樣的變化。而文化、年齡、成長背景這些變因又會產生什麼影響。」

「一直到——」我作手勢指了指愛麗絲。

「算是吧，」她承認，「不過我是站在許多巨人的肩膀上的。三千年前成就高深的印度瑜伽大師和聖人們，他們透過禪修淨化了意識，他們才是在精確的細節上，熟知聲音如何影響身體的人。他們透過個人的經驗和靈視力得知，肉身體事實上是由一個更細微的身體——星光體——所化現的，而那個細微身體包含了許多通道和脈輪。」

「就像是林江博士在研究的能量經絡？」

「是的。那些聖人們知道聲音的振動頻率會如何影響細微身體和其中的能量、或普拉那。比如說，他們知道當你發出『啊』的音時，你不是只是在用聲帶製造出聲響而已。這只是粗淺的表面現象。在細微的層面，聲音的波動會往上移動，通過下巴、臉頰、前額、頭頂，接著往下循環到心臟。上顎有五個明顯不同的位置，對應到身體不同的部位，從上顎這五個不同的位置發出的音頻，它們產生的共鳴可以促進健康、消除疾病。印度的聖人們甚至發展出一種語言來具現這種療癒方式，就是梵文。」

我在虎穴寺的密院裡曾經遇過一位瑜伽士，他也告訴我不少類似的事。這位瑜伽士獨自進行了長達十二年以上的閉關，相傳已經獲得了成就，或者說是特殊的神通力。他告訴我，梵文是這個地球上有史以來最具有靈性力量的語言。它是數千年前由靈性高度進化的存有所創造的，他們熟知如何運用話語和聲音的力量來具現不同的能量，因而創造出這樣的語言。

我還記得，當時我禁不住想著，東西方世界對進化的觀點竟是如此大異其趣。就我們西方人的觀點來看，人類是從泥沼般的原始狀態逐步向前進化的。然而東方人卻認為，最高度進化的時代屬於早已消逝的遠古時代。我們是光的存有的後裔，我們的發展與其說是進化，更像是一種墮落。

會不會兩者都是正確的，只是取決於衡量標準的不同呢？假如西方世界的科技發展，可以被運用來創造東方智慧的復興，那會創造出什麼樣的景象？

我開口對愛麗絲說道：「我知道我們唱誦的經文很多都是梵文，雖然教我們誦經的比丘平時說的是藏文。」

「還有不丹語、印度語，跟很多很多其他的語言。不過我們對梵文如此仰賴的這個事實，就意味著我們其實理解它在能量層面的影響力。當你透過一個意圖的聲音來顯化那個意圖，就能達成療癒的效果。還有完整性。」

愛麗絲似乎已經歸結出了某種創造身體健康的途徑，一種簡單得驚人的途徑，卻同時又充滿了革命性。

「聖人們留下來的最珍貴的禮物，」她低聲說道，「是為我們留下了能量公式，將它們濃縮在單詞裡。他們設計出了專門用來傳導普拉納或是氣的聲音序列，用特定的方法達到特定的目標。」

「妳指的是咒語？」我問。

「沒錯。用咒語來達成各式各樣的目的。涵養內在平靜、豐盛、和諧。在最深的層面創造改變。」

這就是我心裡一直認為她在研究的題材，只是一直沒能問出口。她這番話算是證實了我的想法，聽到她這麼說，我感到脖子背面的寒毛豎了起來。

「這幾年來妳研究的就是咒語的療癒效果？」

「是的。」她回應我的注視，「如果世上真的有一種語言是為了療癒而設計的，那就是梵文。透過聲音、透過振動，就能把我們本有的療癒能量具現出來。我們接通細微的層面，連結整體性的型態模式，然後讓這些型態模式顯化到物質層面。藉由唱誦咒語，我們汲取這些能量並且增強它們，創造出可以迴盪在整個系統的波動，涵蓋所有細微與物質的層面。」

她回答的方式，讓我確定了一件事——她是給了我的問題一個肯定的答覆，但是她迴避了另一件事：說出她實際在研究的是哪一首咒語。我想起了住持電話裡的那句話：「等到她告訴你的時候，你會發現自己早就知道了。」也連帶想起了某個下午，慈仁喇嘛喚我去房裡見他的一件往事。

❖

我來到虎穴寺已經差不多一年半了，原先我以為，這應該只是一個跟平常一樣的例行會面，討論我的禪修和課業，結果卻遠遠超出預期之外，成為了一次意義重大的會面。

去見他之前，慈仁喇嘛要我先準備點酥油茶一起帶上。這些日子下來，我已經學會了該怎麼在虎穴寺的廚房裡調製出他喜歡的喝法。將熱水沖進茶葉裡，再加入酥油和鹽，和我從小喝到大的英式早餐茶十分不同，酥油茶這種鹹香油膩的口感，到現在我都還喝不習慣。不過慈仁喇嘛囑咐我的是，準備好他要的茶之後，也幫我自己泡杯普通的茶，如果廚房正好有的話，再順便帶點酥餅到他房間。

每逢這樣的場合，我們的交流就會和上課時不同，不那麼正式，更隨興一點，不過同樣深具啟發性，常常令我覺得收穫比平時還要更多。因為從慈仁喇嘛漫長又非凡的人生歲月中說出來的故事、還有他告訴我的許多大成就者們的故事，總是那麼地充滿真理、見地，點燃了我想像力的火焰。

那一個下午，慈仁喇嘛散發出一種氛圍，我已經認得出來，那是每當他結束了數天的閉關之後、剛出關時會有的一種氛圍。當時的我還不知道虎穴寺裡密院的存在，也不知道慈仁喇嘛每一次的閉關都是在密院裡進行的。密院是虎穴寺最嚴密守護的祕密，是虎穴寺的能量核心，還要等到好幾個月之後，我才有機會認識密院。但無論如何，我的啟蒙儀式，就是從那個下午開始的。

印度地毯的對面，慈仁喇嘛正坐在一張床墊上。平時他就在這張床墊上禪修、睡覺、起居。上師容光煥發地注視著我，一點都不像是九十六歲的高壽。他的手不抖、雙眼炯炯有神，神清氣爽的模樣散發出一種超脫凡俗的氣息，彷彿他才剛從另一個世界返回地球似的。不過就某個層面而言，這麼說也不為過。

每一次喝茶之前，慈仁喇嘛會用左手的無名指蘸一點茶水，分別灑向東南西北四個方向，供奉給無形的諸佛菩薩。然後他才會端起茶杯，閉上雙眼享受他的第一口酥油茶，嚥下茶水後，他會微笑著對我點點頭，表達謝意。在虎穴寺住了接近兩年，不消說，我早已習慣了慈仁喇嘛嬌小的身材、窄窄的臉龐，與他苦行清修的外貌。因而每當我和上師聚首，我看到的不再只是他凡人的軀體，而是一種更難以界定的臨在，他的外表不過是一個更偉大的整體的一小部分而已。身處在他的臨在之中，那種感受就像是被一種慈愛的覺知所環繞，那是一份無所不在的知曉，你無從躲藏，但同時也深刻地明白到，一切安好。

我們安靜地坐著，沒有交談，只是喝著茶，聽著外頭的山風拍打在窗戶上發出的聲響。一旁窗台上的鴿子咕咕叫著。牠們叫得越來越用力、越來越大聲。

一陣子之後，慈仁喇嘛問我：「你聽說過世親菩薩與鴿子的故事嗎？」

我搖搖頭。

微笑點亮了他的臉龐。「世親菩薩是一位偉大的印度梵學者，學識非常淵博，精通各種不同的學問，對古老的印度佛教經典《阿毘達磨大毘婆沙論》的認識尤其深入。他非常喜愛《大毘婆沙論》，甚至為它寫了一本《阿毘達磨俱舍論》。他熟記《大毘婆沙論》中的每一句經文，甚至連沐浴的時候都會大聲朗誦出來。」

「巧的是，附近剛好有一隻鴿子，」慈仁喇嘛指了指鴿子聚集的窗台，「總是在他沐浴的時候，就坐在窗台邊，聽他唱誦那些經文。一遍又一遍。反覆聽了許多次。」

「幾年後，鴿子死了。世親菩薩運用他天眼通的能力，轉向內在，想要看看他的鴿子朋友後來怎麼了。他看見鴿子轉世到了附近村莊的一戶人家裡，投胎成一個小男孩。對一隻鴿子來說，這是一次很高的轉世。」

我點頭。

「世親菩薩立刻就去拜訪了那一家人。小男孩日漸成長，開始表現出對佛法的嚮往。世親菩薩主動提議擔任他的上師。於是小男孩成了沙彌、成為比丘，最後成為了一個非常偉大的學者，就像世親菩薩一樣。事實上，」慈仁喇嘛笑了起來，肩膀隨著他的笑聲顫動，「人們甚至認為，他對《大毘婆沙論》的認識甚至比世親菩薩本人還要深！」

我也跟著一起笑了。

「這就是為什麼我總是喜歡大聲唱出咒語或經文，」他又指了一次鴿子，「牠們也跟我們一樣，是佛家所說的『有情』，意思就是，牠們也是具有心識的。」

「就算鴿子不明白咒語是什麼意思？」

慈仁喇嘛舉起了右手食指。每次他想強調一件事時，就會做出這個手勢。「印記，」他說道，「我們的心識是一個連續體，記得嗎？無形無相，不過因為它所具有的細微能量，使它持續不斷地流動。每當我們唱誦咒語，就會在這個連續體的細微層面上留下印記，因為就連背誦也是有能量的。才智上的學習、淵博的學問，這些都是我們這一世所養成的人格的一部分，死了之後就會消失。再也不會出現。唯一會留下來的，是能量的印記、是業力的傾向和習氣。這就是為什麼，」他目光如炬，「開悟是可能的。」

我仔細聆聽著慈仁喇嘛的教導。

「假如我們就是一個樣子，都不會改變，假如我們養成的性格是永久的、固定的，那麼我們便會一直受困在我們的種種限制和負面性之中。不過，正是因為沒有任何事情是僵硬的、恆常的，我們才得以改變。我們得以塑造自己、轉化自己。得以從泥濘中升起，成為一朵超越污泥的蓮花。這全要憑藉著，」他強調地點點頭，「創造正面的印記。捨棄造成傷害的。培養美德。這正是佛陀在《法句經》裡說的：

「箭匠之矯箭，木匠之繩木，智者自調御。」

我花了一些時間吸收慈仁喇嘛的話語。靜默中，我們喝茶，讓窗外的風聲和鴿子叫聲陪伴我們。一會兒後，我問：「喇嘛，如果我想要創造正面的印記，有沒有哪一首咒語是我該學的？」

有好一會兒，我覺得自己彷彿被托持在慈仁喇嘛的思量之中，直到他終於點頭：「是時候了。」他說。這一刻我明白到，我已經抵達了一個轉折點，一個迄今我所接收過最珍貴的靈性教導，即將交付在我手中。

這個下午，慈仁喇嘛教給我一首咒語。這首咒語只有慈仁喇嘛，還有少數喇嘛特地傳授過的人才知道。它擁有的療癒力量既獨特又強大。這段咒語就像是一條由梵文音節編排而成的特殊公式，蘊含著無窮的威力，首先轉化細微的能量層面，接著顯化成物質層面的改變。

除此之外，慈仁喇嘛也教給我相應的觀想方法，去搭配這首咒語的能量振動。還有一個進行這項咒語實修之前的準備冥想，好讓實修得到最好的成果，創造出最深遠、最有益的印記。

首先，我們以九節佛風呼吸法開始，安頓頭腦、平衡能量。接著觀想深藍色的佛右手握著櫻桃李枝、左手捧著一碗治病的甘露。

一直到整節教導結束，我才注意到，喇嘛的身邊有個東西在動，就在那張他平時用來當床鋪、椅子和講台的床墊上。在這一刻之前，我完全沒有留意他身旁的陰影裡有什麼東西，可是現在，我肯定沒看錯——真的有個東西在動！

順著我的目光，慈仁喇嘛往下伸出手，溫柔地摸了摸他身旁的東西。過了不久，一隻貓的兩隻前掌從陰影處伸了出來，用力抖了一陣，露出來的貓臉大大地打了一個呵欠。

「原來這裡有隻貓。」我露出微笑。

「牠通常都待在密院裡。有時候牠喜歡跑來這邊。我猜牠想認識你。」喇嘛說。

「牠叫什麼名字？」

「輸了。」他說。

我一定是聽錯了吧。這名字不管給誰用，都會讓人不高興吧。

「輸了？」我忍不住確認一下。

「你看。」喇嘛察覺到我的困惑，指了指眼睛附近。

我看到了。過沒一會兒，貓咪撐起身體，端坐在慈仁喇嘛身邊，直盯著我看。牠是一隻黑白相間的貓，擁有一身漂亮的花紋，胸口和肩膀附近的花色是白色，而兩隻耳朵和眼睛周圍的黑色皮毛，看起來就像一副完美的黑色面罩。

「是蒙面俠蘇洛！」我說。

牠喵地叫了一聲。

「就是！」慈仁喇嘛笑了。

我看著蘇洛兩隻金色的大眼睛，很高興發現牠在這裡，而在這個偏遠的喜馬拉雅山區，竟能巧遇西方的文化元素，也很令人欣喜。一時間，一種輕盈、嬉戲的能量，從慈仁喇嘛身上洋溢出來，充滿了整個房間，感染了蘇洛和我。

「人類、鴿子、貓，全都是『有情』，」喇嘛呵呵笑著說，「全都是具有心識的，因此，全都有開悟成佛的潛能。」

❖

「妳研究的是某一首特定的咒語嗎？」我對著餐桌對面的愛麗絲提出疑問。

我問得單刀直入，不拐彎抹角。

接著，我將身體往前傾，往她的方向湊得更近一點，低聲唸出慈仁喇嘛教給我的那段咒語。

她露出了驚訝的表情。

我把慈仁喇嘛教我咒語的過程告訴了她。「這是所有具有療癒力量的咒語之中，力量最強大的。」

她注視著我的雙眼。「我相信是的。」

這一刻，餐桌兩端的我們，面對面看著彼此，頭一次一起認知到這個現實：過去五年來，我們以為對方都是在自己的領域裡各自追求著個人的使命，然而實際上，我們其實同屬於一個更宏大的計畫的一部分。它一邊把我帶到了喜馬拉雅山，另一方面，則把愛麗絲推向光譜的另一端，展開了一項規模前所未有的科學研究：用當代的科學方式，去驗證一份由源遠流長的藏傳佛教系統，所傳承下來的遠古靈性知識。它的規模之宏大，已難以用簡單的言語表述。

❖

一邊喝著咖啡，我問愛麗絲：她採取什麼樣的研究方法來驗證這段祕密咒語的力量？

她告訴我，她設立了三組樣本，進行為期五年的研究，而每一組樣本的受試者人數都高達一千人。所有受試者年齡範圍都在六十到七十歲之間。有一組控制組作為基準值。另外兩組是實驗組，第一組實驗組中的受試者會接受咒語實修的訓練，並且承諾持續進行每週至少五天、每次二十分鐘的反覆唱誦練習。第二組實驗組中的受試者也必須進行同樣頻率的練習，只不過他們唱誦的是虛構的咒語，長度和複雜度與真正的咒語相當。

先前她和喬治一起完成的研究已經顯示，人們通常會覺得虛構的咒語更難學會，也更不容易堅持唱誦的習慣。不過，有一組練習虛構咒語的受試者是很重要的，這樣才能對照出，唱誦咒語的效果有多大程度是來自於安慰劑效應，還是來自於真正的咒語本身。畢竟我們都知道，在所有的療癒之中，由安慰劑效應導致的療癒占了一大部分。無論是任何新藥的測試過程中，有些人即便吞下的只是沒有藥效的粉錠，病情也會改善，就是因為安慰劑效應。

她也談到了研究過程中經歷的挑戰。也曾經身為研究者的我，向來都非常敬佩她在工作上展現的活力和創造力，總是能設計出獨特的研究方法，探索前人從未觸及過的領域。她的這項研究在方法設計上，力求導出精準並且具有決定性的結果，同時也進行了一系列檢測，以取得咒語影響生理功能、衰老程度等各種指標的實際數據。

「雖然還不是正式的結果，不過這五年來，我已經聽說了很多很棒的反應。」她的雙眼閃閃發光，「當然，我還不知道誰拿到的是哪一個版本的咒語啦。」

「這太令人興奮了，」我說，「就像妳之前說的，這份研究將會驗證幾千年前聖人們寫下咒語時，早就熟悉的道理。我是說，出於個人經驗，我們都知道咒語是有效的。可是它們從來沒有被放在科學機制裡驗證過。」

愛麗絲點點頭。「所以傑克把它叫做『胼胝體』計畫。」

我看著她，滿臉問號。

「你知道大腦裡那個連結左右腦半球的構造嗎？」

「噢，我懂了。」我點著頭，同時想起了所有那些不同功能、不同用意的咒語。「妳在做的事，意義遠比測試單一首咒語還要大得多。妳是在用西方的觀點，證實精微能量可以被汲取、被運用這整個概念。」

「完全正確。」她笑著說。

「將來妳的研究結果可以被應用在意識的每一個面向。」

她點著頭，而我想起了喬治．弗布斯的形容詞：哥白尼等級的轉變。「這麼一想，」我說，「有許多不同的勢力會想插手進來攪和，也就不那麼令人意外了。」

她揚起眉毛，伸出手，指尖輕輕觸碰了我的胸膛，那個曾經掛著伏藏的地方。

「你的情況也是一樣的。」她說。

「會不會我們要完成的，其實是同一個任務？」我說，「只是過去的我們一直都不知道。」

「一個由蓮花生大士本人所構思出來的任務？」在彼此凝望的視線中，我們沉思起這個可能性：這一切其實是蓮師的意旨，是這位一千多年前的人物、藏傳佛教系統中最受人景仰的瑜伽行者，構思了這個願景，把我們的生命帶到了這裡，此時此地。而我們直到這一刻，在地球上某個不為人知的角落裡用著早餐的時刻，才開始意識到這整件事？

愛麗絲的脖子附近突然滋滋作響，她把手機從圍巾的口袋裡抽出來，低頭查看訊息。

「是喬治的兒子喬登，」她抬起頭，興奮又激動，「他發了一個連結給我。」

15

愛麗絲點開了喬登發來的訊息。他成功地駭進了史丹．蘇登「堅不可摧」的ＩＴ系統，調出了她的研究檔案。喬登寄來的是壓縮檔，愛麗絲花了一些時間才下載下來。檔案終於解壓縮完畢之後，愛麗絲聚精會神地打開每一個檔案。每份檔案都包含著大量的數據，開啟的速度很緩慢，等待的時間令愛麗絲感到挫折，她在小小的手機螢幕上掙扎著瀏覽那些複雜的表格。

「妳慢慢來，我離開一下。」我說。看著她的手指在螢幕上滑動著，全神貫注的模樣，我甚至不確定她有沒有聽見我說的話。

我站起來，在餐廳裡晃了晃，然後走到戶外。這家餐廳位在一座古城堡裡，城堡是一座巨大的灰色石磚建築，上方有防禦敵人的壁壘和圍牆。在它一邊是我們車開來時那條繁忙的馬路，另一邊則是一道矮牆，通向一整片蒼翠茂盛的田野。我散步到牆邊，把手插進口袋裡，欣賞著這片美景，同時沉思起早上住持打來的那通電話，還有他要求我做的事。

他堅持要我跟戴伯格聯絡，還要我照戴伯格的指示行動，這完全抵觸我的直覺。我甚至在見到戴伯格本人之前，就已經對他產生懷疑了。我還記得在他塔美爾的宅院藝廊裡，圍繞在那些壯觀的唐卡、讓人飄飄然的音樂聲中，突然之間感到被觀察的感覺。也還記得他是如何聲稱自己和他顯然幹過的好事沒有關聯。還有隔天一早在帕坦的事，打從我見完拉喀什．夏爾瑪之後，整個情況就開始急轉直下。感覺上，戴伯格就像是這一切背後的藏鏡人。

喬治・弗布斯透露他曾是英國空勤特遣部隊的那些訊息，更是證明了，他坐擁不為人知的地下網絡，可以隨時任他調度。

然而就另一方面來看，還有另一條我無法忽視的線索。一開始是從喬治的言談裡透露的，再加上後來我所聽到的，都讓我忍不住思考：假如伏藏的內容和愛麗絲的研究，都將會嚴重威脅到大型藥廠的存亡，那會不會其實他們才是真正的黑手？我們在抵抗的，其實是跨足全球、無所不在、力量強大的大型企業集團？

我的手機震動了一下。從口袋裡掏出手機，我看見一則來自喬治・弗布斯的訊息。「補充消息，我猜你會想看一眼這個——稀有的帕斯卡・拉賽爾斯照片。」

我點了圖檔，等待它浮現。我知道拉賽爾斯是一個非常注重隱私的人，或許是因為這樣，我對他的長相絲毫沒有概念。幾秒鐘後，螢幕上出現了一個畫面。

拉賽爾斯的相貌很端正——寬闊的額頭，銀色鏡框，灰色的頭髮往後梳成油頭，穿著成套西裝，鬍子刮得很乾淨。就是一般的歐洲臉孔，只不過散發著一股上流人士的氣質。

然而真正耐人尋味的，是和他一起出現在這張照片裡的人。照片中，拉賽爾斯正在將哈達（khata），一種白色絲巾，獻給一位住持。這位住持我認得，他是不丹布姆唐谷（Bumthang Valley）附近的一座寺院，一位非常受人敬重的住持。當拉賽爾斯做出這個傳統的禮敬儀式時，臉上的神情似乎充滿了欣喜。

這使我回想起我和虎穴寺住持的對話。我想知道拉賽爾斯究竟說了什麼、或做了什麼，才使他產生那麼強烈的不信任感。住持對拉賽爾斯的懷疑，就跟他堅持要我去和戴伯格聯絡一樣地令人費解。

❖

幾分鐘後，我回到愛麗絲身邊。我發現她陷入了一種沮喪的狀態。「我到底該怎麼看才好？」

「下載不下來？」

愛麗絲搖著頭。

「手機螢幕太小？」

「比這更糟。」她咕噥著，一臉煩憂。

我坐了下來，決定讓她靜一靜，直到她想說話為止。

「我看到的是，」過了一陣子，她看了我一眼：「二號實驗組的成果竟然比第一組優秀很多。」

「二號實驗組是採用虛構咒語的那一組？」

她點頭。「而且採用真正的咒語那一組，成果只比控制組好了一丁點。」

她滑著一頁又一頁的數據，想要弄清楚每一項不同的參數。

「妳確定嗎？」我問。

「不是百分之百。用這個……」她挫敗地搖了搖手上的手機。

「我們得幫妳找一個大一點的螢幕——」

「我幾乎算是確定了啦。」她萬分苦惱地看著我，臉上原本紅腫的勒痕開始轉成了瘀青。「我已經檢查過最關鍵的數據了。」

「這太不合理了，」我說，「假的咒語怎麼可能——」

「不曉得，」她瀏覽著一頁又一頁的表格，「安慰劑藥物有效。安慰劑手術也有效。為什麼安慰劑咒語就不能有效？」

「那就是說梵文編的咒語是有效果的，就算是胡亂拼湊的也有效。這個現象本身就表示——」

「對，可是那不是這個研究的目的。」她甩了甩頭。

「妳確定雙盲解除了嗎？」

「我第一個檢查的就是這件事。它就設計在每份文件的頂端。」

我頓了一下，然後提出這個可能性：「會不會兩個實驗組的結果互換了？」

「這我也想過，」她聽起來很悶，「可是它們跟樣本數是一致的。」

「這是什麼意思？」

「在我和喬治一起做過的前一份研究裡，我們發現，虛構咒語組的人堅持度比較低。很多人中途退出。所以虛構咒語組的樣本數比較小——還是有統計上的顯著性，只不過樣本數小於真咒語那一組。可是在這個研究裡，我們有更大的樣本數。」她搖晃著手機，「練習真咒語的那一組，呈現出的益處幾乎是零。」

「也許我們應該打通電話給喬登？」

「他在上學欸？」她的聲調變得尖銳。

「只是跟他確認一下這份資料的完整性。」我緊抓著最後一根稻草。

我們無言地對坐著，花了很長一段時間努力消化這股失望的感受，它的衝擊力太強大，以至於實驗結果變得令人難以接受。

終於，臉上還帶著瘀青的愛麗絲開口了：「抱歉。我不應該反應這麼大的。」

我伸出雙手，搭在她的肩膀上，我的額頭輕輕碰上她的。「沒關係的。」我對她低語。

❖

我們走出餐廳，回到車上，很快地，我們又開上了返回都柏林的主要幹道。她發了一封簡訊給喬登。她必須確認沒有其他漏掉的檔案。不過就連在手機上打字發簡訊這個動作，都令人感覺徒勞。

按下發送鍵之後，她問我：「你要打電話了嗎？」

「什麼電話？」

「就住持說的啊。打給戴伯格。」

「我還在想。」我說。

「還有什麼好想的？」

我聳聳肩膀。該怎麼說才好？

「住持要你打電話給他。」

「他叫我打我就要打？」我知道這樣聽起來很沒大沒小。可是發生了這麼多事之後，我發現自己很難突然改變方向。我又不是機器人，按一個按鈕就可以滑順地一百八十度大轉彎。「也許我不像妳，我上師瑜伽修得沒那麼好。」我瞥了她一眼。

在藏傳佛教的傳統中，上師不僅僅被視為傳授知識的人。上師所傳授的法門，乃是證悟的因，他們所做的，是在呈現佛陀的工作。身為弟子，我們不該將上師視為一般的凡人，而是要將他們視為佛陀的化身，這種向上師看齊的修持過程，稱之為上師瑜伽。

「擁有獨立思考的精神是很好，」她一針見血，「可是你的思考給你帶來了什麼？」

我眉頭揚起。

「『佛法』的其中一層含義，」她提醒我，「是『真理』。」

「所以呢？」

「所以今天如果上師說的是真理，那照著他的話去做，到底有什麼問題？」

「佛陀也說過，一個人不應該盲目相信。」我有些被她的堅持惹毛。

「是沒錯。」

「那如果，今天別人要妳做的事，跟妳的親身經歷相抵觸——」

「住持什麼時候那樣對你了？」

「他要我去找戴伯格這整件事。」我說，「不只是幾乎全不丹的人都相信戴伯格是一個騙子，還有我自己親身在加德滿都的遭遇，再加上我們倆現在的處境。」

「你還是覺得，這些事的起因都是戴伯格？」她毫不掩飾自己的惱怒。

「我不知道自己應該怎麼想。」我反駁。

車廂內的氣氛降至冰點，我們陷入沉默，直到許久之後，她才換上一種比較和緩的語氣，開口問我：「打電話給他，你會有什麼損失呢？」她問。

我思考了一陣子之後，聳聳肩：「暴露我們的行蹤？」

「假如他真的是一切的幕後黑手，他早就知道我們人在愛爾蘭了。」

「可能吧。」我承認。

又停頓了一會兒以後，她問：「你需要他怎麼向你證明，你才願意相信他不是我們的敵人？」

「很簡單。」我瞄了她一眼，「只要他提出一個令人信服的解釋。」

「那難道不值得給他一個解釋的機會嗎？」

我聳聳肩膀。

「自從聽了住持對拉賽爾斯的意見之後，」她對我說，「我決定不再想辦法聯絡他了。反正，我的研究是這種結果……」她別過頭，看著窗外迅速退後的田野，陰鬱的烏雲蒙上了她的臉。

❖

我知道自己一定得做點什麼——不只是為了愛麗絲，也是為了我自己。我們已經跌入谷底了。追我們的人已經搶走我脖子上的伏藏一走了之。而愛麗絲的寶藏、她的研究計畫，結果顯然是一場空。再不久我們就要回到都柏林了。然後呢？

我們還會繼續遭人追逐嗎？還是今早的突擊事件，他們想要的東西已經全部到手了嗎？傑克・布雷蕭還躺在加護病房裡嗎？還是他已經可以說話了？就算他已經能夠和我們交談了，結果會有什麼不同？我的下一步是什麼？愛麗絲的下一步又是什麼？

「人的頭腦就像那張面紙，一下子往這裡飛、一下子往那裡飛。」慈仁喇嘛的話忽地跳進我腦袋裡。我回想起他坐在房裡，俯瞰著帕羅谷，右手指向微風中一張被風吹得東飄西捲的單薄紙片。「如果想要有所進展，我們必須先擁有清晰的方向，不是嗎？」

我也想起了自己當時點頭同意的模樣。

他彎腰前傾，每當他想特別強調某句話時，就會出現這個姿勢。「到哪裡能找到清晰的方向呢？從喇嘛身上。」

他也為我解釋，其實「喇嘛」這個詞本身，就包含了這層意義。「喇嘛」（lama）是由不同的兩個藏文字所組成的，La 或 bla 指的是更高的靈性或美德。Ma 則是母親的意思。而一位喇嘛，指的就是一個喜悅地承擔起一份責任，去孕育和滋養他人的靈性的人。

我看向坐在身邊的愛麗絲。「我會打電話給戴伯格。」我歪頭指向駕駛座和副駕駛座之間，我放手機的地方。「請妳幫忙查一下他的電話號碼好嗎？」

❖

「你很難找。」戴伯格清澈的嗓音從汽車音響的喇叭傳出來。我們用愛麗絲的手機打給他，因為她的手機收訊比較好。電話只響了幾聲就接起來了。

「一直很忙。」

電話那頭沉默了一會兒，接著他說：「康巴人劫持了迪佩什之後，我們就和你失聯了。他們把他傷得很重。右手臂斷成兩截。」

平時要是聽到這種消息，我會很難過。可是我怎麼知道他的話能不能相信？

「他來過旅館找我。我叫他回家。」

「我知道。我打過電話給你，想通知你一些事。」

我想起在前往帕坦的計程車上時，我決定不接他電話。「什麼事？」我問，「跟佛像有關的事嗎？」

「跟那個也有關。不過主要是想通知你，你被跟蹤了。」

「什麼？」

「有人在你的飯店外面監視你。迪佩什試著想警告你。」

我想起迪佩什那難以解讀的緊繃表情。

「我要他跟著你。」戴伯格說，「後來康巴人就來了。他們趕走了等你的計程車。劫持了迪佩什。」

這個版本的故事跟我腦海中的想像真是天差地別。

「我們雖然設法延後藥師佛像被送出境，」他往下說，「不過隔天它還是被送到了香港。我以為它會從此消失在中國，變成季同志裝飾喇嘛樂園的展示品之一。不過在香港停了兩天之後，它被裝進了另一個貨櫃。現在它正在飛機上，往完全相反的方向飛，即將前往米蘭。」

「瞭解。」我說。

「我們無法趕在它離開加德滿都之前把它弄到手，」他說，「不過……經手的人在它所在的貨櫃裡安裝了GPS定位器。」

真是用不著任何人提醒我戴伯格手握什麼樣的天羅地網。

「一旦到了米蘭，離開了貨櫃之後，它的下落我們只能用猜的了。」

「聽起來你好像知道些什麼？」我從他的語氣裡聽出了一絲端倪。

「我一直都有一個假設，」他答，「也做了很多調查。只不過身在加德滿都，這裡不是一個對的地點，無法證實這個假設。」

「那個假設是？」

「指定偷走這尊藥師佛像的人，想要的就是佛像裡價值連城的伏藏——不是經濟上的價值，而是伏藏所隱含的指引。只是他不知道在加德滿都，盜挖佛像裡的珠寶早已是一般程序。所以當他得知伏藏已經被挖出，送到了帕坦時，他便派出康巴人去追回伏藏。當然，就會追到你頭上。同時他也安排好了，要把藥師佛像送去他其中的一個家。」

「他為什麼會想要這個伏藏？」

「多年來，這個人持續不懈地追求著長生不老靈藥。他想要得到延年益壽的祕方。」

❖

愛麗絲和我都打了一個冷顫，面面相覷。

「這是我的想法，」戴伯格說，「我想他一定是認為那個祕方就隱藏在伏藏裡。」

「為什麼？」我問。

「細節我不確定。他似乎是在去虎穴寺的時候，從那裡的喇嘛身上感受到了什麼不尋常的東西。你應該比我更瞭解才對。那裡的喇嘛們都特別長壽嗎？」

這立刻令我想起了密院、住在那裡的比丘們。還有每次慈仁喇嘛從密院裡閉關出來之後，那種容光煥發的模樣。

「生活在寺院裡的人通常都很長壽。」我回覆得很謹慎。

「也許虎穴寺的人又比一般寺院的人更長壽？」他反問。

住持說過的話又浮現在耳邊。他描述過拉賽爾斯去虎穴寺時那種每個角落都想翻過來看一看的德性，「他興沖沖地在每尊佛像和唐卡前後東翻西看，覺得我們一定在這種一目瞭然的地方藏著什麼祕密。」戴伯格的想法聽上去頗有一番道理。

「他一定是產生了某些聯想。他是一個富可敵國的人。世界各地都有各種人脈資源。馬特，我想你遲早會發現，無論付出多少代價，他都非要拿到伏藏不可。」

「我想我——」我和愛麗絲又對望了一眼，「——我們，已經發現這件事了。」

「啊。」他停頓了一下，「那他的手下——？」

我知道他想問的是什麼。「已經得逞了。」

接著是一陣長長的沉默。半晌，才又傳來一句話，戴伯格用關心的口氣問我：「你們都沒事吧？」

「嗯。」我回答，「只是在想你說的話。你說的那個人，其實是帕斯卡．拉賽爾斯吧？」

「住持告訴你了？」

「他說得不多。」

「他說了十年前的指定文物竊盜案？」

「沒有。」我搖頭。

「帕斯卡是個非常講究的人，擁有過人的品味。也擁有雄厚的財力去取得各種藝術品，就算它們是非賣品。」

「那為什麼——」我決定直話直說，「不丹政府會認為是你偷的？」

「帕斯卡．拉賽爾斯在喜馬拉雅地區出手非常大方。他們想要相信他。所以當他把偽造的戴伯格古文物行收據給他們看時，他們就決定不用再繼續調查下去了。好巧不巧，是智慧之佛讓真相暴露出來的。」

「文殊師利菩薩？」

「在蘇黎世，一個我策劃的小型展覽會上。我邀請了一些知名收藏家提供參展文物。他們也找了帕斯卡．拉賽爾斯。拉賽爾斯的某個部下送錯了雕像。當時我不在會場，而他們動作很快，馬上就更正了這個錯誤。只不過有一個很有名的學者剛好經過，認出了那尊佛像。」

「施耐德教授？」

「看來你做了不少功課。」

我答應過愛麗絲，要給戴伯格一個解釋的機會。而現在他說的這些話，雖然違背我的感覺，但邏輯上無可辯駁。

「有一件跟拉賽爾斯的……手下有關的事，」我說，「我好像不管去到哪裡，他們都能找到我。」

「拉賽爾斯在電信事業也有不少投資，」戴伯格答得很快，「只要他們知道你的手機號碼，他們就有你的衛星定位。」

一陣涼意穿過我的背脊，我這才意識到，昨晚的我是多麼天真，以為躲到窮鄉僻壤，我們就一定是安全的。現實是，要追蹤到我們根本就是易如反掌。就連此時此刻也一樣。

「這麼說來，我應該要盡快丟掉這張ＳＩＭ卡。」

「很明智的看法。」他同意，「雖然也許已經沒必要了。如果說拉賽爾斯已經拿到他想要的東西了的話。我有一種感覺，這些事情發生的時間點都是他在幕後操控的。」

「你是指伏藏被偷的時間點？還是發生在愛麗絲身上的事？」我想到，一直到現在，我都還沒有提到過愛麗絲。甚至沒有透露我們所在的位置。我問這個問題倒不盡然是為了想要得到答案，而是想試探他對於我在哪裡、跟什麼人在一起知道多少。

「我說的是伏藏。」他直接了當地回答。「愛麗絲是你的科學家朋友？」

「對。」

「假如她的工作或多或少和這件事有關係，那麼毫無疑問，拉賽爾斯也會對它大感興趣。」

「你剛才提到時機點，」我回到他剛才說的話上，「為什麼要這麼急？」

戴伯格暫停了一會兒，然後問我：「你聽說過一個組織，叫做『西芒托學院』（Accademia del Cimento）嗎？」

「不算有吧。」

「這是一個歷史悠久的菁英科學團體，起源於伽利略的時代。成員都是諾貝爾獎得主，或是頂尖的科學家。他們每年固定舉辦一次晚宴，會有盛大的儀式，接著由其中的一名成員發表一場簡短的科學演講。拉賽爾斯長年對這個組織提供資金贊助，為的就是他希望有一天，自己也能站在展示會的講台上，發表自己的科學演講。」

愛麗絲和我對望了一眼，當場便明白了這其中的意涵。原來，這就是這幾個星期以來她的遭遇背後真正的理由。的確，他一定是得到了某種靈感，於是把愛麗絲的研究和我的伏藏聯想在一起

——過去五年來不論是愛麗絲或我，都不曾這樣聯想過。不過，那是出於對愛麗絲的研究保密的理由，而且這個保密的動作，拉賽爾斯可是卯足了資源全力執行的。

「所以說，西芒托學院的年度晚宴馬上就要到了？」

「正是。」

「拉賽爾斯是今年的講者？」

「毫無疑問，他的演講題目將會是西芒托學院有史以來最引人入勝的題材。如果他成功證明了，他手上真的握有延年益壽的仙丹妙藥，無論那個仙丹是什麼形式，一旦得到了學院的認同，就等於得到了這個世界上最強而有力的背書。」

「剛才你說過，這些都只是你的一個假設，」我對他說，「但是你現在人不在對的地點，證明不了這個假設。那對的地點會在哪裡？」

「一個很遙遠的地方，米蘭。那是藥師佛像即將被送往的地方。也是西芒托學院舉辦年度晚宴的地點。」

「住持說過，我務必要把佛像和伏藏帶回虎穴寺。」我說。

「你現在人在哪裡？」

「愛爾蘭。」

戴伯格安靜了好一會兒，才說道：「比我想像的近。不過你還是必須盡快行動。藥師佛像中午就會降落米蘭機場了。」

我瞄了一眼儀表板上的時鐘。剛過十點。

「那西芒托學院的晚宴是什麼時候？」我問。

「今晚。」

16

和戴伯格通完電話之後，我們立刻停車，拔出手機ＳＩＭ卡，將它們埋在路邊。一回到都柏林，我和愛麗絲都各自買了一張新的ＳＩＭ卡，接著直奔機場。正好有一班飛往米蘭的班機，大約剛過中午就能降落。買好兩張機票，趁著登機之前，我們在機場買了換洗衣物。

我很堅定地告訴愛麗絲，她沒有必要和我一起去。住持交辦下來的任務是專門給我的，應該由我來完成就好。我不知道去到那裡會碰上什麼情況。有可能會面臨更多的危險。但無論如何，至少我想確認一件事，就是戴伯格的假設是否正確。倘若藥師佛像真的出現在帕斯卡．拉賽爾斯位於義大利的家中，那就證明了，他確實才是真正的幕後指使者，一手策劃了偷走佛像、發生在愛麗絲和我身上的種種暴力，尤其是今天凌晨最嚴重的那起可怕事件。

既然我們現在已經知道，拉賽爾斯多年來的野心，就是成為一個阻止熵增、終結人類衰老現象的彌賽亞，那他自然也和發生在傑克．布雷蕭身上的種種遭遇脫不了關係。愛麗絲納悶的地方是，他會不會幾個星期前就已經取得實驗結果了呢？布雷蕭這幾個星期來不斷拖延、各種令人困惑的舉止，會不會就是因為拉賽爾斯在他身上施加壓力，試圖操縱實驗結果、竄改數據，以支持他偉大的願景？

愛麗絲的心情尚未平復，仍然難以接受實驗結果。今天早晨，她已經和喬登通過電話。就在我結束和戴伯格那通電話之後，她便接到了喬登趁著下課時間回給她的電話。喬登說，傳給愛麗絲的那些檔案，都是原原本本從系統上抓下來的，絲毫不差。他們通電話的同時，喬登還再一次駭進她的網路系統，查看編輯歷史。由於雙盲已經解除，所以喬登向愛麗絲確認，實驗結果沒有被修改過。這些資料都是受到保護、上鎖、完整地保存的。結果就是結果。

喬登也確認了，所有這些檔案在布雷蕭的通行證被偷那一晚，也都被穿連帽衫的闖入者手動下載了。現在不管怎麼看，這件事鐵定跟拉賽爾斯扯上關係了。只不過，既然實驗結果遲早會公布，他為什麼要用這種方法偷取數據，這一點現在還是讓人百思不得其解。當然了，除非他是想要盜用它，好讓他在西芒托學院的朋友們面前大肆炫耀一番。

❖

在機場候機室，愛麗絲去洗手間更衣盥洗。等她的空檔，我仍然在回想著和戴伯格的那通電話。儘管不甘願，但我不得不承認，愛麗絲堅持要我打電話這件事真是太正確了。還有她說服我打電話的技巧。戴伯格確實有能力提供一個前後連貫的解釋。而且既然拉賽爾斯堅信伏藏所蘊藏的價值，那麼他會把歪腦筋動到伏藏頭上，也是充分合理、難以否認的。另外讓我驚訝的是，戴伯格說不丹史上最大型的文物竊盜案，背後指使的人也是拉賽爾斯。憑藉著豐厚的財力和偽造的單據，拉賽爾斯成功使得不丹當局相信了完全不同的現實。

不過，撇開這所有的事情不談，戴伯格說了一句話，讓我的腦袋一再地重複繞著它打轉：「他一定是產生了某些聯想。」還有他提到虎穴寺的喇嘛是不是都特別長壽這個問題。我從來沒有認真想過這件事。當然，在我和慈仁喇嘛見面之前很久，我就已經知道他有多長壽了。至於虎穴寺其他的僧人們都是什麼年紀，我倒沒有什麼先入為主的想法——那裡的僧人從小沙彌到年邁的比丘都有，年齡層十分廣泛。不過如果特意去看住在密院裡的比丘們的話，那麼他們的確都非常高壽。雖然外表上完全看不出來——但我猜想，這正是重點所在。只看年齡數字的話，他們確實很老了，然而他們的舉手投足、他們那種輕盈的存在方式、源源不絕的活力，完全看不出一絲歲月痕跡。在那裡，年輕或年老這些概念，從來不曾出現在我腦袋裡，因為他們分毫沒有散發出任何老態。

愛麗絲神清氣爽地回到候機室，她換上了一身全新的衣服，藍色上衣、牛仔褲，梳順了一頭柔亮的及肩金髮，也畫了簡單的妝容，除了嘴唇兩側還有些微腫脹之外，此時已經看不太出她今天早上遭遇的那些事。

「我一直在思考戴伯格的話。他說拉賽爾斯產生了某些聯想的那句話。」愛麗絲走到我旁邊的椅子坐下時，我對她說。

她點點頭。「跟住持說的話可以互相湊得上。」

「妳之前提到世界衛生組織的事，細節是什麼？」

「世界衛生組織總是會定期發表大多數國家的健康指數報告。」

「戴伯格說，不丹寺院裡的人都很長壽。」

她點頭。

「妳也跟我說過，拉賽爾斯額外出了一筆專門的經費，針對寺院人口進行詳細調查。」

這時愛麗絲已經把手機從脖子上那條灰色棉質圍巾的暗袋裡抽出來了。「平均壽命。他大概是發現了他們的平均壽命比其它地區高很多。」

「妳還說到一件事，說他要捐鐵劑和維他命？」

「現在我們知道他真正的企圖了，」她一面說著，一面打開了搜尋引擎，「我想那八成只是一個煙霧彈而已。」

「那份調查詳細到什麼程度？」我問。

她朝手機撇了一下頭，「這就是我現在想查清楚的。」

「那是可以公開查到的資訊嗎？」

「有些部分可以，」她已經點進了某一個網頁，正在輸入關鍵字。等待網頁載入的過程中，她說：「對了，摩托車的事結果如何？戴伯格怎麼說？」

我笑了，對她點點頭。剛才掛電話之前，戴伯格順便提到了迪佩什向他報告過，那台在加德滿都街上被我「借用」了一下的摩托車後續。戴伯格的某個員工在杜巴廣場的一座佛塔邊找到了那輛紫色馬亨達，在警方的協助下，透過登記的車牌號碼找到了失主，終於將摩托車物歸原主。戴伯格用他清脆響亮的嗓音，特別強調了失主除了找回摩托車，還收到了一筆「精神補償」。

「這件事一直掛在我心上。」我承認。

「就覺得你會這樣想。」這時網頁下載完成，她的視線回到手機螢幕上。

看了幾眼之後，她指著其中一排數據說道：「不丹的平均壽命高於鄰近國家。」她說，「並不令人意外。」

「有任何詳細的分析嗎？」

「這裡沒有。反正不丹的人口數很少——才八十萬人。」她往下滑，直到她找到她想找的資訊，「不丹國家代表。」愛麗絲唸出她的名字。

「妳認識她？」

「我們有過一些合作，」她點進超連結，「看看她會怎麼說。」

我們座位附近漸漸坐滿了人，愛麗絲站起來，走向比較安靜的區域，停在一個幾乎無人的書報架旁邊。我看著她講電話的模樣，一手握著手機貼在耳邊，另一手叉著腰，來回踱步。

一小群旅客站了起來，匆忙走向登機門。接著廣播響起，通知旅客開始登機了。飛機不大，登機要花的時間不長。登機室裡的旅客一個接著一個走進登機門，愛麗絲仍然十分投入在她的對話裡，一直到登機室已經都空了，她才掛斷電話。我們是最後兩個踏上空橋的乘客。

「有幫助嗎？」一邊走向飛機門，我問她。

「聽說過『不丹光暈效應』嗎？」

我搖頭。

「整體而言，這個國家的平均壽命呈現出很高的數字——這是我們剛剛看見的。然而，一般人口的平均壽命其實並不特別突出。是寺院人口的平均壽命拉高了整體的數字。幾年前，有一位慈善家捐助了一筆經費，進行更詳細的調查。這份調查讓他們界定出了稱之為「不丹光暈效應」的人口平均壽命趨勢。但是他們不方便透露那位慈善家的身分。」她做了一個你知我知的鬼臉。

「也不方便透露那個慈善家付錢調查出來的數據，我猜？」

「雖然他們接受外部的資助，不過很顯然地，前提是調查結果必須是開放的，任何想查閱的人都可以取得。」

「意思就是，我們可以看到那些資料？」我揚起眉毛。

愛麗絲拍了拍她的圍巾。「但願它們現在正在發送過來的路上。」

「他們如何解釋不丹光暈效應？」

「他們認為社交整合度是主要的原因。這項因素比飲食、運動或其他生活方式類型的指標都更能有效預測壽命。寺院是一個高度整合凝聚的社群。生活在其中的人都受到良好的照顧。不過這只是一種猜測而已。他們並沒有對此深入研究。」

「世界衛生組織沒有加入尋找不老靈藥的行動？」我說。

「我想沒有。」她說。

在座位上坐定後，愛麗絲再度拿出手機，點進電子郵件收件匣。很快地，她就收到了她聯絡的WHO代表寄來的郵件，信的內容是一個網頁連結。點進連結之後，我們看見一份名單，上頭列出了七所寺院——就是拉賽爾斯所資助的細部調查對象。這些寺院的名稱我全都認得，它們所在的位置幾乎遍布全不丹，從西邊的帕羅谷，到中部的通薩堡，一直橫跨到東邊美麗的布姆唐谷。

名單下面有一欄數據，標明了這七所寺院的平均壽命。其中，塔克桑寺（Paro Taktsang），也就是俗稱的虎穴寺，它的數據表現格外突出，遠遠超越了其他的寺院數值。其他寺院的平均壽命約略接近八十歲——不丹全國的平均壽命大約七十歲——然而虎穴寺的平均壽命卻高達九十三歲。柱狀圖上標著塔克桑寺名稱的長條，讓周圍的其他數據全都相形失色。

「從這數據圖的形狀看起來，與其說是光暈，更像是一個尖峰吧。」一起盯著小螢幕上的圖表時，我這麼說。

「那位女士確實提到過其中有一所寺院的數據比其他寺院都高很多。只不過這是好幾年前的數據，她一時想不起來那所寺院的名字。」

愛麗絲往下滑著頁面，接著出現的是每一所寺院的樣本數。虎穴寺的樣本數是一百五十人。

「在那麼窄的懸崖邊上，真不敢相信他們可以塞進那麼多人。」她說。

「是有一點擠啦。」

「就算是這樣，樣本數也還是不夠大，缺乏統計學上的顯著性。真正需要的樣本數比這個要大好幾倍。」我知道這句話反映了她自己的研究。

「比方說一千人？」我低聲說，心裡感到同情。

她注視著我，流露出痛苦的表情。

「我猜這也是為什麼拉賽爾斯會資助妳的研究。」

她點點頭。「很聰明的人。他發現了這件事，」她搖搖手機，「你跟我卻都渾然不覺。這讓人忍不住好奇：他還知道哪些其他的事？」

❖

飛機一降落米蘭機場，我們馬上去找租車公司。我忙著辦租車手續的時候，愛麗絲打電話給戴伯格，確認最新情報。

藥師佛像準時抵達米蘭了，戴伯格說，貨櫃也從飛機上卸下來了。戴伯格認為，因為藥師佛像是熱門的搶手貨，所以拉賽爾斯一定早就做好安排，會將它用最快的速度脫手。拉賽爾斯本身是個富豪，他八成也有不少位高權重的朋友。我們應該立刻行動。

很快地，我們上路了，前往拉賽爾斯在義大利的別墅——位於切爾諾比奧鎮上的科莫湖畔。根據導航軟體顯示的時間，大概一個小時多一點的車程就能抵達。

車子在高速公路上飛馳著，然而我們心中對於抵達之後該怎麼做，卻還沒有個明確的想法。我們心想，最起碼，先在拉賽爾斯家附近找個監視點，觀察有沒有任何貨物送進他家門吧。

沒想到就連這麼簡單的目標都比我們想像的艱難。大約下午三、四點，我們開到了科莫湖邊，天氣非常晴朗，萬里無雲。一排又一排的豪華別墅連同它們修飾精美的花園，像是歌劇院裡的座位，沿著湖畔往上鋪疊。拉賽爾斯的別墅是一棟三層樓高的壯觀豪宅，正對著湖面，只有一小條馬路通往這棟別墅，馬路環繞著別墅，雙線道的路幅很窄，兩邊車道都只能勉強容納一台汽車的寬度。別墅靠近馬路的這一面蓋了一座防衛森嚴的高牆，唯一的入口是一扇上了鎖的金屬大門。大門後方就是一片鋪著鵝卵石的庭院，一直延伸到豎立著廊柱的別墅門口。莊嚴的門廊左手邊是車庫，右手邊有一座巨大的溫室。

在這條馬路邊，根本不可能找到一個停車的位置，讓你可以躲在車上監視，卻不被注意到。很顯然地，除非你人就在大門口，否則你完全無從觀察有誰進出。

「裡面看起來都沒人。」愛麗絲說。這時我們的車已經接近別墅所在的位置。別墅正面可以俯瞰湖面的三角窗牢牢緊閉著。露台的草坪修剪得很乾淨。車庫旁邊鋪著鵝卵石的院子一塵不染，連一片落葉都沒有。整座房舍看起來像是沒有人住。拉賽爾斯家門口的那條馬路，對面是一座花園的底端。這座花園屬於山坡上另一座同樣壯觀、但空無一人的別墅。我們的車經過了拉賽爾斯的家之後，又繼續往前開了一小段，開到了一座枝繁葉茂的公園，從這裡，可以俯瞰科莫湖碧綠的湖水。我們把車停在這裡，步行回到拉賽爾斯家對面的花園。

花園邊緣只有一排低矮的鍛鐵欄杆，很容易就進去了。我們鑽進花園深處，直到遠離所有拉賽爾斯可能安裝的監視攝影機的拍攝範圍之外。花園裡有一道正對著拉賽爾斯家大門的樹籬笆，這裡提供了一個有利的視野。我們躲到它的後面，不知道我們要在這裡監視拉賽爾斯的別墅多久，只知道很有可能會待上一整個下午。

❖

結果我們並沒有等太久。在躲到樹籬笆後面不到四十分鐘之後，一台沒有標記的白色賓士廂型車開來，快要接近別墅時放慢了車速，打了方向燈，然後開上大門前方的車道。

一個穿著深色長褲、白色 polo 衫的送貨員從駕駛座上走下來，走向大門左邊，按下了銅製面板上的按鈕。屋內的人沒有馬上應門，送貨員於是抱起雙手，漫不經心地東張西望起來。他走到車頭，用腳尖踢著前輪，又看了看手錶，然後再走回電鈴前面，重新按了一下。

還是沒有人應門。這一次，送貨員從口袋掏出了手機，在螢幕上按了幾個數字，然後將手機舉到耳邊。很快地，他吐出了一長串義大利文，另一隻手指著面前的別墅，做出抱怨的手勢。

電話結束了。他把手機塞回口袋，再次走向電鈴。這一次他把手指壓在按鈕上非常久，然後又惱火地對它猛戳了好幾下。

感覺上像是等了半個世紀那麼久，終於，大門打開了。一個穿著藍色管家服的女士，從幽深的宅院裡探出頭，迎向屋外明媚的午後陽光。她身形高挑，臉型削瘦，灰色的頭髮紮成一顆包頭。和送貨員簡短地交談了幾句話之後，她往後退，大門再度關上了。送貨員回到車上，用力關上車門。

不久，大門緩緩地敞開了。

躲在樹籬笆後面的愛麗絲和我，注視著送貨員將車子開到別墅正前方，然後打橫停在門口。

這時候女管家出現在溫室裡，正在打開其中的一扇門。我們聽見送貨員走下車，打開他那一側車廂滑門的聲音。顯然他正在從車廂裡拿出一箱包裹。

「走嗎？」我臨時起意，衝動地指了指別墅。一個年老的女管家能有什麼威脅性？而且我猜，現在所有的保全裝置都暫時關閉了。

愛麗絲點點頭。

我們立刻躡手躡腳地繞過樹籬笆，翻過鍛鐵欄杆，跑過馬路。別墅大門已經開始慢慢地自動關上了。我們跑進去，跑到廂型車的背面，這時看見送貨員手上拿著一個箱子，恰巧就是藥師佛像的尺寸。他跟在管家的背後，穿過一小片草坪，走進溫室。

我們也跟了上去。

進到溫室，一堵厚重的暖空氣撲面而來。我們穿過這陣悶熱的空氣，經過一個擺設著樣式奢華的沙發和波斯地毯的房間。溫室之後是一道玄關，剛才女管家已經打開了這一道門，我們從這裡走進陰暗的室內。即使窗簾沒有拉開，也能分辨得出來，這裡是一所氣派的沙龍，大理石地板、旋轉樓梯、正中央的桌子上擺設著一個巨大的花瓶——目前是空的——每一面牆上都裝設著一面巨大的鏡子，鏡子邊緣是華麗的鍍金鏡框。踏進這昏暗的室內時，鏡子映照出了我們的身影。

穿過大廳之後，是一間大型餐室。旁邊的廊道是一長串的拱門，盡頭對準了風景如畫的湖光山色。餐室裡的長桌兩旁排滿了亮麗華美的餐椅，桌子的長度幾乎跟整個房間一樣長——至少可以坐上三十個賓客。天花板垂下三盞巨型水晶吊燈。

我們彎著腰，藉著餐桌的掩護繼續往前移動。女管家和送貨員交談的聲音離我們很近。他們就在隔壁房間裡嗎？我們連忙鑽進椅子之間，爬到餐桌下方。只要我們繼續躲在這裡，就不會被發現，對吧？

傳來了幾句簡短的義大利語對話。送貨員似乎是在尋求女管家的指示。

不過聽起來兩人之間好像有些誤解，女管家的口氣像是在抱怨送貨員的笨手笨腳似的。接著是一陣東西摔碎的悶響。女管家繼續沒好氣地碎唸著。又過了一秒，傳來一聲更大的聲響。兩人講了幾句話之後，接著就是他們往回走，穿過餐廳的腳步聲。

我們從餐桌底下看見他們的腳經過，送貨員跟在女管家後面。我們聽著兩人的腳步聲穿過了大廳，一陣子之後，則是女管家委屈地嘟囔著，獨自返回隔壁房間的腳步聲。接下來是清掃碎片的聲響，然後女管家的腳步聲逐漸消失在遠處，直到最後，是砰的一聲，遠遠地有一扇門被關上了。

我們不動聲色，繼續安靜地等了很久。然後才從椅子之間爬了出來，站起身，盡可能不發出聲音地，往包裹搬進去的方向走去。

隔壁房間的景象，應該是任何人都不可能想像得到，在一幢義大利別墅裡會出現的房間。它正面對著科莫湖畔，空間甚至比隔壁的餐室還大，挑高兩層樓，上方是氣勢磅礴的圓頂天花板，兩旁的牆面上掛滿了大型唐卡。房間的盡頭布置了一座聖壇，聖壇上排滿了各種各樣的佛像。偌大的廳室中，從手工編織的地毯，到掛在窗戶上的綢緞窗簾，全都布滿了各種精細的花紋——藏傳佛教中的八吉祥、符咒、和其他古印度或喜馬拉雅地區的圖案。身處在義大利最著名、最雅致的景觀區之一，卻在其中遇上這樣的場景，受到的震撼已非普通的驚訝二字可以言喻。我想起戴伯格對拉賽爾斯的描述——帕斯卡是個非常講究的人，擁有過人的品味。也擁有雄厚的財力取得各種藝術品，就算它們是非賣品。

我細細查看了這裡展示的每一件文物。有畫著千手觀音、女性救護者綠度母、和十二緣起生死流轉圖的巨型唐卡。聖壇的中央是二十四K黃金打造的釋迦摩尼佛像，上面鑲嵌著紅寶石、綠寶石與鑽石。一旁是智慧之佛文殊師利菩薩，也就是我在網路文章上讀到，曾經被卡爾．施耐德教授撞見的那尊古杰寺失物。

當我一樣一樣地查看名列在不丹失竊名單上的那些佛像和唐卡時，才突然明白到，為什麼這個房間給人的感覺那麼地不協調。這些佛像和唐卡存在的用意，是一種存在在藏傳佛教寺院中的致敬。是一種禮讚，讚美我們的傳承自釋迦牟尼佛祖伊始，所展現出的最終極的慈悲與智慧。然而置身此處，這些佛像和唐卡出現在這個房間裡，卻反過來象徵了一種腐化，違背了一切佛法想要傳達的美德。沒錯，這些唐卡和佛像，的確是所有的唐卡和佛像之中最美麗、最珍貴的，但現在它們全是贓物。曾經我在一個神祕學老師口中聽過一個形容詞「奶與蜜般的奉獻能量」，即使是在喜馬拉雅山上一座最簡陋的小神社，都能感覺到這種虔誠奉獻的能量，可是在這個房間裡，卻絲毫沒有半點這種能量。即使這裡每一件文物的呈現方式都經過精心設計與安排，它們卻脫離了原有的脈絡，不再是一個活生生的體驗的一部分，無法幫助人體認到超然與解脫，變成了一幅幅的定格動畫，死氣沉沉。

「祂們全都在這裡。」我悄悄地告訴愛麗絲。

「被偷的那些？」

我點頭。

眼前的景象令我們感到不敢置信，帶著驚訝的眼光，我們在房裡四處查看，接著，我和愛麗絲同時一起看到了藥師佛像。我們一眼就認出了祂。祂被放置在聖壇左邊，一個深藍色的底座上。

彷彿受到祂的吸引似地，我們踩著鋪著地毯的地板走向祂，站在祂跟前，我回想起祂成為虎穴寺的一部分，已經有著多麼悠久的歷史。自從慈仁喇嘛將祂帶出西藏，已經過了漫長的數十年。祂的臨在又是如何地影響了整個虎穴寺。而那個存在超過了一千年的伏藏，一直藏身在祂的裡面。

「我們得通知戴伯格。」我說。

「我還有他的號碼。」愛麗絲把手機從圍巾裡拿出來，拍下一張藥師佛像的照片。接著又拍了幾張其他佛像和唐卡的照片。她把這些照片附加在一則簡訊裡之後，按下「發送」。

「現在呢？」她把手機放回圍巾裡，小聲問我。

「把祂帶走。」

接近傍晚的下午，這幢空無一人的別墅，沉入了一片無聲的靜止。從遠處的窗戶望出去，科莫湖看上去就像是一幅幅靜謐的風景畫。

「怎麼帶？」她看著我。

「從大門。」我歪著頭，指向我們剛才進來的方向。「我猜大廳門口會有外面大門的開關。」我們回頭轉向藥師佛像。我伸出手，把佛像從底座上拿起來。一時間，佛像手中的甘露碗掉了下來，「鏘」地大聲一響，滾向祂的手肘。

「這個碗給妳拿——」我用氣音對愛麗絲說，「我拿佛像。」

「確定？」她吞了一口口水。

突然間，背後傳來一陣怒吼。我們轉過身。兩個虎背熊腰的警衛正朝著我們衝過來。其中一個人掏出了手槍。

我們動也不動。

17

一轉眼我們已經被壓倒在地，面朝下，警衛正搜著我們的身體。其中一個警衛把我口袋裡的手機、皮夾和鑰匙都挖了出來。另外一個負責搜愛麗絲。他拿走了她的皮包，把皮包裡的東西全倒在地毯上。被壓在地上的我只看得到她的腿，看不到她的表情。

警衛是怎麼進來的？還是他們其實一直都在屋裡？一隻腳粗暴地踩在我的上背。另外一個男人搜完愛麗絲身上的東西之後便走開了。我聽到一串急促的義大利文。停頓一下後，又是另一串。

接著我的腿被踢了一腳。我往上看，一個皮膚黝黑的大鬍子男人，凶狠地盯著我，示意我站起來。我照做了。我一站定，他立刻用手銬將我的雙手銬在背後。

一旁的另一個警衛，看上去年紀較長，理著極短的平頭，一道疤痕劃過他整張右臉。他把愛麗絲架了起來，也給她戴上手銬。愛麗絲發出痛苦的呻吟。

他們把我們推出這個房間，趕進餐廳裡，然後拉了兩張椅子，把我們押上去。很快地，他們連我們的腳踝都銬上了。

「你們不可以這樣！」愛麗絲突然大叫，「你們不可以用手銬銬我們——」

「閉嘴！」年紀大的警衛用義大利語對著她的臉大吼。

我有點訝異愛麗絲竟然會突然尖叫。她的神態又驚又怕。

我們被押在離餐桌一小段距離的位置。年輕的警衛動手把我們被銬起來的腿跟椅子綁在一起，讓我們完全動彈不得。

年紀大的警衛打了一通電話。說了幾句話之後，他把他的手機架在餐桌上，用愛麗絲的皮包當支架，搭了一個角度，好讓我們兩個人都正對著螢幕。

愛麗絲和我交換眼神。這節骨眼上，在警衛們所認識的人之中，我想只有一個人會有興趣和我們通話了。諷刺的是，一天之前，也是這同一個人，我和愛麗絲都還想要打電話給他，期盼他能夠為我們伸出援手。

但這真的有可能嗎？他有可能在我們被手銬束縛在他自家餐椅上的情況下，向我們曝光他的身分？假如他真的出現了，他還會想對我們做些什麼事？各種畫面在我的腦海中亂竄：黎明時分，愛麗絲在果園裡被五花大綁；虎穴寺地板上，慈仁喇嘛的屍體；加護病房的病床上，布雷蕭那張腫脹不堪的臉，還有愛爾蘭那兩個惡棍——脖子上刺著狼蛛的光頭高個子，故意在脖子上劃出殺頭手勢的兇狠模樣。

令人想不透的是，如此一個才智出眾、品味超群的上流人士，一個願意向喜馬拉雅山上的高僧頂禮的人，似乎同時也能冷血地一聲號令，就讓他的手下出手傷人，甚至取人性命，這兩者實在太不相稱了，真的有可能是同一個人的作為嗎？

果不其然，過了不久，拉賽爾斯的影像浮現在螢幕上。他風度翩翩，散發出高雅的貴族氣息，一頭銀髮梳理得一絲不苟，性格的嘴角不悅地緊抿在一起，金邊眼鏡後方的一對藍眼珠打量著我們，眼神混合著好奇與嫌惡。穿著白上衣黑外套的他，盯著我們的表情像是盯著一對標本，過了半晌，才開口說道：

「我對你們付出了善意，而這就是你們報答我的方法？」他的嗓音充滿磁性，帶著法式的抑揚頓挫，「闖進我家？」

椅子上的我們不發一語，直到愛麗絲打破沉默：「善意？」

他鄙視地撇起嘴唇：「我資助妳的研究那麼多年。灑了幾千、幾百萬歐元。從來沒有推拖過半毛錢。看看我得到的回報是什麼？」他身體往前，湊到螢幕前方，憤恨地說道：「巨大的失敗！」他啐了一口。「維森斯坦博士，我對妳的期望可不只如此。妳的頂頭上司，布雷蕭博士，是一個拖拖拉拉的管理者。勤奮的蠢貨。可是妳不同，妳才華出眾、指日可待。只可惜妳的研究方法出現了嚴重的瑕疵。真是一樁慘劇！」

「如果我的研究方法真的有重大瑕疵，為什麼你還要一直資助我們？」愛麗絲強硬地反駁。

拉賽爾斯無視她的反駁。「妳的無能太令我失望了，」他繼續說，「妳一點都不明白，我的研究對於實現我的偉大理想有多麼重要。」

「你的研究？」

拉賽爾斯不屑地撇著嘴說：「是我一個人，擁有這樣的遠見。我投入了畢生的心血，同時去瞭解嚴謹的科學與奧祕的靈性、分析與直覺、當代與古代。是我一個人，看穿了對一個人來說什麼是顯而易見的——什麼又是他們看不見的。別人都只看到了某個部分。他們捕捉到的只是他們個人微小現實裡的殘缺破片，可是人類真正需要的，是涵納一切的視野。我們要看到的是更大的圖像。你們說，天底下還有什麼人像我一樣有這種眼光，嗯？」

我毫不猶豫：「我就認識好幾個。」

「你，」他嗤之以鼻，「還有你那群老喇嘛。確實，他們可能握有某些智慧，可是你看看他們都怎麼對待它？把它藏起來！只留給自己！像鼴鼠似地在那些黑暗的洞穴和通道裡進進出出，把智慧隱藏起來，只讓灌頂過的人知道！他們懂不懂什麼叫用商業的手法推廣一個好的概念？懂不懂市場行銷？懂不懂怎麼讓它流通到全世界？那些眼界狹窄的出家人根本不懂這些事情。」

「所以他們才會指導愛麗絲去做那個研究，」我回答，「他們也一直在訓練我。你的願景並不是什麼原創的想法。你的偉大理想也是偷來的，就跟，」我用下巴指向隔壁房間，「那個房間裡的東西一樣。」

「夠了！」拉賽爾斯狠狠拍了一下桌子，「早知道我今天早上就應該像狗一樣斃了你們，」他撂下狠話，「可現在我不會再犯一樣的錯了。」他把椅子向後一推，鄙夷地看著我們。

「在這間房子裡，我所收集來的全是喜馬拉雅製作最精良的文物。這些佛像和唐卡存在的目的，是啟發、教化和提升我們的視野。但是除了這些靈感，喜馬拉雅山上的佛教徒們對這個世界還有什麼好處？他們對人類做了什麼貢獻？他們給了人類什麼禮物？他們不配擁有這些藝術品。

「我呢，可不一樣，我一直有個想法，我要為人類提供他們長久以來一直渴望的神奇力量。長生不老的靈藥、讓人永生不朽的甘露。青春永駐的保證。不是什麼花拳繡腿的化妝品之類的東西，而是遠比它更精細的事物。一個神祕的密碼。一組特定的頻率，讓人從原子的層面得到轉化。」

他從口袋裡掏出了一支金屬小管子，就是在愛爾蘭的時候，從我的脖子上被搶走的伏藏。「今晚，我會把它的內容分享給一群有意思的人看。而我敢保證，每個人都一定會有足夠的理由，讓這一晚成為他永生難忘的一晚。」

他停頓了一陣，臉龐為今晚即將到來的勝利綻放出光彩，旋即，他又拉長了臉，陰沉地說：「原先我也希望可以發表我的研究結果，可是多虧了妳的糊塗——」他怒視愛麗絲，「這件事不會發生了。不過呢，」他用手指把玩著金屬管子，「我手上還是握有某些有力的資料，足以支持我的理論。而且我給它安排好的展示方式……會是一齣精彩的大戲。」

「伏藏應該要在最吉祥的環境下才能夠開啟，你不擔心嗎？」

拉賽爾斯輕蔑地看了我一眼，接著冷冷地乾笑了幾聲。「看來你中喇嘛教的毒中得很深，是不是？真受不了那些永無止盡的祈禱和儀式。這個天底下，我想不到還有別的場合，比西芒托學院的晚宴更吉祥了，那可是世界上最菁英的科學家們齊聚一堂的場合。」

他停下來，瞪著鏡頭老半天。「這會兒你們倆還給我惹了另一個麻煩。你們出現在我家附近的證據太多了，我不能簡單地讓你們就這麼消失。」

他歪著頭，靜靜地打量了我們一會兒。「在科莫湖，每個季節至少都會發生一起悲劇性的意外，」他聳聳肩，「一對人生地不熟的情侶划船出去，想要來一趟浪漫的遊湖之旅，結果卻碰上了麻煩。這座湖很大的。除非這對情侶都是游泳高手，否則，」他又聳了一次肩膀，「最糟糕的情況還是可能發生的。體力不支。肺部進水。不幸溺斃。當然你們不一定會體驗到這整個過程。你們會在睡夢中離開。帕奇亞娜太太（Mrs. Pacchiana）會送你們一程。就跟她不得不送走她心愛的老灰狗的時候一樣。她很拿手的。可以說是安樂死的專家。一管高劑量的戊巴比妥（Pentobarbital）就能讓你們倆都失去意識，不會再醒來。最後再送你們到湖裡去。」

我留意到背後有動靜，往旁邊一瞥，看見女管家正走向我們，手裡拿著針筒和一個小藥瓶。她一步步踩著地毯走來時，瞇細了眼睛盯著我們，像盯著獵物一樣。

「我想你們一定知道，『靈魂』（soul）這個字眼是從古薩克遜語來的。它的意思是『從神聖之湖來、回神聖之湖去』。很適合今天這個情境，你們說是不是？」

其中一個警衛用義大利語說起話來。

「你從不丹偷走了那麼多東西，我們不會讓你逍遙法外的。」愛麗絲的語氣冷若冰霜。拉賽爾斯鄙夷地看著我們，冷酷地用義大利語說了一句：「晚安。」

隨後，他開始用義大利語指示警衛和管家。年紀大的警衛拿回他的手機，回應拉賽爾斯的指示，女管家也在一旁聽著，不時點頭。

電話結束後，警衛把手機放回口袋裡。他和另一個警衛一起走向愛麗絲。旁邊的女管家將藥瓶倒過來，抽了一管藥水到針筒裡。一個警衛架住愛麗絲兩邊肩膀，另一個警衛固定她右臂。因為其中一名警衛就站在女管家側邊，所以我只瞄到一眼她把針頭刺進愛麗絲手臂的景象。藥水緩緩地注入了愛麗絲的手臂。

警衛放開了愛麗絲。她轉過頭來，我們四目相會。剎時間，我突然覺得自己抽離了身體，愛麗絲也是，我們一起俯瞰著事件的進展。這種情況下，我們該對彼此說些什麼才好呢？過去幾天如此緊湊刺激，我們根本無暇分享任何真正重要的事。有好多來不及被表達的情感。而眼前，我感受最深刻的，是一個母親再也見不到她的孩子的痛苦。她想要保護和養育孩子的渴望。那是一股強大的愛，任何其他的情感都比不上。她所有的研究工作，此時此刻全都被拋諸九霄雲外，像一件褪下的白袍，落在了地上，變得一點都不重要。

至於我那些未曾說出口的情感，在這一刻，也變得格外分明，我察覺到自己原來這麼多年來，都一直強烈地期盼自己能和愛麗絲在一起，我是多麼地渴望能讓她進駐我的心底。我們這一世的旅程是如此地無與倫比。每每在這種狀態下，總是令人回首起過往，我才驀然驚覺，這樣的經驗已經不是頭一次了。回頭不斷往前延伸、從那個沒有開頭的時間起，我和她的生命、和諸多上師和指引者們的生命，便一直是交織在一起的，宛如一股又一股的彩色絲線，層疊交錯，交織成一片巨幅的織錦。

在這個奇怪的狀態裡，我能同時感知到這個鮮明的物質現實之中，我們生命的所有過去與當下，也感知到了它其實極度脆弱的本質，我能全然地感受到愛麗絲的感受，也突然意識到，她其實也一樣，能全然地感受到我的感受。不再需要任何言語，因為言語的限制只令它的存在顯得多餘。當我們肩並肩、凝視著彼此的眼眸時，我們用一種前所未有的方式連結到彼此的心。我們真正意義上地全然瞭解對方。儘管在世俗的現實裡時間依然分分秒秒流逝，但我們一起瞥見了一個截然不同的現實，在那個維度裡，時間沒有意義，而我們知曉一切。

愛麗絲的頭懶洋洋地垂到了胸前，她的眼皮顯得沉重。她只說了幾個字：「修行的時候到了。」

即便這時女管家已經轉身拋下了她的第一個受害者，我的內在有某個部分，卻感到一種奇異的滿足。愛麗絲正在回顧死亡的歷程，從粗分的一般心識，直到最細微的光明心的八個階段，這是藏傳佛教徒在禪修時會一而再、再而三地練習的。這項準備，是為了當機會來臨時，給認得出那個機會的人所進行的。這是一個一生僅有一次的機會，一個讓人擺脫無數次生死輪迴的機會——而它現在就在眼前。

正當女管家把手伸進口袋，打算再次掏出裝著戊巴比妥的藥瓶時，外頭傳來了警笛聲。警車的數量非常多。他們正快速地接近著。

警衛立刻放掉了我的手臂，往隔壁房間的方向開溜。女管家瞥了一眼癱軟的愛麗絲，聽見警車飛馳而來的呼嘯聲，她驚恐地睜大了眼睛。掏出藥瓶後，她豎直瓶身，想要把針頭插進去，然而隨著越來越響亮的警笛聲，她的手也顫抖得越來越厲害。一個沒抓穩，藥瓶摔了下去，撞到其中一隻黃銅裝飾的餐桌腳上，然後碎了一地。她頭一轉，倉皇地離開了房間。

試著數了一下之後，我猜測至少來了三輛警車。警笛非常響亮，他們一定已經開到大門口了。椅子上的我期待著他們可以隨時衝進來，也希望愛麗絲的身體慢下來，不要太快對注射到她身體裡的藥物產生反應。警笛聲近在咫尺，一直在外頭大聲地呼嘯著，但是卻沒有人破門進來救我們。

「愛麗絲，妳聽得見我的聲音嗎？」我必須大聲喊叫才能讓她聽見。她沒有回答我。甚至看不到她還有意識的跡象。

隨著每一秒流逝，都讓愛麗絲復原的希望變得更加渺茫。我對巴比妥類藥物並不熟悉，但是我看見了女管家注射到愛麗絲體內的劑量並不小。

我試著站起來，可是雙腳被銬住、還綁在椅子上，完全無法走動。餐椅裝了厚實的椅墊，也非常沉重，就像拖著一個巨大的殼在背上。

我想起別墅周圍的保全設施、那扇巨大的金屬鐵門。森嚴的高牆。拉賽爾斯給自己建築起來的防禦工事無疑是最嚴密的。警察要怎麼破門而入？有隨行的救護車嗎？情況危急，要是有任何一丁點機會，一定要把愛麗絲送去醫院。

光是坐在這裡對她沒有半點幫助，我心想。在震耳欲聾的警笛聲中，我用四肢的壓力，擠出我所有的力氣，施加在餐椅的右腳上，對它又扭又推，想把它從底座上折斷。

我思考著，如果我能想辦法走出餐室、走到大廳，說不定可以找到外面鐵門的開關。剛才女管家是先從房子正門口出現的。我不確定是她的手中有遙控器，還是開關就裝設在大廳。

我迫切地想去大廳一探究竟。

外面的騷動變得更大聲了。不知道擠了多少台車？我抬頭張望，心想整條馬路應該已經全被塞住了。如果無視那些喧鬧的噪音，從屋裡的窗戶看去，看到的其實是一片安詳的午後風景，溫室裡的植物、綠油油的草坪、碧藍的湖水，還有深邃、靜止的無瑕天空。

我的掙扎取得了進展，餐椅腳開始鬆動了。我刻意不理會繩索和腳銬在腳踝上的磨擦。餐椅腳現在有點搖晃了。我覺得只要再用力推幾下，我就能折斷它，然後掙脫。

成功了。餐椅腳應聲斷裂，甩了出去，在地毯上滾了好幾圈。我的右腳自由了，很快我也可以把左腳從另一邊的餐椅拔出來。

我先跪倒在地，然後站起來。雖然我的雙手仍銬在背後，現在我可以自由走動到大廳了。但這件事沒有成真。不知怎麼地，我突然失去了平衡，我踉踉蹌蹌，往被拉賽爾斯手下偷襲的那一側倒下，被槍托重擊的頭部重重地摔在地面。

整個房間都在旋轉。

❖

等我再度恢復意識的時候，我看見警察蹲在我身邊，正在幫我解開手銬。屋外又是一陣尖銳的警笛聲。

「愛麗絲！」我大叫。迷迷糊糊中，我仍掛念著一定要通知他們誰才是最需要幫助的對象。

「好的，好的。」警察用義大利語回應。

「幫助愛麗絲！」我用英語呼救。

一個警察抓住我的手腕不動，好讓旁邊另一個警察進行他的動作。一聲清脆的金屬斷裂聲傳來，我兩手鬆開了。我自發性地讓手臂伸向身體前方，一股血液的熱流竄進了上臂的肌肉裡。

一陣混亂之中，從人群裡出現了一張蓄著鬍子的臉。「你是馬特・萊斯特？」

「我是。」

「我是馬爾凱提（Marchetti）警長。」

「愛麗絲怎麼樣了？」

「我們正在幫她鬆綁。她昏迷不醒。」

「他們在她身上注射了高劑量的鎮靜劑。戊巴比妥。」

原本圍在我身邊的警察們往後退開。

「現場有醫療團隊。」馬爾凱提往我背後看了一眼。

我坐起來，環顧四周。

警長做了個手勢，示意我待在原地不要動。

「會有醫生來檢查你的情況。」馬爾凱提告訴我。

除非我確認過愛麗絲的現狀，否則我絕不會呆呆地坐在這裡。

「我真的沒事。」我爬了起來，轉頭查看。其他的警官們已經把愛麗絲從椅子上解開了。他們正在協助醫療團隊把她送上擔架。她的身體癱軟無力，像一個布娃娃。一位護理人員用保暖的毯子裹住她的身體，醫療團隊開始把擔架往大廳的方向推去。

警官們正在剪斷還留在我手腕和腳踝上的手銬。他們其中一個人站在我身邊，手臂環繞著我的肩膀，支撐我站著。

馬爾凱堤又高又壯，渾身上下每一吋都散發出警長的氣息，他仔細地查看著我。大門已經被打開，等著讓擔架通過。外面一團混亂，擠了好幾輛警車，還有一台救護車。

「她不會有事吧？」我跟著擔架往外走，問了一位護理人員。

對方是一位膚色蠟黃、眼神鋒利的中年男性。「現在不知道藥效發揮到什麼程度了。要回醫院檢查才知道。」

他無法提供任何保證。

穿過大廳，從接近傍晚的天色望出去，我看見別墅最外圍的金屬大門是被鋸開的。這就是為什麼他們花了那麼久才進來。

我轉頭對一旁的馬爾凱堤說：「本來我想要想辦法走去大廳打開外面的大門。」

他點頭。

「我們會和愛麗絲一起去醫院嗎？」我看著醫療團隊迅速地把她的擔架推向救護車。

「我們會跟著救護車。」他說，「她會受到很好的照顧的。不過走之前，也許你可以先幫忙回答一個問題？」

我作出疑問的表情。

「有一件重大的藝術品竊盜案，我追查了很多年，」他盯著我看，神情既堅定，又有一種特殊的熱誠，「第一次有人提示我注意這件事，是十多年前。」

「是戴伯格給你消息的嗎？」我問。

「我既不能肯定，也不能否認。」他點點頭，話語之外的神態已洩露了答案，「其中有好幾件非常高價的文物，都被列在國際刑警組織的贓物名冊裡了。」他往下說，「我的……難處在於，沒有搜索令，我無法進入這棟別墅。畢竟要調查的對象是一個超級富豪，他身邊的朋友全都有權有勢，讓這件事變得完全不可能。」

我留意到他的挫折，再聯想到他想請我幫的忙，頓時間我便明白了。過去十年來，他一直想進入拉賽爾斯的別墅一探究竟，但不得其門而入，不過有了今天這個事件，一扇意想不到的機會之門突然在他面前打開了。

站在大廳，我看著愛麗絲的擔架被裝上救護車。兩位醫療人員跟著爬了上去，坐在她旁邊。車門關上了。

我想起她對拉賽爾斯說的最後一句話：「你從不丹偷走了那麼多東西，我們不會讓你逍遙法外的。」

我大可跟著她一起去醫院。馬爾凱堤怎麼樣也阻止不了我的。可是到了醫院之後，我能做什麼？我只能在等候室裡面乾著急，晃來晃去，想辦法消耗時間。另一方面，倘若我想讓愛麗絲的最後一句話發揮更好的效用，同時也完成我自己對住持的責任，那麼我應該幫忙警長完成他的調查工作。

我轉向馬爾凱堤：「我可以怎麼幫你？」

馬爾凱堤深吸了一大口氣。「拉賽爾斯潛逃的機率很高，」他嘆道，「如果讓他察覺風頭不對，他出境跑去瑞士的話，我就沒有管轄權，從此就再也逮不到他了。」

「你可以在米蘭將他束手就擒。就在今晚。」

「我也想，」他看了一眼手錶，「不過我需要你的幫助才能辦到。」

這麼看來，事成的關鍵落在了我的頭上。

「你能協助指認哪些文物是從不丹被偷走的嗎？」

「那當然。」我點頭，「有一些是好幾年前失竊的。還有一尊藥師佛像是最近被偷走的，就是因為那尊佛像，所以今天我們才會來到這裡。」

我帶著他走進拉賽爾斯裝滿了喜馬拉雅文物的展示廳。夕陽餘暉投射進廳堂裡，將陰影拉得老長，我點亮電燈，直接帶馬爾凱堤走向聖壇，走到釋迦牟尼佛像和文殊師利菩薩像前方。警長身旁還有兩位隨行探員，一個用相機拍下佛像的照片，另外一個則拿出國際刑警組織的贓物清單開始逐一對照。接著我指認了千手觀音、綠度母、十二緣起生死流轉圖的唐卡。我們又走過了其他幾張唐卡，最後，我們的腳步停在虎穴寺失竊的藥師佛像面前。

和同僚交談了幾句話之後，馬爾凱堤露出心滿意足的表情，他得到了他所需要的證據。他快步走出別墅，一邊告訴我，他的下屬會持續在科莫湖區搜尋逃逸的警衛，而他則會驅車前往米蘭。他要親手將拉賽爾斯繩之以法。

「我會安排人手送你去醫院。」他說。

我的思緒再度飄向愛麗絲，想到她即將在醫院經歷的一切。等到她一抵達醫院，她會立刻被送進加護病房。院房會為她進行各種檢查，說不定還會接上各種管子，嚴密監測。我幾乎可以肯定，他們不會允許我待在病房裡。而就算可以，我又能做些什麼？沒有手機，我根本無法聯絡任何人。

另一方面，拉賽爾斯則即將對一群全歐洲最頂尖的菁英科學家們發表演說。我可以想像這個妄自尊大的傢伙洋洋得意地對著一屋子科學家，滔滔不絕地講述一堆從別人那裡偷來的概念。為了撐起他這一齣大戲，在向他的觀眾們展示從我的脖子上搶走的伏藏之前，毫無疑問地，他會先編織出一套自命不凡的故事。馬爾凱堤能夠在他打開伏藏之前趕到會場嗎？在什麼時機點上，這位警長才會決定採取行動？

你從不丹偷走了那麼多東西，我們不會讓你逍遙法外的。

頓時間，我突然想要親眼看見拉賽爾斯束手就擒的過程。我想見證那個轉捩點。我又想起了愛麗絲，孤單一人躺在異鄉的病榻上。然而同時間我也想起了剛才我們共享過的那份超越語言的連結。我的心思不再擺盪了。我知道該怎麼做。

跟著馬爾凱堤走到被拆毀的金屬大門前時，在漸濃的暮色中，我向他提出要求：「有沒有可能讓我和你一起去米蘭？我想看著你逮捕拉賽爾斯。」

警長疑惑地看著我：「你想在旁邊看？」

我點頭。

很明顯地他開始盤算起來，露出計算得失的表情。既然我協助提供了他所需要的證據，而逮捕拉賽爾斯，無疑是他職業生涯以來最大的斬獲，他發現我的存在對他有利。

「我們晚點再回醫院。」他同意了。

「沒問題。」

❖

從切爾諾比奧到米蘭的車程通常要一小時。我們只用了四十分鐘就到了。路上的車潮見到高速飛馳的警車，紛紛自動閃避。每當前方有回堵的跡象，負責開車的警官就會打開警示燈和警笛，充分利用它們帶來的效果。

我們坐的警車，是一整隊警車的第一台。馬爾凱堤坐在副駕駛座上，連珠炮似地和米蘭和科莫湖警局的同僚們不停地用電話來回交流。坐在後座的我則閉上了眼睛，讓一整天的動盪暫時歇息。偶爾，我會望向窗外，看著黃昏漸漸被黑夜吞噬。

在路上，警長告訴我，在警方破門而入之後，幾乎馬上就抓到了女管家。他們沒收了她的手機，也檢查了她的對話紀錄。她今天一整天都沒有撥出去任何電話。至於警衛們，警方在湖邊找到了他們的鞋子、衣物和一些其他東西。由於不能直接從大門逃走，所以他們唯一的選項是游泳。警方仍在持續追緝。大規模搜索正在進行中。

就在即將抵達目的地前，馬爾凱堤向我確認。「抓到警衛了。」

「太好了。」

「我們也檢查了他們的手機紀錄。」他的雙眼閃過一抹微妙的光芒，「他們也沒有打電話給拉賽爾斯。現在萬事具備了。」

「真是太棒了。」

❖

自西芒托學院成立的這四又二分之一個世紀以來，它每年的晚宴，大抵都是在它當初最主要的贊助人費迪南多二世・德・梅迪奇大公爵（Grand Duke Ferdinando II de Medici）的宅邸中舉行的。這座古老、優雅、神祕又戒備嚴密的宅院所有權，自古以來多半是掌握在義大利貴族手中的。現任的擁有者將之重新發展成一個聚會場所，擁有正確的人脈關係的人，就可以付費租用，在這裡舉辦特殊的宴會。

米蘭對我而言十分陌生，所以當警車車隊在某個街區的路邊停下來時，我對宅院的所在位置毫無概念。不過等到我順著馬路往前一看，我發現了一座宏偉的建築，入口有壯觀的廊柱，前方停著一輛閃閃發亮的名車。建築物的牆面上爬滿了常春藤，門口上方豎著一個旗竿，一面古老的旗幟在晚風中壯麗地飛揚著，一眼就能感受到它歷史悠久的氣息。

「你待在這裡。我去和同僚說幾句話。」馬爾凱提對我說完，打開他的車門。

坐在後座，我看著警長和一組從科莫湖一起過來的團隊沿著人行道往前走，大概是在確認所有的細節都安排妥當了。自我們從科莫湖出發開始，沿路上警長來來回回接打的那些電話我都聽到了。雖然我不懂義大利文，不過也約略聽出了一些細節。我知道今晚在警方攻堅的期間，所有受雇於賓客們的私人保鑣都將會暫時被撤到一邊。警方會控制所有出入口。拉賽爾斯的座車和司機會被扣留。

等待的時間從二十分鐘，延長到了四十分鐘，最後演變成足足的一小時，我暗自祈禱，馬爾凱堤忙著部署他的天羅地網時，沒有把我忘了。我告訴過他伏藏的重大意義、為什麼伏藏會成為拉賽爾斯在盜竊藥師佛像時的首要目標。以及他已經計畫了一場戲劇化的揭露儀式，打算當著這群他周旋了多年的菁英科學家面前，打開這份伏藏。

已經過了晚上八點半。西芒托學院的成員肯定都已經聚集在梅迪奇的宅院裡了。戴伯格說過，賓客們會先一起共進晚餐，接著會有一場演講——除此之外我便不知道任何其他關於這場晚宴的流程細節了。來參與的賓客會有多少人？特別是，拉賽爾斯計畫用什麼樣的方式，在他這群頂級的觀眾面前揭開伏藏呢？

正思考著這件事時，我聽見有人敲了敲車窗。一位警官招手要我下車。警車後方不遠處，馬爾凱堤正在發號施令。馬路對面，一群身穿西裝、頭戴禮帽的司機們已經被警方聚集在一起，表情十分不悅。警長正在和兩位個頭很高的便衣警察交談。他們三個人一起將身上的手機和無線電關成靜音模式。接著警長對我點了一下頭，示意我跟上。

我們在靜默中快速地前進著，順著小巷前往那幢氣派的宅院。一行人除了馬爾凱堤、兩個大塊頭便衣警察和我之外，後面還跟著六個隊員，然而即便是這麼大一群人，我們行進得近乎無聲無息。

抵達門口後，馬爾凱堤領軍，我們繞過一台拋光得光潔耀眼的藍色賓利轎車，登上大理石台階。宅院的入口是一對雙開式的巨大門扉。在我們就快要走到門口時，大門從裡面自動打開了。警方已經控制了出入口。一位女警出現，帶著我們走進一個用巴洛克式大燭台照明的中庭，再穿過一道古老的大理石迴廊，地面上鋪著厚厚的紅地毯。自從踏進這所宅邸，我便濃厚地感受到它悠遠的歷史，宛如暫時跌入了一條流淌了好幾世紀、由特權和財富所交融而成的長河裡。在中庭的對面有一道氣勢雄偉的石造入口，通向一個淺廳，從那裡開始，左右各有一條走廊往外延伸。女警右轉進右邊的走廊，我們穿過了一條石造通道，通道兩側牆面上都安裝著照明燭台。

通道錯綜複雜，我們彷彿置身在迷宮之中，女警平順無阻地前進著，直到我們走到一個轉角，看見了一扇非常高大、裝飾得富麗堂皇的廳門。巨大的實木門扉上雕刻著盾徽，精細的紋章上填滿了豐富的色彩。華麗繁複的巴洛克裝飾，奢華的鍍金門框，能讓來訪者確信，自己即將踏入的是一個尊貴不凡的空間。此時，在這扇門的另一邊，我猜想，西芒托學院的成員們正聚集在一起享用他們的晚宴吧。

女警停下腳步，她的眼神和馬爾凱堤相會。馬爾凱堤接著看向兩個隨行的大塊頭便衣，他們兩人立刻分開來，各自占據了大門兩側，做出預備姿勢。最後警長轉向我。他一句話也沒有說。他也不需要說。他眼神裡的訊息一清二楚：不要成為他們的絆腳石。閉嘴。保持低調。不要干擾他們的行動。

兩位便衣警察留在原地，我們則跟著女警繼續往走廊深處前進，到了某處，她揭開一道布簾，布簾後方是一座窄小的旋轉樓梯。

我跟著他們爬上樓梯，樓梯繞了好幾圈，正在往上爬的時候，我們聽見遠處有個人正在說話的聲音，一直到我們登上上方的樓面，話語聲又變得更大聲了。

我們抵達的樓面有一個敞開的門口，裡面是一個小的觀景台，形式類似劇院的包廂。在小包廂的前面，面對著房間的方向，站著好幾名身穿制服的衛兵，衛兵的服裝上有梅迪奇家族著名的徽章：五個紅色小球加上一個藍色小球的盾徽。走進包廂後，說話的人聲音依然響亮——現在我們跟他身處在同一個空間裡了，彼此只相隔一段很短的距離。我認出這個說話的聲音，是這個下午我才剛聽過的聲音。

衛兵一定察覺到了我們出現在他們背後，只不過他們沒有洩漏出任何跡象。馬爾凱提又往包廂前方移動了一點，但是仍藏身在陰暗處，讓人看不見他就在衛兵背後。他轉向我，用下巴示意我也可以往包廂的邊緣靠近一點。

等我靠過去之後，我發現這裡的視野足以俯瞰一整個長桌。四十位盛裝打扮的男男女女圍坐在長桌旁邊。他們的目光全都集中在長桌尾端的那位男士身上。那位男士站在一個燭台旁邊，白色領結、黑色長大衣，外面還罩著一件華麗的酒紅色背心，背心上面用金色的絲線繡滿了藏文。

在他身旁不遠處，有些不協調地擺著一張工作桌——上面也裝飾了白色桌布——桌面上配有金工用的虎鉗夾具，也備好了一把鋼鋸。

18

「自古以來，科學家們勤勉不懈地努力，然而直到今天，他們的目標都還未真正達成過。」帕斯卡．拉賽爾斯的陳詞慷慨激昂。他右手插在背心裡，左手激動地做出誇張的手勢，品嚐著觀眾投注在他身上的注意力。「面對疾病這個敵人，儘管我們已經取得了許多勝利，然而我們每個人的內心深處都很清楚，在直到取得最後一場戰役的勝利之前，誰都不能真正地停下腳步。直到我們找到真正的方法，知道如何解決細胞老化的問題。知道如何阻止熵增。」他戲劇化地停頓了一下。

「長生不老靈藥，是每個煉金術士的夢想。古希臘人的觀念裡存在著所謂的賢者之石，能夠將普通的金屬轉變成黃金。」拉賽爾斯讀著長桌兩旁的提詞機，對西芒托學院的成員說教起來，他談起自文藝復興時期以來生物學方面的種種進展，然而就算有了那麼多進步，卻依然不見任何對治老化的終極方案。

憑著他一臉聰明的相貌、寬闊的肩膀、銀色的髮絲還有他歐洲式的男中音，拉賽爾斯看上去還挺有模有樣的。他本人那一副魅力四射的叛逆貴族模樣，就跟我的想像一模一樣，除了那副洋洋得意、自以為是的嘴臉之外。那德性我和愛麗絲剛才已經領教過了。只不過我以為，在今天這樣的場合，他會有足夠的敏感度，知道自己至少該表現得謙遜一點，不那麼明目張膽。可是這會兒站在一群得過諾貝爾獎的分子生物學家、天體物理學家、和有機化學家面前，他擺出的卻是一副不把他們放在眼裡，目中無人的優越姿態。

拉賽爾斯向在場的觀眾們解釋，科學家在尋找長生不老藥的過程中，根本搞錯了方向。真正的關鍵在於純物理學上，而不是生理學和化學。更具體地說，是聲音對細胞結構的影響。他唸出了一串八成是從愛麗絲的論文裡抓出來的句子，將愛麗絲的研究假設占為己有。無庸置疑，他本想用愛麗絲的研究結果當成他今晚大肆炫耀的核心素材，只可惜事情沒有照著他的計畫走。在無法談及具有三一學院背景支持的大型縱向研究結果的情況下，他將話題限縮在談論喜馬拉雅地區的人口數據上。尤其，他藉由不丹光暈效應的解釋，來向他的觀眾展示他的祕密。他提起自己和世界衛生組織的合作、他投資進行的特殊調查，而調查的結果顯示，寺院人口的平均壽命顯著偏長——他背後的螢幕上出現了一堆數據和圖表。而其中一所寺院，虎穴寺，所呈現出來的數據，更是格外突出。就像是一位才華洋溢的魔術師，拉賽爾斯引導著觀眾的目光，一步一步將他們帶到他表演的最高潮。

他開始解釋，虎穴寺人口擁有超高平均壽命的原因。

「一九六〇年代初期，一項特殊的修行儀軌被引介至虎穴寺。從此之後，虎穴寺裡的人口平均壽命便產生了戲劇性的增長。而且這個現象只發生在虎穴寺——這個世界上最偏遠、最與世隔絕的寺院。

「這項修行儀軌包含了一段專門的咒語。這段咒語一直受到嚴格保密——直到今晚。據說，這段咒語是由藏傳佛教的創立者蓮花生大士本人所親自寫下的。只有非常少的一小群修行者知道這段咒語——他們全都活到了非常高的歲數——除此之外，它從未公開在世人眼前。相反地，已經超過一千年的時間，它都一直被封存這個小管子裡，等待著最適合公開分享給全人類的時機！」

他從口袋裡掏出了那支不久前還掛在我脖子上的金屬管子。

餐桌旁的賓客們，對拉賽爾斯的展示產生了各種不同的反應。許多學院成員好奇地往前傾，想要看清楚伏藏的樣子。另外一些人則困惑地皺起眉頭：今晚發表的內容顯然超出了西芒托學院向來習慣的科學背景。有些人交叉起雙手，往後靠在了椅背上。有一位座位鄰近拉賽爾斯的大鬍子高個兒，則是興致勃勃地露出了看好戲的表情。

拉賽爾斯伸手介紹一位罩著深藍色工作圍裙的鐵匠出場，他剛才一直站在門邊的陰暗處待命著。鐵匠走向工作檯，準備進行他的工作。除此之外，還有一位穿著傳統藏服的亞洲女性，站到了拉賽爾斯背後的螢幕旁邊。此時螢幕上的特寫畫面對準了工作檯上的虎鉗夾具。年輕女性的角色似乎是協助翻譯。

拉賽爾斯眉飛色舞地將伏藏遞給了鐵匠。鐵匠伸出雙手，畢恭畢敬地接過伏藏，接著將它放進夾具裡，拴緊虎鉗，虎鉗夾住了金屬管子的兩側，只露出頭部一小截。

鐵匠拿起鋼鋸，彎下腰，先是自信滿滿地用鋸子在金屬管的表面上向前劃了幾道，做出記號。金屬管的材質不硬，可能是黃銅或青銅。很快地，我們便能看出，金屬管上的彌封顯然並非什麼先進技術。用不了多久，鋼鋸就順利地切開了管子表面，這時鐵匠退到一旁，讓拉賽爾斯上前檢查，確認內裝的伏藏完好，沒有受損。

收到了拉賽爾斯的肯定之後，鐵匠繼續他的工作。

拉賽爾斯的臉上綻放出無比熱切的期待。他一心一意地專注在打開卷軸的過程上。過去十年來，他的人生就是為了走向這一刻而準備的。他把愛麗絲過去多年來的研究、我過去多年來在喜馬拉雅山上所受的訓練所為的那個目的，冠在了自己的頭上。他自命為安排這一切發生的大師、那個走在大家最前面的天才，他夢想著得到科學界的認可，而今晚、這一刻，正是他這個夢想即將實現的片刻。

鐵匠很順利地將金屬管子鋸開了。他展現出專業的精準，俐落地鋸下最後一道——伏藏的金屬管頭應聲跌落在工作檯面上。他放下鋼鋸，鬆開虎鉗，取下切開的金屬管，交給拉賽爾斯。

拉賽爾斯接過金屬管，轉身面向正朝他走過來的西藏女子。他將金屬管握在胸口前方，西藏女子微微彎腰，將食指伸進金屬管中。他們的一舉一動都被攝影機拍下來，播放在拉賽爾斯背後的螢幕上。鏡頭上呈現出拉賽爾斯握著金屬管的手，細微地顫抖著，也呈現了西藏女子抽出紙張時食指的細緻沉穩。一張泛黃的捲曲紙張纏繞在她的指尖上。

拉賽爾斯對她點頭致意之後，她拉出了金屬管裡的紙片。紙片捲成管狀，質地看上去很脆弱。她走向剛才鐵匠所在的工作檯，將紙片放在攝影機鏡頭正下方，以便得到最清晰的特寫。她用一種極其溫柔的手勢，慢慢地攤開紙片，直到它的內容完全披露出來，不只是從她的角度，而是連整個大螢幕上都能清楚地看見。

這瞬間，整個廳堂全然陷入沉默，安靜到令人耳朵發疼。因為展示在工作檯上的，並非什麼蓮花生大士親自手寫的古老咒語、揭開長生不老祕訣的神祕配方，而是一張全彩手繪的漫畫封面：

《丁丁在西藏》。拉賽爾斯呆若木雞。

有好一會兒，沒有人知道該做何反應。拉賽爾斯更是不知所措。他怔怔地站著，死盯著螢幕，五官凍結在一起。賓客們大都跟他一樣目瞪口呆。就連那些叉著腰、翹著二郎腿的傢伙也顯得十分意外。他們想看的好戲可不是這個，最起碼也該是個罕見的古物吧。

尷尬的氣氛變得越來越沉重，隨著時間一分一秒流逝，彷彿拖得越久，人們越不知道該怎麼辦才好。不敢置信、詭祕、困窘，各種難堪的氛圍籠罩在整個會場上。這時候若是地面突然裂開一個大洞，把呆滯地站在台上的講者吞沒，說不定還讓人感覺輕鬆一些。

終於，那個打從最初就一臉看好戲模樣的大鬍子高個兒，率先作出了反應。他環視滿室西芒托學院的成員，然後看著拉賽爾斯，擺出滑稽的笑臉，一雙大手緩緩地拍了三下：「恭喜你，帕斯卡！」他洪量的嗓音夾雜著濃濃的義大利腔調，「你美妙的演講和這齣精彩的表演，給我們所有人都上了一課。我們科學家們都應該更謙遜一點。這就是你今晚想傳達給我們的訊息，是吧？」拉賽爾斯槁木死灰的臉轉向了餐桌，他點點頭，竭力把持住自己。

「少來！」另外一個人出聲了。聽口音是英國人。「他滿嘴什麼長生不老藥的已經好幾年了。結果你只能拿出這種貨色？」

「就是說嘛！」另外一個人附和。

「謙遜沒什麼不對。丁丁也沒什麼問題。不過我們今天聚在一起，是為了討論科學。」這個口音聽起來是個美國人。

「太失敗了！」

「浪費時間！」

「完全是鬼扯一通！」一個澳洲人評得直接了當。

「要讓我們所有人全都聚集在同一個屋簷下，是要動員很多人力物力、也要經過很多複雜的安排，才能夠辦得成今天的晚宴，」一位女性的聲音響起，「實在是太糟蹋這個機會了！」

大多數人都同意她的看法。會場上這群卓越的科學家們，開始有幾個人用鞋跟敲響木地板，場面喧騰了起來。其他人紛紛開始加入，羞辱的敲擊聲席捲成一波巨大的轟鳴。人們的焦點全數集中在拉賽爾斯身上，甚至開始用掌根搥打起桌面。

拉賽爾斯別無選擇。離開是終結這場屈辱的儀式的唯一方法。他黯然退場。他搖著頭，今晚的轉折令他茫然失措。幾分鐘前，他還威風凜凜地指揮著的目光，此刻他只能低頭迴避。在這個神聖的房間裡，這是一場屈辱的撤退。他沒有得到至高無上的榮耀，而是在一波波譴責的浪潮中離去。

就在這個當下，馬爾凱堤舉起他的警用無線電，按下按鈕。他轉身跑下旋轉樓梯，女警立刻跟上。我尾隨他們的腳步，繞著旋轉樓梯往下跑，穿出布簾，跑上燭台照亮的通道。

還不用走到門口，我們都能聽見餐室裡的騷動。拉賽爾斯堅持地叫喚著他的手下，渾然不覺他們其實已經不在現場。他抗議著，認為警方沒有權利限制他的行動。困惑的拉賽爾斯，以為警察的出現跟剛才那場失敗的演講有關。

直到馬爾凱堤出現在他面前，拉賽爾斯的態度丕變，火冒三丈。

「是你?!快叫你的走狗們滾開!」

馬爾凱提警長對著他的一名下屬使了一個眼色之後,對方一個動作,便流暢地抓住拉賽爾斯的手臂,轉到背後,在手腕上扣上了手銬。

「我會打電話給你的頂頭上司!」拉賽爾斯尖聲抗議。

一群員警迅速做出陣型,前前後後包圍拉賽爾斯,馬爾凱提上前壓制住這名億萬富豪:「我希望你今晚玩得開心,拉賽爾斯先生。畢竟接下來很長一段時間之前,這可能是你最後一次和朋友聚會了。你非法限制了兩個人的人身自由,我現在以非法拘禁、參與謀殺,還有持有贓物的名義逮捕你。」

「你對我的司機幹了什麼好事?」

「他正在協助警方調查。」

「我要見我的律師!」拉賽爾斯大吼。

「那當然。」馬爾凱提答應。

我們一行人踏著大廳的紅地毯,走回梅迪奇別墅的大門口。門廊正前方那輛藍色賓利已經不見了,取而代之的是一輛深藍色的威凱廂型車,車身上用義大利文印著「警察運囚車」字樣。

「你會先跟我們一起去一趟科莫湖警察局。我已經幫你安排好交通車了。」馬爾凱提歪頭指了指那輛運囚車。

我們看著員警將拉賽爾斯帶上運囚車,一步步走進冷硬的車廂內。

運囚車正後方停放著一台賓士警車。馬爾凱堤非常客氣地拉開它的後坐門，邀請我上車。走向賓士警車時，我在運囚車敞開的車門旁暫停了一下，看著拉賽爾斯彎腰駝背、手腕銬在背後，擠在車廂內的不鏽鋼座位上。

「有一件事情我不得不同意你，拉賽爾斯先生，」我對他說，「今晚，每個人鐵定都有足夠的理由，讓這一晚成為他永生難忘的一晚。」

拉賽爾斯嫌惡地瞪著我：「蠢貨！」他咒罵了一聲。

「也許吧，」我同意，「不過那些可愛的老喇嘛們並沒有你想的那麼笨，你說是不是？」

我和馬爾凱堤一起上了車，看著他的同仁當著七竅生煙的拉賽爾斯的面，關上了運囚車的車廂門。馬爾凱堤轉過頭對我說：「自大的傢伙。自食惡果。」

我點點頭。

❖

回程的速度慢了許多。我們沿路上都一直跟在那輛運囚車的車尾。我們這兩台車的前後都各自還有其他警車。

馬爾凱堤大部分的時間都在接電話和打電話。

「逮捕的法律文件必須無懈可擊，」趁著兩通電話之間的空檔，他簡單向我解釋，「拉賽爾斯這種大人物，他們的律師都——」

「我懂。」我也曾經和這種等級的人物交手。我知道馬爾凱堤一定會用盡全力避免拉賽爾斯得到保釋的機會。

「我們能查一查愛麗絲現在的情況嗎？」我一見他放下手機，便立刻抓住機會問他。

馬爾凱堤打了一通電話到醫院。交談了幾句話之後，他轉頭告訴我：「還在觀察。沒有變化。」

我不知道「沒有變化」是一件好事還是壞事。她這樣躺得越久，藥效就會越弱？還是她會中毒得更深？在沒有手機的情況下，我沒辦法打給任何可能可以告訴我答案的朋友。

馬爾凱堤說，我們一回到科莫湖，他會立刻先送我到醫院。夜間的車程上，我將頭靠著椅墊，試著消化今天波濤洶湧的種種。車子行進到米蘭與科莫湖之間的某處時，馬爾凱堤轉過頭，意味深長地看著我，然後說：「戴伯格先生。我跟他說過，逮到人之後我會打電話給他。」

「今天下午打電話向你報案的人是他，對嗎？」

原本我很納悶，警方和搜救人員是怎麼接到消息，知道拉賽爾斯的別墅裡發生了什麼事的？等到我在警長口中聽到他提起戴伯格的名字時，我頓時意會過來了。愛麗絲把手機放回圍巾的口袋之前，拍了好幾張失竊佛像的照片發給戴伯格。我們被壓倒趴在地上時，拉賽爾斯的警衛搜她的身、倒空她的皮包——但是沒有檢查到她的圍巾。

我記得當時她在餐廳裡尖叫著：「你們不可以這樣！你們不可以用手銬銬我們！」那種哭求實在有些不協調。一點都不符合她的個性。現在我明白為什麼了。她不是喊給拉賽爾斯的警衛聽的，而是故意要讓電話另一頭的人聽見。

座位的另一端，馬爾凱堤確認地對我點點頭。「他這通電話，可說是一生一次的難得機會。」

他瀏覽著手機裡的通訊錄，找到一組號碼，按下撥號鍵。接通之後，他用義大利語和對方交談起來。作為一個國際級的文物貿易商，戴伯格能夠流利地說上好幾國語言，我想也不是什麼太令人意外的事。只不過這意味著，他們在電話裡說了什麼，我只能用猜的了。

馬爾凱堤應該是對他交代了警方進入拉賽爾斯別墅的事。在他家找到了國際刑警組織登錄在案的贓物。還有拉賽爾斯在西芒托學院的晚宴上被捕的情況。一陣子之後，馬爾凱堤把手機遞給我。

「你還好嗎，馬特？」戴伯格用他獨樹一格的嗓音問我。

「我很好。謝謝你打電話報警。如果沒有你那通電話，我和愛麗絲現在都已經不在人世了。」

「你還要感謝愛麗絲頭腦那麼清醒，及時按下了『重播』鍵。」

「我現在最擔心的就是愛麗絲。」

「馬爾凱堤已經跟我說過她的情況了。你現在要去醫院看她？」

「對。」

「身為藥師佛像的保管人，我想你一定知道該做什麼樣的修行去幫助她。」隔了一會兒，他說，「我想今晚西芒托學院的晚宴，對拉賽爾斯來說，應該不怎麼順利？」

「丟臉丟到家。他以為他打開的是一千多年前蓮師寫下的伏藏，結果出現的是《丁丁歷險記》的封面。」

電話另一頭的戴伯格忍不住笑了。「是掛在你脖子上的伏藏？」

「對，不過它不是原本放在藥師佛像裡的伏藏。」

戴伯格安靜了一下，然後說：「很精彩，馬特！」他的語調很溫暖，「面對拉賽爾斯這樣勢力強大又野心勃勃的對手，你能夠安全地守住伏藏，喇嘛們會非常為你感到驕傲的。」

「那其實是他們的智慧，」我說，「具體地說，是慈仁喇嘛的智慧。他透過格西拉給了我一個訊息，專門為了提醒我一件事。你知道，就是慈仁喇嘛最喜歡掛在嘴邊的一個道理。他說，要隱藏一個真理，最好的地方，」

「就是最一目瞭然的地方？」戴伯格接著說。

「對，」我說，「事情就是從這裡開始的。」

幾秒鐘後，戴伯格承認：「我不會想到比這個更有智慧的道理了。」

坐在警車後座，夜裡的鄉間景致在眼前飛掠而過，有好一陣子，我心裡想著，過去七年來，我至少也算是學到了一件事，是戴伯格不知道的了。

❖

抵達科莫湖，我們的車頭一拐，離開了運囚車後方的位置，後面另一台警車立刻遞補了上來。我們又開了一小段路，抵達愛麗絲住的醫院，車子直接停在了醫院門口。

馬爾凱提帶著我走進醫院大樓，對值班護理師說了幾句話之後，就把我交給她們其中一個人。

「她會帶你去看維森斯坦小姐。」說完後，他快步回到了他的車上。

我隨著護理師走進一條飄散著消毒水氣味的走道，走道兩側是一整排病房。時間已接近午夜，走道上的光線很昏暗。帶路的護理師是一位年輕女性，不會說英語，我向她詢問愛麗絲的現況，她只對我聳聳肩。

最後，我們在走道左手邊的一間病房前停了下來。護理師指著門口一瓶消毒液，等我幫雙手消毒過之後，她才打開病房。

這是一間狹小的單人病房。愛麗絲躺在床上，她的兩條手臂露在毯子外面，她的右手臂上插著針頭。房間裡唯一的光源是窗外的路燈，燈光打在窗簾上，讓白色的窗簾變成一塊泛著白光的色塊，映照在愛麗絲身上，將她凸顯得更加蒼白。毫無血色的愛麗絲，一頭金髮蓬亂地披散在枕頭上，令人感到陌生。

窗戶底下有一張椅子。我指了指椅子，護理師對我點點頭之後，便回到了走廊上，重返她的工作崗位。

沉睡的醫院裡，寂靜的病房裡只有我和愛麗絲兩人。這幾天可說是我們生命中最漫長曲折的幾日，而矛盾的是，今晚的事件卻讓我感到活力煥發。出於某種我也無法詮釋的理由，我知道，我抵達了某個轉捩點。

戴伯格正確地猜出了我的計畫。他提到我知道該做什麼樣的修行儀軌去幫助愛麗絲時，流露出一種洞察力，使我不禁好奇，他是否也明白藥師佛像裡的那份伏藏真正的意義。

但總之，在這個當下，我要放下這種種的思量。我把窗戶下方的椅子搬到愛麗絲的病床邊，在上面坐直了身子。挺直的脊椎是禪修的姿勢裡唯一不能妥協的元素。我花了幾分鐘，只是純然地待在當下，專注在此時此地。醫院大樓外，陌生的街道上，車輛從不知名的方向駛來，逐漸接近醫院時，汽車的噪音也逐漸增強，接著又慢慢淡去，消失在遠方。醫院裡也存在著各種儀器發出的電子噪音，嗶嗶聲、嗡嗡聲，有些是規律的，有些不是。偶爾，還能聽見幾句護理師之間的義大利語對話，迴盪在走廊上。

我感受著這些聲響，任由它們來去，不思考、也不評論。正如同我允許我手上的消毒水、環境裡的清潔藥劑，還有各種其他氣味來來去去。

如其在外，如其在內。很自然地，念頭也會升起，而我就像對待那些聲音和氣味一樣地對待它們。一如既往，它們會升起、逗留，然後消逝。只要我不參與其中，它們就無處停留——念頭本身沒有任何駐留的力量。

直到安頓下來之後，我在心中發起菩提心：願我能以此善業，儘速證得開悟，以此帶領其他眾生——無論他們身在任何角落，盡皆平等、無一餘漏——全然臻至圓滿的開悟。

接下來，我專注練習九節佛風呼吸法，讓自己更進一步沉澱、重新平衡，變得清晰。

我回憶起某一天早晨，在喜馬拉雅山上，我和慈仁喇嘛一起坐在密院的花園裡，聆聽他的教導。

「熟練這個修持的方法、如何觀想、有哪些顏色、還有顏色所代表的意義，這種種一切，並不只是為了個人的利益。」四目相會時，我深深地沉浸在他眼底那股亙古如新的能量裡。「我們也能透過這項獨特的修持去幫助他人。」

「如果你有一個想要幫助的對象，不論是人或動物——特別是那些跟你之間擁有強烈業力連結的對象——這個方法的力量非常強大。」

我認真地聽著他的指引。

「要觀想色彩和甘露從佛的身上和祂的缽裡流瀉出來。你知道有哪些顏色，還有它們各自代表的意義，對嗎？」

我點頭。

「想像佛就坐在你的上方，從祂的身上和缽裡流瀉出來的色彩和甘露，浸透你和你想要幫助的對象的身體，讓它們注滿每一個細胞。它們具備一切所需的特性，足以沖刷掉一切毒素、感染、失衡和疾病。它們能夠淨化、平衡、修復，和補充能量。這個修行儀軌非常有威力，馬特。當然，別忘了，在觀想的時候，要重複誦唸咒語。這是一種非常有能量的方法。深刻而全面。」

就跟他第一次將咒語傳授給我的時候，還有接下來每次的會面時一樣，慈仁喇嘛在我面前重複誦唸了幾次咒語。有時候我會好奇為什麼他要這麼做。這段咒語又不難。不過現在的我卻非常感激他這個舉動。如今，每一次獨自誦唸這段咒語時，我都會想起慈仁喇嘛。絲毫不需要努力記憶，彷彿我能直接聽見他的聲音。重複誦唸這些特殊的音節，已經變得像是一種祈禱，一種將慈仁喇嘛的臨在祈請到當下的方法。我最初認知到這件事，是還在虎穴寺，每一次單獨禪修的時候。自從慈仁喇嘛死後，這個體認又變得更加濃烈了。

「你相信開悟是可能的嗎？」同一天在花園裡，慈仁喇嘛這麼問我。

那個時候的我，已經很習慣他在聊天時突襲的問題。跟我的上師在一起，你永遠也不知道他下一句會說什麼、下一步會做什麼。他喜歡讓我時時保持在警覺的狀態。就算已經九十多歲了，他也不會輕易容許你給他一個隨便的答案。

「當然。」我點頭。

「為什麼？」他追問。

「因為，如果受苦是有原因的，我們就能夠消除它的原因。」我直接引用我接受過的教導，「而假如開悟是有原因的，那我們就可以去培養那個原因。我們的經典裡已經告訴了我們做法。它是一條很多人都跟隨過的道路。其中有些追隨者已經得到了許多了悟——甚至是開悟。」我指了指周圍，我們身處的密院裡，就有許多比丘已經達到了極高的成就。慈仁喇嘛當然也不遑多讓。

「答得非常好。」他開懷地讚許了我這些從經書上讀來的答案，不過我有一個感覺，他似乎想把話題帶往別的方向。「如果你大叫『堪蘇喇嘛』！」他指著花園對面一位喇嘛，人們普遍認為他是一個已經完全開悟的上師，「或是『確札喇嘛』！」他又點點頭，指向另一個有著名的天眼通的喇嘛。「他們會注意你嗎？」

這個問題看似很簡單，我不禁懷疑裡面是否藏著什麼詭計。我小心翼翼地思考了我的答案之後，才說了聲：「會吧。」

「像這樣的人物，在他們死後，他們的心識會發生什麼事？」他問。

「會繼續。」我答。

「會繼續。」慈仁喇嘛重複我的答案。「不受肉身的局限。如果他們死後，你大叫『堪蘇喇嘛！』或『確札喇嘛！』，你想，他們還會注意你嗎？」

我現在明白為什麼他剛才要問這個問題了。

「應該會吧。」我試探地說。

「肯定會！」慈仁喇嘛糾正我，「等你為了利益眾生，開悟成佛之後，有一天你聽到某個身陷困難的人呼叫你：『馬特佛陀！馬特佛陀！——請救救我！』難道你只會這樣嗎？」他把雙手交叉在胸前，右手指彈著左手臂，東張西望，假裝吹口哨。

「我想不會吧。」我笑了出來。

慈仁喇嘛停止裝模作樣，彎腰湊近過來。

「你一定會在你能力所及的範圍內盡可能幫忙。絕對不要忘記！一個佛不能拿走你的惡業——只有你自己可以。一個佛不能給你美德——一樣，這也取決於你自己。可是如果一個佛可以幫助你，他一定會幫你！而且是馬上！佛會到來。你知道要呼請某一個佛，最好的方法是什麼嗎？」

我搖著頭。

「你可以唱誦那個佛的咒語。用你的念珠，一遍又一遍地唱。」他舉起那串他隨時都放在口袋裡的念珠，「這就好像……」他做了一個打電話的手勢。

「熱線電話？」

「沒錯，」他點頭，「唱誦咒語就像是在用熱線電話打電話給佛陀一樣。」

❖

在愛麗絲的病房裡，我從左邊的口袋裡，掏出一直隨身攜帶的念珠。就是拉莫住持給我的那一串念珠。曾經屬於慈仁喇嘛的那一串念珠。做完一連串的準備步驟，發菩提心、九節佛風呼吸法，安頓好我的心思之後，我想像我的上師像頭頂上的一道彩虹，出現在我們面前，深藍色的身體，既燦爛耀眼又輕盈縹緲。我回想著那天他在密院裡給我的教導，彷彿正是刻意為了這一刻量身打造似的。接通慈仁喇嘛的熱線電話。我開始唱誦他傳授給我的咒語：

喋雅他　嗡　貝堪則　貝堪則　瑪哈
貝堪則　貝堪則　喇雜
薩目嘎喋　梭哈
嗡　貝堪則　貝堪則　瑪哈
貝堪則　貝堪則　喇雜
薩目嘎喋　梭哈
嗡　貝堪則　貝堪則　瑪哈
貝堪則　貝堪則　喇雜
薩目嘎喋　梭哈

彩色的光芒和甘露從祂閃耀的全身綻放出來，數著念珠覆誦咒語的第一輪，我觀想白色的淨化之光流瀉進入愛麗絲的身體，清除她體內所有的鎮靜劑和毒素，滲透她的全身，讓她得到完全的淨化。

第二輪我觀想療癒的藍色，藉由它迅速移除所有的疼痛、損傷和阻礙，立即達成完整的修復。第三輪，我觀想的是鮮活的紅色，流入她的身體，增強她的韌性和更新的能力，重返活力和健康。第四輪是綠色，重新恢復和諧，並幫助她和自己、也和她的使命重新連結。最後是金色，光輝耀眼的健康光芒，象徵著所有面向的豐盛，無論是物質上的或靈性上的。

這項修持綜合了許多面向，它同時運用了咒語、觀想、意念和專注——也借助了佛的臨在本身。它喚起我自身的能量場內，任何我可能擁有的療癒能量。此外，倘使愛麗絲意識的某個部分尚能夠感知到、並且和這些強大的能量頻率共振的話，那麼也會喚醒她能量場裡的療癒能量。我手持念珠，又持續進行了好幾輪修行儀軌，盡可能讓我和整個過程本身融為一體，放下所有對禪修者、禪修過程，和禪修結果的概念，單純地讓自己跟隨著整個流動，消融掉所有的二元性。一直到深夜不知幾許，疲勞戰勝了我的身體，我沉沉在椅子上睡去。

下一件我意識到的事，是床上的人動了一下。灰撲撲的晨曦之中，我睜開了眼睛。愛麗絲躺在床上，凝視著我。

我們四目相會，她朝向我伸出了雙臂。「馬特。」她低語。

19

兩天後
都柏林

今天早上，愛麗絲出院了。下午的飛機會帶我們在傍晚前回到都柏林。自從她醒來後的這兩天，除了些微反胃，就沒有更多症狀了。雖然被注射了危險的高劑量鎮靜劑，幸好她即時得到救治，清理掉了身體上大多數藥物，避開了最嚴重的情況。她的身體將不會留下任何後遺症。

這兩天裡，大部分的時間我都陪在她身邊。在這期間，馬爾凱堤曾經來訪，他從拉賽爾斯的警衛手中拿回了我的手機，將它交還給我。警衛現在正囚禁在他們前任上司的隔壁牢房。拉賽爾斯沒有獲得保釋。公訴檢察官很有信心地認定，拉賽爾斯的罪狀足以讓他在獄中度過許多許多年。

與此同時，透過國際刑警組織，他們也聯繫上了不丹政府，那些失竊的佛像和唐卡總算可以物歸原主。

很快地，亭布的官員將會前來米蘭，護送這些珍貴的文物回國。

藥師佛像沒有被列在國際刑警組織的名冊上。不過我已經把住持的詳細聯絡方式告訴馬爾凱堤了，經過一些交流之後，他確認了，我是虎穴寺指定的人選，會負責將佛像送回虎穴寺。經過一位住在科莫湖，經常運送脆弱物品的骨董文物商協助包裝之後，現在這尊藥師佛像正躺在飛機座位上方的行李置物箱裡，終於踏上回家的旅程了。

愛麗絲完全清醒之後，她做的第一件事情就是打電話給賈許。我從病床邊的椅子上站起來，走到室外，好讓她和賈許之間有說話的隱私——還有麥可，到現在賈許還住在麥可家。我們計畫好了，一回到都柏林，她邀請我去拜訪她的家。還在醫院的時候，院方人員叮囑她，就算回去之後還是要多休息幾天，避免任何太吃力的活動。

坐在她的病床邊時，我有很多的時間可以思考。包含了回家的路程、還有等我們回到都柏林之後，可能會發生哪些事。

過去一週以來，我們一起經歷的一切是如此地強烈，像是一把烈火，將一切燃燒殆盡。所有那些我們認為意義重大的事。我們最宏偉的希望與夢想。過去幾年來，我們全神貫注的事物，已然將我們倆的生命密不可分地交纏在一起。

感覺上像是我們通過了考驗。扛過去了。而在失去了那麼多之後，我們發現，我們依然是我們，愛麗絲與我。我們一起走過來了。

昨天下午，醫生判斷，愛麗絲的狀況夠好了，允許她到湖邊散步一會兒。就算只是暫時的，愛麗絲仍迫不及待地想離開醫院，我們一起散步到了湖邊，慢悠悠地在一座公園的樹蔭底下晃蕩，沉浸在這個詩歌般的絕美景致裡。就只有湖泊、大樹、和從湖面上吹拂而來的清爽微風。沒有談到什麼科學研究或是祕密伏藏一類的話題。沒有任何該做什麼事的壓力，除了安住在這一個片刻。

在這樣的時空裡，我感受到，所有的藩籬都消融了。愛麗絲身上所有的緊張和防衛都解除了。還有我所有的期望。我們牽著手，品味著美景，

靜靜地散步。我們連結著彼此，也連結著陽光與天地。只有我們倆的時光是如此單純、如此美好。我相信愛麗絲一定也感受到了。

就某方面來說，我很想讓事情就在這裡畫下休止符。但是當然，我必須陪伴愛麗絲回到都柏林。在夏儂機場目送她坐上計程車，回到她和賈許和麥可共享的家。在醫院的時候，她已經和他們倆都通過好幾次電話了。從她溫暖的語調，我能聽得出來，她多麼關心他們兩人、多麼渴望盡快回去和他們團聚。他們才是她的家人，至於我，看在我自己的份上，我已經放棄了所有曾經有過、以為愛麗絲和我之間會發生什麼事的遐想。基於這個理由，我們最好就讓現狀停在這裡：平靜、輕鬆，隨時準備好分開，回到我們各自的世界裡。

然而正當我們坐在米蘭馬爾彭薩機場裡，等著登機時，愛麗絲接到了一通賈許打來的電話，他說傑克·布雷蕭打電話到家裡，想要找她。他也是剛剛才出院。而他不知道愛麗絲新的手機號碼。

於是愛麗絲發了一封簡訊給布雷蕭。很快就收到他的回覆。他要求見面，最後他們約定好，下午四點到他的辦公室碰面。

愛麗絲要我跟她一起去。

❖

我們的計程車開抵三一學院、訊息醫學研究中心所在的大樓時，校園裡正進行著各種活動，十分熱鬧。在訪客名單上簽到之後，我們直接走向愛麗絲的辦公室，暫時先把裝著藥師佛像的提袋安放在那裡。然後再穿過走廊，前往布雷蕭的辦公室。

從玻璃窗的外面看進去，他的模樣很正常。他端正地坐在辦公椅上，從側面看去，高瘦的身影看不出他最近遭遇的事故。辦公室的門半掩著，愛麗絲敲了敲門之後，我們走了進去。然而當椅子上的傑克旋轉過來面向我們時，露出了他滿是瘀青的左臉，傷痕從他的臉頰一路往上延伸到太陽穴，他用帶著又黑又紫的黑眼圈的左眼，對我們眨了一下眼睛。

「傑克！」愛麗絲驚呼。

「嗯，」他揚起眉毛致意，「撞到櫃子門了。」

愛麗絲不理會他的玩笑話。「這看起來——！」

「實際上沒有看起來那麼痛。很慶幸。」他從椅子上站起來，朝我的方向微微伸出手。

「很高興可以正常地和你見面。」我說。

他做手勢邀請我們坐下。

「看來，你們也經歷了自己的一場冒險？」他問愛麗絲。

愛麗絲簡單地向他描述了經過。我們被攻擊他的那兩個人跟蹤。後來我們去了科莫湖邊的大別墅，還有拉賽爾斯最後是如何被自己的邪惡計畫反撲，現在正在監牢裡，面臨重刑。

布雷蕭靜靜地聽著，一抹淡淡的滿足浮上他的嘴角。等到愛麗絲交代完一切，他說：「等我們聊完，你們再決定要不要讓他罪加一等。我和拉賽爾斯之間也有過一番纏鬥。我試著保護妳，不被他們干擾，讓妳好好照顧妳的研究。作為妳的督導，無論是研究的完整性或研究結果的保存，我必須確保這兩者都具備嚴謹性，這是我的責任。大多數提供資金資助科學研究的單位都能理解和遵守這些程序。我也向拉賽爾斯解釋過，可是他不聽。」

我和愛麗絲認真聽著。

「情況越來越糟，」布雷蕭露出懊悔的表情，「抱歉過去這幾個星期以來我表現得很不可靠。我很努力不把妳捲進來。」

愛麗絲點點頭。

「到了最後，我實在是沒有別的辦法了，只好決定向妳坦白。上一次我們通電話時，其實我有暗示妳。本來我們要碰面的，我打算讓妳知道所有的細節。只不過拉賽爾斯的手下搶先一步找上門來了。」

愛麗絲苦笑。

「那幾個星期，拉賽爾斯不斷對我施壓，要求我延後發表研究結果的時程。他還要求我在讓妳知道之前，先讓他知道研究結果。」

「他想要把結果據為己有，」愛麗絲說，「他希望用那些數據去證實他的理論。幾天前，他發表了一場演說，就在——」

「西芒托學院。我後來弄清楚了。」布雷蕭說，「這讓我意識到，我在對抗的是一股我無法阻擋的勢力。這使得我只剩下一條路可以走。」

「就是把真相告訴我。」愛麗絲點頭。

「是改變方法。」他的反應一本正經。

愛麗絲一頭霧水。「研究方法不是好幾年前就訂好了？」

「是沒錯。」布雷蕭往下說，「不過看著事態的發展，我想，要是我不能阻止拉賽爾斯劫走他其實沒有資格占有的研究結果，那我唯一的選擇，就是讓研究本身失去效力。」

「失去效力？」愛麗絲杏眼圓睜，望了我一眼，

「所以那幾天我一直在熬夜加班，」椅子上的布雷蕭往前傾，「我完成解盲的工作之後，就把真正的研究結果儲存到別的地方，我用手動的方式修改了整份報告，把兩組樣本對調。」

「你是說——」

「實驗組一變成了實驗組二。」

愛麗絲控制不住地站了起來：「所以說實驗結果證明了咒語——？！」

布雷蕭面露微笑，儘管還帶著可怕的傷痕，但他臉上的喜悅不言而喻：「強而有力的證明！」

他告訴愛麗絲。

愛麗絲情緒激動得不能自己，她抬起手，掩住了她的臉。

「說不定——」布雷蕭接著說，「是我職業生涯以來所見過，意義最重大的一組實驗結果！」

愛麗絲抱住了布雷蕭，布雷蕭站起來回應她的擁抱。接著愛麗絲也擁抱了我，我感受到她劇烈

的心跳，她的氣息拂過我的臉頰。

「真是不敢相信……！」她重複尖叫著，「噢，馬特！我真是不敢相信！」在經歷了那麼多事，尤其是在她詳細地檢查過她原本認為是自己的疏失所導致的失敗之後。還被拉賽爾斯刻薄的言論批評得一文不值。而今，我們站在布雷蕭的辦公室裡彼此相擁的這一刻，讓過去一週經歷的種種顯得更加不真實了。

❖

我們在布雷蕭的辦公室裡又待了一會兒便告辭了。聽到他那番話之後，已經不再需要更多的討論了。布雷蕭說他還想討論研討會、發表會、該找哪一家期刊發表等等之類的細節，不過這些都是改天的事了。眼前，愛麗絲唯一能做的事，是好好地消化這一波強烈的喜悅、放鬆、驚奇，以及內在深處的踏實感。念及她的研究與我個人的使命關係如此密切，她的情感也深深地撥動了我的心弦。沿著走廊走回愛麗絲的辦公室時，我覺得我們倆就像漂浮在半空中似的。我們拿好了佛像和行李，走出辦公室，下樓到大廳，正要離開時，好巧不巧，迎面遇上了史丹．蘇登，懷裡抱著一大把玫瑰花走來。

「你們兩個！」他打招呼，「都好嗎？」他嘴上問著，但其實對我們的答案完全不感興趣。相反地，他舉起了他的玫瑰花，等著我們的讚美。「『傳家寶』玫瑰。剛從花園裡剪下來的。美呆了，是不是？」

等到我們倆都稱讚完畢之後，他往前湊了過來，神祕兮兮地說：「我們跟警方報備過布雷蕭的案件了。他們可能會想找你們談一談。我還做了一輪大規模的資安檢查。你們可以放心，我們的系統絕對安全。沒有駭客、沒有闖進系統的傢伙，沒有什麼可擔心的。我們的系統依然沒有人能溜得進去！」他趾高氣昂地把頭一甩，走向樓梯。

走到門外，愛麗絲和我不禁噗哧一笑。

「沒有人溜得進去，除了高中生以外！」愛麗絲咕噥一句。

說完，我們一起放聲大笑。

❖

在人行道上，愛麗絲勾住了我的手臂，眼神興奮得發亮：「你會來我們家一起慶祝吧？你一定要來見見賈許和麥可。」

過去幾週以來的辛酸艱苦彷彿瞬間煙消雲散，曾經烏雲密布的天空頓時一片晴朗，只剩下令人目眩的一片湛藍。眼前我所觸碰到的畫面，是日常生活中有愛麗絲的喜悅，這個曾經深深扎根在我虎穴寺的夢中的景象。

被一個這麼興致高昂的人緊盯住時，實在很難說不。而且我也確實為愛麗絲感到無比高興。知道她的研究結果非常成功，真的是很棒的一件事。不只是為了她，也是為了我們兩人。她的研究是由慈仁喇嘛所策劃的、一個更大的願景中的一部分。我還沒有完全體認到它完整的意義。但我相信，遲早我會知道的。

只不過，與其踏入愛麗絲與賈許和麥可的居家現實，我寧可將這幅景象留在抽象的概念之中。我永遠也不可能成為那個世界的一分子，所以最好別去沾惹它。我真的想往前踏出那一步，近距離地去看我所錯失的那一切嗎？給將來的自己徒留五味雜陳的回憶？

「我要回去飯店。」我告訴她。

她困惑地皺起眉頭。

「我的東西還在那裡。」我給她搭了一個台階下。

「我還以為你已經要飯店把你的東西都存在儲藏室裡了？」

「對。」

「那我們可以繞過去拿。」

「妳離家好久了。我知道妳一定會想和家人好好聚一聚。你們不會想要一個電燈泡——」

「胡說什麼！」她不理會我的拒絕，「今晚是一個值得開香檳慶祝的一晚！你說一年到頭能有幾次這種機會，馬特？」喜悅洋溢在她的眼角，似乎在暗示著我們之間那份獨特的連結。這份獨特的連結感，是我離開歐洲的多年期間，一直在我們書信往返的字裡行間所感受到的。而我這才意識到，也許我一直都誤會她的意思了。

她琢磨了一陣我曖昧的態度，然後問：「你是不是已經受持了不飲酒戒？」

我搖搖頭。「我也沒什麼機會喝酒就是了。」

「我想不到比今晚更適合的日子了。」

「現在是我的佛法入門老師在說話嗎？」我故意逗她，提起我們第一次見面時的情景。

她把我拉向她，她的雙眼直直探入我的眼底。「現在是我在說話，馬特。像今天這樣的夜晚，我不會讓你一個人孤伶伶乾坐在飯店房間裡的！走，跟我一起回家。」她用力地在我唇上吻了一下，接著伸出手臂攬住我的腰，拉著我走向人行道附近一台計程車。

❖

走進深紅色的公寓大門，愛麗絲的家和我記憶中她在洛杉磯的公寓一樣美。短短的玄關走道後面，連接的是一個寬敞的客廳，舒適的沙發和扶手椅上妝點著色彩豐富自然的喜馬拉雅風格掛毯。書架上擺滿了各種不同主題的書籍，掛在牆上的畫是引人入勝的古代印度皇宮。我四下環顧，注意到一對精緻的桌燈，燈座雕成了華麗的大象造型。

「是那兩盞燈！」我指著他們說，「住加州的時候就有了。」

「好記性。」她微笑，靜靜地看著我興味盎然地打量整個客廳。

「還有雞蛋花！」我看見花瓶裡那束美麗的花束，正中央就是雞蛋花秀雅的五星花瓣，它的芬芳瞬間將我傳送到了另一個時空裡。我和愛麗絲邂逅的禪修中心外面，總是能聞到濃濃的雞蛋花香。「跟在西好萊塢的時候一樣！」

「所以我才這麼喜歡雞蛋花。」她說，「它們在這裡不容易買到，不過我找到了一家專門的花店，老闆願意特地幫我進貨。」她點著頭，「懷念啊……」從客廳再深入一點，是燈光明亮的開放式廚房接著一張餐桌，再往前，則會通往一座包圍著小花園的溫室。

在來的路上，我們除了先繞去飯店拿我的行李之外，我還順路買了一瓶泰廷爵香檳，愛麗絲把它放在廚房流理台上。

「你可以先把行李放在這裡。」她往樓上走。在一條通道上經過了幾扇門之後，她帶著我走到屋子的前方，推開一扇臥室門，指著我可以放東西的地方。

回到樓下，我負責開瓶，她則在櫥櫃裡翻找著香檳杯。還在計程車上的時候，她已經打電話把今天的好消息告訴賈許和喬登了。他們都非常開心——而且答應一定會回家和我們聚會。

再不久，我就要親眼面對愛麗絲私人生活的真實面貌了。尤其是麥可。這件事一直讓我感到糾結。倒不是說嫉妒——愛麗絲不是我的。只不過在喜馬拉雅山上的這幾年，我養出了一朵小小的希望的火苗。這就是執著，我想喇嘛們會這麼稱呼它吧。就像他們說的，到頭來，執著都會成為痛苦，因為無論我們執著於什麼，我們所執著的對象，最終都會消逝。就算它僅僅只是一個希望。

是重溫佛法的時候了，我告訴自己，要練習不執著。假如愛是祝願他人得到幸福，而純粹的愛就是這樣一種單純的、完全不求回報的願望，那麼，我鍛鍊純粹的愛的機會到來了。

「我們要不要等賈許和麥可回家之後再打開？」我晃了晃酒瓶問道。

「賈許還有點不到年紀，對酒沒興趣。」她的手探進櫥櫃深處，杯杯盤盤碰得叮噹作響。「麥可幾乎滴酒不沾。」

我撕開瓶口金色的包裝紙，一邊告訴愛麗絲我去巴榭塔餐廳時的事。沒想到隔了五年，我第一次有喝酒的機會，點了一杯田帕尼優，才喝了一小口——下顎馬上一陣刺痛。

「我一直想到虎穴寺的僧值丘揚・布堤的話，」我說，「『斷除飲酒！』我還有一個強烈的直覺，要我保持清醒。」

愛麗絲找到了兩只香檳杯，將它們放在流理台上。

「希望你喝香檳的時候會沒事。」她同情地對我說。

「沒問題的。」我正在解開繞在軟木塞周圍的鐵絲。「我蠻確定刺痛是因為丹寧的關係。而且現在的我們不用再提心吊膽了。」

取下鐵絲後，我把酒瓶放在檯面上。「妳要我溫柔地慢慢打開，」我調皮地看著她，大拇指抵著軟木塞下方，「還是要又吵又瘋狂？」

「又吵又瘋狂！」她大笑。

下一秒，軟木塞從瓶口飛出，發出慶祝的爆裂聲，噴射到天花板上。很快地我把泡泡滿溢的香檳注入兩個杯子裡。

「恭喜！」我舉杯敲響了她手上的杯子，深深地注視著她，「西方科學史上，針對咒語的力量最有力的一項實證結果！也別忘了，這是傑克・布雷蕭的職業生涯上意義最重大的一組實驗結果！所有的上師們、諸佛菩薩都會為妳的成果感到開心的。」

「你也是！」她碰了一下我的杯子，「從拉賽爾斯手上拿回他偷走的東西，阻止他繼續作惡，這也很了不起！」

「任務還沒有真正完成。」我說，「不過謝了。」

我們將杯子湊近嘴邊，嗅聞著芬芳的果香，香檳的氣泡在我們的鼻尖爆開。喝下第一大口香檳，氣泡在我的舌尖上爆裂開來，鮮活的水果香氣和蜂蜜甜味，揉合了熟成之後的爽快感。愛麗絲熱心地看著我吞下香檳。

「痛嗎？」她揚起眉頭問我。

「一點也不。」

她在音響上放了凱倫·蘇沙（Karen Souza）的唱片，接著去冰箱裡找些配酒的小點心。趁著她在忙的時候，我走到牆邊，欣賞掛在上面的照片。我的第一個驚喜是，看到一張她、格西拉和我，三個人一起在我們相遇的西好萊塢禪修中心門口拍下的照片。這張照片被放大過，掛在最顯眼的位置。

「我從來沒看過這張照片！」我驚呼。

「哪一張？」她正在把一些餅乾擺在一碗鷹嘴豆泥旁邊。

「有我們和格西拉的那張。我甚至不記得有拍過這張照片。」我往前傾，想把我們的臉看得更清楚一點。感覺已經像是另一個不同的時空了。

上一次我見到賈許，他還只是一個十歲的小男孩。牆上有些他的照片，看上去已經是一個俊秀的青少年了。

「賈許已經長成一個很好看的年輕人了。」我說。

「他很特別。我知道媽媽們都會這麼說自己的兒子。不過幾乎每一個人都這麼說他。就是他周圍那股氣場。有種能量。」

「打哪兒來的？」我逗著她問。

「不是從我身上，」她搖搖頭，「遺傳。養育方式。我知道這些。不過還有業力的因素。他用某種特殊的姿態或條件來到這個地球上，不管那是什麼，但我看上去，都覺得和基因或是教養方式無關。有時候我甚至懷疑那能不能算是業力，」她啜了一口香檳。

我認真地看著她，「妳是說……？」

「他沒有業力的束縛？」她聳聳肩膀，「我不敢說。但感覺上他似乎已經超越了那些。你知道他很有音樂天賦。他唱歌，也彈鍵盤。還會自己寫歌。網路上追蹤他的人非常多。成千上萬，世界各地都有粉絲。全都是在他自己的房間裡搞出來的。」

聽到賈許有非常多網路粉絲令我驚奇，不過更令我驚奇的是，愛麗絲提到他似乎沒有業力纏身這件事。愛麗絲是既認真又嚴肅的佛法修行者，她真的在說自己的兒子是菩薩轉世嗎？

我又看了幾張照片，從裡面發現了幾張我從喜馬拉雅寄來的照片。其中一張是從科槃寺（Kopan Monastery）俯瞰整個加德滿都的照片。另一張照片拍的是一顆畫得很簡單，卻十分美麗的瑪尼石，就是在不丹鄉間到處都能看見的那種石頭。虔誠的修行者會將觀世音菩薩的心咒——嗡嘛呢唄咪吽——刻或畫在石頭上，然後將這些石頭放在山路或瀑布邊，用來提醒人們佛陀無所不在。

牆上還有幾張愛麗絲和修行團體們一起拍的照片。其中有幾張看上去是跨信仰的聚會，混合了各種不同的宗教信仰，有基督教士、印度僧人、猶太拉比、蘇菲教士，還有非洲的薩滿。

「有麥可的照片嗎？」我問。

「上面應該有幾張吧。」她心不在焉，忙著把開心果倒進碗裡。

「妳說他就跟你們住在同一條街上？」

「對。他住在附近真的是很棒的一件事，特別是他和賈許又那麼要好。」

「他就好像，嗯，扮演了一個父親的角色？」我冒險一問。

「看起來像是那樣，」愛麗絲說，「有那麼一點意思吧，但實際上又不太一樣。麥可全心全意投入在賈許身上。怎麼說呢，就好像他是賈許的頭號粉絲那樣。」

❖

這時，前門砰地一聲打開了，傳來一陣鑰匙碰撞的清脆聲響。

「媽，妳回家了嗎？」

「在廚房！」

我們聽見了大廳的腳步聲。還有一陣打從腹部深處發出的、爽朗的笑聲，沿著走廊傳來。

賈許出現了，他深色的長髮垂掛在肩膀上，眨著一對跟他媽媽一個模子刻出來的藍眼珠。他確實散發出一種吸引人的氣質，不只是因為年輕俊美的樣貌而已。他的舉手投足充滿魅力，但也還帶著幾分溫柔的孩子氣。

「真高興妳回家了，」他擁抱了他的母親，「還有那個好消息！真是太棒了！」他仍然抱著她，「妳的下巴怎麼了？」他看著她臉上殘留的瘀青。

「說來話長，」愛麗絲做了個手勢，打發掉這個話題，「改天再說吧。你記得馬特嗎？」

他已經朝我走過來了。我正打算跟他握手，結果他給了我一個擁抱。

「很高興你來了。我媽整天都在說你的事。」

「是嗎？」

我幾乎還沒有時間意會這句話，有個白色的影子從賈許背後晃過來。賈許站到一邊，頓時間，麥可突然現身了。他是一個高大的男人，一臉非常長的灰色鬍鬚，第一時間令我訝異的不是他的年紀，而是他的穿著：本篤會修士的白袍。

他先溫暖地向愛麗絲道賀，接著，他也轉向我。

「馬特，他是麥可，正確的稱呼是麥可．麥金泰爾（Michael McIntyre）神父——」

「別、別、別，叫我麥可就好，」麥可神父已經往我這邊走來了。他的身形十分高大、福態，神聖的外表——可能跟他的白袍有關——他握手的力道出奇地有力。

「我認識很多佛教僧侶，」我告訴他，「可是從來沒有——」

「嘉瑪道理會（Camaldolese Benedictine）。」他的聲調帶著柔和的愛爾蘭口音。

「我第一次和他見面的時候也說了一樣的話！」愛麗絲看了過來，兩眼發光。

「在那次跨信仰的聚會上，」麥可補充，「很多年前了。許多求道者聚集在一起，席間我們才發現，愛麗絲和我的住處只差了幾個門牌號碼。還能比這個更巧嗎？我猜，你可以稱它為上天的神聖計畫。」他開心地用一種打趣的口吻讚美這個巧合。

「是嗎？」賈許故意打屁，「我還以為這叫做命運？」

❖

我們在歡慶的氣氛下度過了整個夜晚，言談間充滿各種頑皮的嘻笑。喝完餐前酒——麥可為了「避免掃大家的興」，允許自己喝了一杯——我們出發到「欽塔」（Chinta）用晚餐，那是一家氣氛活潑的印尼菜餐廳。我們在棕櫚樹和彩色燈籠之間找到了一個舒適的角落，賈許和麥可一起，坐在我和愛麗絲的對面。

氣氛滑順地從一個話題流轉到另一個話題，期間麥可為我們解釋了，為何人們認為聖本篤（Saint Benedict）是一個大師級的隱修士，還有聖羅幕鐸（Saint Romauld）依據所謂的「三寶」（The Threefold Good）所傳遞的嘉瑪道理會精神：和其他的修士實踐團體生活、定期閉關靜修、將生命奉獻給他人勝過滿足自己。

他引述了聖羅慕鐸的一句話：「像坐在天堂裡一樣地坐在你的陋室裡；將世間一切拋諸腦後，

忘卻它；像一個熟練的釣手坐在岸邊，細心觀察你的思維。」

這和虎穴寺的僧值會說的話很像，我心想。

渾身散發著峇厘島風情的欽塔老闆葛雷罕（Graham）和羅蘋（Robyn），熱情好客，還具備著一身神奇的本領，完全不需要客人催促，就能精準地預測出客人的需求，為我們送上了一道又一道美味無比的料理。

我和賈許聊了他的音樂，他興奮地告訴我，他非常熱愛作曲，加上現在網路媒體非常發達，讓他可以很方便地運用音樂這個媒介，把他想要分享的訊息傳遞出去。從他言談中散發出來的真誠和熱情，不難想像為什麼他會吸引到那麼多追蹤他的粉絲。

看著餐桌上你一言我一語的笑鬧，我放鬆身體，往後斜倚在椅背上。我不敢相信，事情竟然會出現這樣的轉折。我對麥可和愛麗絲的想法簡直錯得太離譜了。他們雖然非常喜愛彼此，但是在那之中，沒有半點男女情愛的成分。他們和賈許，三個人組成了一個非常輕鬆舒適的團體，共享著相似的價值觀、真摯的情誼、長達數幾年的交情。他們之間所擁有的親情，比大多數我見過的家庭還要深厚。

這一晚，有好幾次我注視著愛麗絲時，她回望著我，我們交會的眼神是如此親密而理所當然，我不禁疑惑起來，先前自己為什麼要心存懷疑。

我想到她掛在家裡的那幅我們的合照。還有賈許那句：「我媽整天都在說你的事。」以及當我們一起被綁在拉賽爾斯家的餐室裡時，那無言的交流衝破了時空，在我們彼此之間敞開，我知曉了她的心，正如同她知曉我的。彼時，我們之間不需要半句言語。我牽起她擱在餐桌底下的手，她伸出手指，與我的手指交纏在一起，此時，我們也不再需要任何言語。

晚飯過後，乘著高昂的興致，我們一起散步回家。麥可和其他兩位修士合租的公寓先到了，我們送他到門口之後，再走不到兩分鐘，就回到了愛麗絲的家。一到家，賈許直接上樓回到房裡，不久後，又背著一個帆布背包出現了：他擔任青年諮詢熱線的服務志工，今天要值大夜班。

我們在客廳和他道別，然後在窗邊揮著手目送他離開。直到馬路上漸漸看不到他的身影後，我走向電燈開關，熄了燈。室內頓時沉浸在一片漆黑裡，只剩昏黃的街燈篩過木製百葉窗的縫隙，在地毯上畫出一條條溫潤的金光。一縷縷雞蛋花的幽香飄來，精細又優雅，填滿了夜色，喚醒了我和愛麗絲初次邂逅的情景。

我轉向愛麗絲，這一秒，一陣狂喜填滿了我的胸口，彷彿我們終將無可避免地抵達這個片刻。我將她拉向我，她深深地凝視我的雙眼。就像是隱形的因果絲線，千絲萬縷地糾纏在一起，無數事件縱橫交錯，匯聚成一股吸引力，將我們拉到了這裡。現在，我們終於在一起了。就某方面來說，其實我們早已心知肚明，我們的親密無間遠遠超越言語。只不過另一種全新的興奮和喜悅，才剛剛開始。

20

兩週後。終於接近旅程的最後一段了。這是一個喜馬拉雅山區裡清新的早晨。桑蓋一大清早就來帕羅的飯店接我們。下了車之後，再爬上三個小時的山路，就會抵達我們最終的目的地。

這是愛麗絲第一次造訪不丹。即使虎穴寺的照片已經在她家客廳牆上掛了好幾年，但是無論照片上的景色看得再熟，都抵不過親臨現場時的衝擊。

走到那個能夠一覽全景的大彎口時，桑蓋照例暫停下來，筆直地望著前方，等待我們跟上他的腳步。從這個彎口看出去，不到一百碼的前方，就是建造在窄得不可思議的崖壁上的虎穴寺。深不見底的峽谷對面，一眼就能看見層層疊疊的寺廟和它們金碧耀眼的屋頂，彷彿發光的海市蜃樓，超凡脫俗，美得不可思議。

我喜悅地看著愛麗絲臉上震撼又著迷的表情，她出神地望著前方，好一會兒之後才搖搖頭，說道：「無法用言語形容。」

我們欣賞著好幾道橫跨山谷的風馬旗，在山風裡颯爽飄揚。

「所以這裡就是傳說中蓮花生大士，騎著飛天老虎來到的地方？」她說。

「傳說裡是這麼說的。」

「當時這裡還只是一個山洞。」

「妳現在所看到的，」我輕聲細語，「是這個世界上最偉大的障眼法之一。」

她一臉疑惑地望著我。

「記不記得慈仁喇嘛在他過世之後，透過格西拉轉達給我的那個訊息？」

「藏東西的最佳地點？」

「最一目瞭然的地方。」我接著說。除了這句，慈仁喇嘛還加了一句：「最一目瞭然的地方就是最好的障眼法。」

她仔細地看著虎穴寺巧奪天工的建築物，亮眼的酒紅色塊，疊上吉祥的金色裝飾，每一扇窗櫺都經過仔細的油漆。整座寺院本身就如同一件作工繁複的藝術品，猶如誕生於法貝熱（Fabergé）這類偉大珠寶工藝家巧手中的精緻寶物。

「你是說這一整座寺院都是一個障眼法？」她問。

我點頭。

「為什麼？」

看著她清澈的雙眸，我笑著說：「答案最好由妳自己來發現。」

❖

跟著桑蓋走過懸崖邊那段彎彎曲曲的陡峭山路，很快地，我們登上了寺院大門前方的那塊草坪。桑蓋去幫我們通知院方時，我和愛麗絲卸下了肩上的背包，將它們暫時擱在一旁。

儘管上山的路途令人疲憊不堪，並沒有澆熄愛麗絲眼底那抹熱切期盼的光芒。她靠過來，伸手按在我的胸口上，隔著襯衫感受掛在我脖子上的那支金屬管子。接著她也隔著背包，摸了摸裡面的箱子，那是裝著藥師佛像的箱子，自從在科莫湖裝箱之後，至今尚未打開過。

「只是想確認一下。」

我對她微笑。

在我與她的視線交流中，閃耀著一份新近萌芽的親密感。

我從來也沒有想過，回虎穴寺的路上能有愛麗絲陪我。不管怎麼說，這裡畢竟是一座寺院。所有上山來訪的女性通常只能短暫停留，幾個小時之後就得下山。

先前我寫了一封電子郵件給住持，告訴他，經過戴伯格的幫助，我順利取回了藥師佛像，和藏在佛像裡的伏藏。收到信之後，住持提出了要我回到虎穴寺的日期：六月的滿月日。「屆時，在密院裡，就是時候了。」

接著我便開始安排起回程的細節，聯絡帕羅的住宿，請桑蓋來住宿的飯店接我們上山。就在這些訊息往來之間，我收到了這份絕無僅有的邀請：「住持要你帶愛麗絲一起來。他為她開了一個特例，讓她可以留宿。這是自從虎穴寺建成以來，第一次有女性被邀請進入密院。」

當我把這封簡訊大聲念出來給愛麗絲聽時，她深深感到動容。

「不敢相信住持特地為了我做出這種安排！」激動的情緒流露在她的嘴角。

我將她擁入懷中，心情也份外激動：「那是因為妳的研究。」我說，「它證實了密院裡所發生的一切。妳也會親自發現的。」

寺院的大門打開了。從大門裡面出現的人是拉莫住持的助手格桑。他走向前，雙手合十，向我們鞠躬致意。接著他和桑蓋不理會我和愛麗絲的抗議，逕自提起了我們的行李，領頭走進寺院裡。

穿過一片淺淺的庭院之後，是一道通往入口大廳的階梯。走進寺院後，就是一連串縱橫交錯的通道和房間，其中某些房間明亮地沐浴在穿透窗戶的陽光中，另外一些由山洞打造成的房間，則處在近乎全然的黑暗裡。我仍然記得自己頭一次踏入這座神祕的迷宮裡時，那種既興奮又期待、同時又眼花撩亂的感覺。看著走在我前方、跟在格桑後頭的愛麗絲，我知道她此時一定也是同樣的感受。

我們穿過了一道迂迴曲折的迴廊，又往上爬了好幾層階梯，拐了九十度角的彎道之後，我意識到，格桑要帶我們去的地方，和我心裡設想的不一樣。

「我們不是要去見住持嗎？」我問。

「住持很期待見到你們，」格桑回答，「不過他要我先帶你們去一個別的地方。」

我們前進的方向通往慈仁喇嘛以前的房間。我最後一次去那裡，是我單獨閉關之前的事了。那一道歪歪扭扭、大小不一的台階，還有形狀歪斜的窗戶，是這幾年下來，我再熟悉不過的風景。我就是閉著眼睛也不會忘記這條路上的每一道轉彎、每一個斜角、哪裡需要彎腰、到了哪一步的時候該怎麼踩，才不會跌倒。看著走在我前頭、第一次走進這裡的愛麗絲，怯生生地摸索著每一步，我仍然覺得這一切太不真實：愛麗絲和我，我們兩人，竟然能夠一起造訪虎穴寺！一起把藥師佛像和伏藏送回這裡——這景象是當初離開時，我怎麼樣也沒想到過的。

果真，格桑就是要帶我們去慈仁喇嘛的舊房間。我們已經走上了最後一小段窄小的走廊。直走到底就是那扇門了。它半掩著。

格桑鞠了個躬，伸手指向房門，接著便退開了。

我不解地望了愛麗絲一眼，抬起手在房門上輕敲了三下。

「馬特？」屋裡傳來熟悉的聲音，「愛麗絲？」

我們走進房門，得到格西拉溫暖的迎接。

「沒想到你在這裡！」我開心地喊。格西拉從座位上站起身，走過來給我一個擁抱。格西拉也擁抱了愛麗絲，愛麗絲眼角泛起了淚光。「已經五年了！」哽咽的她好不容易才吐出這句話。

「但總是……？」格西拉觸碰了自己的心。

我們一起點頭，一滴淚水滑下愛麗絲的臉頰。

格西拉轉過身，坐回原來的位置。那裡曾經是慈仁喇嘛天天坐著的位置。我也留意到那個熟悉的身影，蜷縮在格西拉身邊的陰影裡。

好長一段時間，我們就只是安靜地坐著，返回虎穴寺的喜悅之情不需要用言語來表達。在這個我第一次見到慈仁喇嘛時的同一個房間裡，環繞著我們的團聚的光亮，彷彿因為這份靜謐而增強了。它如此濃烈，耀眼到這小小的房間幾乎容它不下。我感受到這份愛從我們所在之處放射出去，灑向山邊，填滿了遼闊的帕羅谷，延伸向無盡的遠方。

過了一陣子，我們聽見有人敲門。一位比丘送了茶點過來——這種安排只有在非常特殊的場合下才會出現。他送來了三套茶杯，一個套著保溫罩的茶壺，一小盅牛奶，托盤上還放著一個額外的小碟子。除此之外，還有一個老舊的馬口鐵罐子，深綠底色的罐子上印著金色的「哈洛德」（Harrods'）商標，我知道那裡面裝的是餅乾。

比丘離開時，我們向他道謝。格西拉先在杯子裡倒了些牛奶，然後才注入茶水。正是這個時候，在他身邊，陰影裡的小東西動了起來，睜開了兩只水汪汪的金色大眼睛。蘇洛從牠原本窩著的地方站起來，伸出兩隻前掌，像拜日式一樣伸了個大懶腰。牠懶洋洋地跳下了原本睡午覺的角落，走到托盤旁邊的地上。

先前我在信裡已經對愛麗絲提過蘇洛的事，這時她著迷地看著牠走向她，靠近之後，蘇洛兩隻前腳踩在她的腿上，往上伸長了身體，用鼻子碰了碰愛麗絲的鼻子。

「蘇洛！」她輕聲喚牠的名字，欣賞起牠蒙面眼罩似的花紋，和一身濃密美麗的毛皮。

牠踩著她的大腿跨過她的身體，側身繞到我的背後，用牠的尾巴磨蹭我的背，示意牠已經認出我了，然後才走向正在把牛奶倒進牠碟子裡的格西拉，接著便唏哩呼嚕地大舔起碟子裡的牛奶。我們三個人看著牠喝牛奶的模樣，一起會心一笑。

自從躲到印度之後，我和格西拉就不再有直接的聯繫，所以在任何其他話題開啟之前，有件事我必須先提出來。「格西拉，我懷疑住持對戴伯格的判斷，這讓我感覺很糟。」

格西拉點頭。「上師瑜伽並不容易。對西方人來說尤其困難。」

「還有一件事，」我乾脆趁這個機會一次全部說出來好了，「在我準備接收伏藏之前的最後一次閉關，我選了一個山下的洞穴，決定自己一個人進行。當時慈仁喇嘛對我說，也許留在這裡進行比較好。可是我想要向他證明我做得到。我一個人沒問題。可是到了後來我才知道，這個舉動引起了他人對我的注意力，或許是這樣，後來才引發了那麼多事：康巴人跑到山上、偷走了佛像、殺害慈仁喇嘛。這一切都是我造成的嗎？這就是我不聽上師的話，所造出來的惡業嗎？」

「這是西方人的另一個問題，」格西拉仔細地打量著我，「非常擅長譴責自己。」

他的肩膀開始顫抖，接著他大聲笑了起來，驅散了沉重的空氣。

「慈仁喇嘛有要求你必須待在虎穴寺嗎？」他問。

我搖搖頭。

「那麼，這便不算違背上師。住持有要求你，不准保持你的謹慎態度、不准運用你自己的判斷力嗎？」

我又搖了搖頭。

「那麼，這便不算違背住持。」格西拉停頓了一下，讓這些話有機會沉澱下來。接著他往下說：「至於業力，這是一個非常複雜的主題。然而，為了利益眾生去揭開一份伏藏，像這一類的事，絕對不會單只是涉及你個人和你的業力。」

被格西拉這麼一說，這個道理突然就變得很明顯。在這之前，我毫無自覺地創作出了一整套以我為中心的劇本，說服自己這一切都是跟我有關的。一如既往地，我又在不知不覺之中陷入了我執，卻沒有發現。

格西拉凝視著前方的空間，過了半晌才說：「我想，也許是時機還不對吧。」

「時機？」

「揭開伏藏的時機。」

「可是是慈仁喇嘛要我在五月的滿月日回來的。」

「時機常常是捉摸不定的。」他點著頭說完，轉向愛麗絲：「妳的研究。按理說，五月結果就會出來了對嗎？」

「是的。」她答。

「結果卻不如計畫？」

「碰上了從中作梗的拉賽爾斯。」

「那它現在完成了嗎？」

「百分之百！」她爽朗地回答。

我想起離開都柏林之前，和布雷蕭的最後一次會面。他準備了一長串的期刊名單要愛麗絲去投稿。還有一大堆等著她去報名的研討會和論壇。他甚至已經在準備發布記者會了。

「你看，」格西拉指著愛麗絲，把視線轉向我，「還有別的因素導致研究結果無法準時發表。

當我們從事一件涉及了其他人的活動，特別是當它是一件可能會影響許多人的活動時，」他意味深長地看看愛麗絲、再看看我，「那麼，我們個人的業力，只是其中一個元素而已。也許我們願意付出，但若是對方缺乏了接受的業力呢？即使我們看得見什麼對他們有極大的好處，但若是對方卻對此蒙昧無知呢？」

我們沉默不語，安靜地吸收格西拉這番道理。一陣子之後，愛麗絲開口說道：「格西拉，馬特和我雖然都還在學習，可是我們是認真的。我們盡力嘗試。我們付出了很多努力，盡力淨化負面的面向，累積美德。可是過去幾個星期以來，我們卻遭到了暴力攻擊。我們所有的目標都受到威脅，就算那些目標是善良的。有一度，我們甚至以為，我們會失去一切。」她酸楚地看著我，「我們已經用盡了一切努力去做對的事，為什麼還會遭遇這麼大的痛苦？」

格西拉的神情裡充滿了慈悲。越過茶盤，他伸出雙手握住了愛麗絲的手。「對於這樣的問題，佛陀曾經直接給出答案。在《金剛經》裡，他曾說：『修持菩薩行的人在培養空性慧的過程中會遭遇極大的考驗——是的，會是十分痛苦的考驗——這是在將原本會讓來世受苦、過去世所造的惡業，提取到今世提前兌現。』」

格西拉鬆開愛麗絲的手，他挺直背脊，坐回原來的位置。「在這一世，我們也許竭盡了最大的努力，」他點頭，「然而我們的心識，是自從無始時來即已存在。經歷過無數次轉世、在不同的層界中流轉，我們都曾為來世創造出無數個受苦的業因。我們曾經殺生。我們曾經偷竊。我們曾經給他人造成痛苦。這些一定都會導致我們投生至惡道。」他用心良苦地凝視著我們，「如今，我們已經認出了我們處境的真相，我們知道，我們都擁有佛性。我們的本心是清淨的。然而過去所造的業並不會就此消失。當因緣條件滿足時，果報還是會產生。」

「當我們練習佛法時，尤其是當我們在修持空性慧時，這個過程本身就是一種威力最強大的淨化。舉例來說，我們原本在過去世種下的導致種種疾病的業因，也許它就被轉化成只是一場頭痛。身體上遭遇暴力攻擊確實很糟糕——總也遠遠勝過出生在戰地、目睹家人遭到屠殺，然後再遭到槍決這一類的生命。」

「潛伏的因子依然存在。但是它們會以我們能夠處理的程度熟成顯化。然後，我們還是要好好面對它們、淨化它們。」

愛麗絲和我都能理解格西拉這番話語。

「這是我們處理過往的惡業唯一的方法嗎？」愛麗絲問。

格西拉舉起了兩隻手指。「有兩種方法，」他說，「第一種方法是盡量將它減少至最低的程度，就像我剛才所說的。不過有的時候淨化的工作也有可能被推遲。我們有可能會不斷地將惡果往後拖延。就像踢開馬路上的空罐子那樣。而恆常之道、終極之道，」他語重心長地點頭說道：「是證悟空性。在深沉、平衡的禪定狀態中，體認到自己的真實本性、體認到萬事萬物的真實本性。在那樣的狀態下，我們便能從受到業力或幻象所苦惱的自我的體驗中解脫。」

格西拉一番話，令我們產生了許多反思。正沉吟著其中的道理時，蘇洛跳到了床墊上，舔了舔腳掌，接著洗起臉來。

看著牠，我們的臉上都漾起了微笑。

「這小傢伙看上去不像是因為很多惡業才投胎成動物。」愛麗絲說。

格西拉點點頭。「那倒是。虎穴寺裡有些人甚至不覺得牠是動物呢。」看到愛麗絲揚起的眉頭，格西拉回答她，「他們說，說不定牠是菩薩轉世而來，為了在禪修的時候陪伴我們的。」

「蘇洛喇嘛？」愛麗絲問。

蘇洛頓時停下了洗臉的動作，抬頭盯著她，貓掌暫停在半空中。

我們一起放聲大笑。

❖

和格西拉喝完茶之後，格桑送我們離開房間。住持已經親自吩咐過他，要求他在我們來訪的期間照顧我們。我猜想，這除了是為我們好，另一方面也是為了不讓愛麗絲的存在干擾到寺院裡的比丘們。格桑小心地避開最多比丘會走的通道，帶著我們逛了幾處寺院裡最著名的景觀，走進幾個最古老的廳室，同時為我們解說曾經在這些房間裡禪修的大師，和種種相關的神祕故事。

在一個私人房間裡用過午餐之後，我提議帶愛麗絲到山上去逛一逛。能夠暫停一會兒保母的工作，稍微喘息一下，我想格桑應該也鬆了一口氣吧。他已經把我裝著藥師佛像的背包送到住持那裡了。他說，佛像需要先清理一番，準備好之後才能送回主殿。

鑽過一條鑿穿岩石的小徑，我帶著愛麗絲走上一片平坦開闊的空地，從這裡，可以俯瞰整片帕羅谷。空地的正中央，有一棵高聳入雲的孤松。

「這就是你讀我寫的信的地方？」站在樹下，愛麗絲環顧著眼前的大片美景。舉目所及，帕羅谷向外鋪展開來，綿延到視線的盡頭，它的一側是喜馬拉雅連綿不絕的山峰，在午后的光暈中，呈現一片灰藍的色調。最讓人醉心的是這種廣闊無邊的感受。沒有屋頂、沒有圍牆，低頭往谷底看，除了自然的景緻以外，什麼都沒有。

在這懾人的風景中，愛麗絲靜靜地看了許久。「像這樣一個地方，」她說，「我能想像，你不需要很努力禪修。禪修會發生在你身上。」

我將手臂搭在她的肩膀上。

「所以在虎穴寺的時候，這個位置永遠都是我心目中的最佳禪修地點。」

我們享受著風景之中的遼闊，與光芒閃耀的清澈天空，這一望無際的景緻，沿伸向無邊無際的地平線。這裡有的不只是一份持久的平靜，還有隱含著松針香氣的微風拂過這片空地，捎來了無窮的可能性。

這個下午，在這棵孤松下，我們一起禪修了一段時間。這是個不容錯過的大好機會。正如同愛麗絲所說的，當你坐在這裡時，禪修會發生在你身上。這片風景會幫助一個人忘卻所有的煩憂。身處在這整個環境之中，一種令人愉悅又振奮的內在狀態，會毫不費力、自然而然地煥發出來。

❖

時間飛逝。直到格桑出現，呼喚著我們的名字時，我們才注意到已經過了多久。太陽接近西沉，格桑將手掌擱在眼睛上方，遮掩著向晚的斜陽。

我們跟著他回到寺院裡，前往住持的辦公室。走去的路上，我們帶上了一開始便準備好的白色哈達，希望能遵照傳統，在住持接見我們的時候將哈達獻給他。

然而，一踏進他的辦公室之後，那氣氛顯然不是什麼尋常的場合。在他辦公室中間聚集了幾位比丘，圍在頭下腳上的藥師佛像旁。佛像的底部已經被移除了。他們在僧值丘揚．布堤的監督下，正小心翼翼地將一些物品放進佛像裡。而住持則是坐在他的辦公桌前，查看著一張空佛像圖解，上面標註著指引。

見到我們出現，他站起來迎接我們。當他彎著腰接受我們獻給他的哈達時，他的臉上好似綻放著智慧的明光，接著，他帶著極大的敬意，將哈達掛回我們的脖子上。他招呼愛麗絲的方式格外溫暖，並且告訴她，對於寺院來說，能夠招呼一位在科學上為藥師佛作出了重大貢獻的弟子，是很大的榮幸。

他轉身指了指圍在佛像旁邊忙碌著的比丘們：「如你們所知，佛像在加德滿都的時候遭到了洗劫。」

我們點點頭。

「在將祂請回主殿前，我們必須將某些物品放回去，重新開光。當然，」他湊近我們，「不是每一件物品都會放回去。」

我拍了拍自己的胸口。

「今晚，我們恭迎無上的治癒者藥師佛，重返虎穴寺。」黃昏的光束將他的辦公室渲染成一片金黃，他接著說：「能夠參與佛像的開光儀式，是非常難能可貴的經驗，很少人有這個機會。這是最吉祥的場合之一。有鑒於你們兩人和藥師佛都有這麼深厚的緣份，我想你們都會想要一起參與這個過程吧。」

我看了一眼愛麗絲——從來不曾見過她如此神采飛揚。

接下來一小時，我們在住持鋪著老舊刺繡地毯的辦公室裡，加入比丘們，參與了準備藥師佛像重新開光的過程。抄寫著成千上萬遍梵文咒語的長條紙張，捲成像膠帶一樣，放進了空的佛像裡。在佛像的每個脈輪上，精細地嵌上了由供養人所奉獻的珍貴珠寶。這些脈輪分別象徵著身、語、意的不同特質。同時也用上了經文，以及跟藥師佛有關的特定修行儀軌。直到這一刻我才真正明白，原來一尊佛像不僅僅是一個象徵性和藝術性的展示品，祂同時也是一個儲藏庫，含納了所有在具現祂的目的時，所需要的元素。

當我們輪流將聖物放進佛像裡時，一位學問非常深厚、已經在虎穴寺住了超過四十年的喇嘛，在一旁朗誦出藥師佛在行菩薩道時，所發下的十二大願。這些誓言包含了幫助所有身體殘疾或疾病纏身的眾生，消除病苦，得到身心上的健康；讓所有貧病痛苦之人，都可以從貧窮和疾病中解脫；幫助所有遭受欺壓和受苦中的女性；幫助眾生消除惡念；以及要綻放穿透整個宇宙的熾盛光明，幫助所有的眾生都達成全然完整的開悟。

直到這個部分完成，僧值才確認了一切完備，可以將佛像的底部重新封好。完成之後，眾人再小心翼翼地將佛像轉正。現在，藥師佛已經準備好重回虎穴寺的主殿了。

❖

這個傍晚，我和愛麗絲參加了一個對我們兩人來說，均具有極深刻個人意義的儀式。所有在住持辦公室裡參與了佛像開光過程的人，再加上包括了格西拉的另外幾個人，我們一起聚集在虎穴寺空間狹小的主殿裡。滿月時分，空靈的銀色月光穿透正面對著帕羅谷的窗口，流入窄小、形狀不規則的主殿之中，和酥油燈輝映在上百個銅製供碗上的金色光芒，形成完美的對比。

我們跟隨著丘揚．布提的帶領，齊聲朗誦皈依發心祈願文，向我們的傳承上師們祈願。隨後，我們注視著兩位比丘，扛著轎子，爬上階梯，將藥師佛像送入了主殿。住持在格西拉的協助下，舉起了佛像，然後將祂安放在聖壇，祂曾經所在的位置上。

接著我們開始誦持無上治癒者藥師佛的修行儀軌，這包含了為了利益所有身心受到疾病和痛苦折磨的人所唱誦的咒語，以及觀想無盡無量的明光和甘露，廣布整個宇宙，灌注在任何需要的人身上。

這個修行儀軌非常有力量，尤其是當我們面前坐著的是許多轉世菩薩時。這些人表面上看起來只不過是平凡的比丘，然而，他們實際上是一群已經超脫了所有世俗概念，常住在超然的法喜狀態中的人。

或許佛陀真的不能直接將成就或洞見給我們，然而，在那個小小的空間裡，我被提升到了一種超越言語的境界，在那樣的維度裡，雖然對原來的現實依然保持著覺知，但時間卻變得不再具有任何意義，只強烈地剩下一種最深刻的知曉，明白到，一切安好。

❖

結束之後，愛麗絲和我跟著格西拉，一起走向我們的房間。在經歷過主殿裡的體驗之後，所有的話語都顯得多餘。走到某個格西拉準備轉彎的轉角，他停下腳步。

「明天，我們會開啟伏藏。」

愛麗絲和我一起點了點頭。

當鐵鳥在空中飛行，
當鐵馬裝著輪子奔馳，
藏人將如螻蟻般星散世界，
而佛法將傳遍紅面人的國度。

格西拉誦念出蓮花生大士最著名的預言，這個舉動表示了一件事，就是伏藏確實是來自這位八世紀時的大師的訊息。

但是他怎麼能肯定呢？

我想起住持那句話：「屆時，在密院裡，就是時候了。」也想著密院的模樣。明天的天氣不知道怎麼樣？

愛麗絲和我向格西拉道過晚安，我們便分別往兩個相反的方向移動。

「明天會出大太陽。」他在我們背後喊道，一邊笑著。

❖

我們被安排在我以前的舊房間裡。這會是愛麗絲第一次看見這個房間。它位在一個狹窄的通道盡頭，空間很小——深度只比一張床墊稍微長了一點，寬度大約四碼。為了愛麗絲的到來，他們在我原來的床墊旁邊，又加了一張單人床墊。以前我放私人物品的小木箱也還在房間裡。所謂的衣櫃其實就是在歪歪的門背面上的一個掛鉤——而我注意到，上面多了一個衣架，我猜是要給愛麗絲用的吧。此外還有兩個橡膠熱水袋讓我們保暖。

「這裡就是我過去五年來的家。」我低喃著。

愛麗絲四下環顧，眼神發亮。她知道大多數的比丘都是睡在集體宿舍。「你在虎穴寺有自己的房間！」

「很受寵。」

她走進房裡，沉坐進其中一張床墊，就著低處一扇窗戶，俯瞰著山谷的風景。我關上房門，坐到她身邊。

月亮已經爬上了山谷遠方的邊緣。掛在半空中的滿月又近又圓，大得不成比例，它耀眼的光芒，讓我們甚至能看清遠處松林的色澤——搖曳在寧靜夜晚裡的神祕綠影。

月光灑在這片熠熠生輝的風景之上，轉化了其中的每一個元素。冰雪罩頂的喜馬拉雅山尖層層疊疊，亮晃晃地，一路綿延向遠方的地平線。遠處的斷崖流水傾瀉而下，白花花的瀑布像垂掛的潔白布幕，消失在半空中。下方的峽谷邊緣，河流波光粼粼，像是暗夜中發光的銀色緞帶。

愛麗絲轉向我，對我說：「我這一生中，從來沒有像現在一樣，感覺到這種這麼誇張、這麼狂野、這麼瘋狂的幸運感！」

我伸出手臂，環抱住她的肩膀，我們一起往後倒向了床墊。

「我也是。」

❖

黑夜最是深沉，黎明即將到來的前一刻，某種振動讓我醒了過來。我感覺到隔壁床墊上的愛麗絲也正在翻來覆去。我們同時睜開了眼睛，彼此互望了一眼。房間裡的騷動並不可怕——但確實有某事正在發生。檀香的香氣瀰漫在整個房間裡。

我們都坐了起來，一起轉過頭。慈仁喇嘛出現了。祂背對著房門，蓮花坐姿，漂浮在半空中，離地面大約四呎高。祂的身體是光體的型態，散發出深藍色的光芒，身上穿著非常美麗的僧袍，右手握著一小段櫻桃李枝，上面有雅緻的白色花朵，和飽滿的紅色果實，左手則捧著一碗耀眼的七彩甘露，放在祂的腹部前方。祂低頭看著我們的眼神，流露出不可思議的慈愛，當我的視線與他相會時，一股法喜竄流入我的身體，從頭頂一路流向了脊椎末端。我知道愛麗絲一定也感受到了同樣的法喜，正如同我知道不需要對她解釋面前的人是誰一樣。慈仁喇嘛，正以無上的治癒者、藥師佛的形象，顯化在我們面前。

「很高興見到兩位。」祂說。

我們將雙手在胸前合十，緩緩向祂鞠躬。

「你的使命背後有一段源遠流長的歷史。蓮花生大士在一千多年以前就寫下了這份指引。祂將這段訊息以伏藏的形式保存起來，只有在這個世界準備好的時刻，才能將它開啟。祂指的是全世界。」

「在東方，對於實相的本質，很早便已經有了一番領悟。疾病可以成為一個人轉化的途徑。而我們需要給西方一些時間，用客觀的科學來補足這種主觀的科學。」

我們點頭聆聽。

「我想你們兩位都知道，明天會在伏藏裡發現什麼。」

愛麗絲和我緊張地對看了一眼。

「當年我找到伏藏，並且在一九五九那年把伏藏從西藏帶出來，那時候，我已經知道伏藏的內容會是什麼了。我很清楚，為了讓伏藏揭示的時候能夠給眾生帶來最大的利益，我必須累積最大的能量，以支持它具象成現實。這就是為什麼我會教導密院裡的比丘那項修行儀軌。他們都非常長壽。這也是為什麼，我把那個方法教給你，」祂注視著我，「這樣你才能建立起個人經驗。同樣地，這也是為什麼我們要求妳去進行那項科學研究，」祂的眼神與愛麗絲相會——在黑暗中，那雙眼眸閃爍著耀眼的藍光，「記得，此後，直到永遠，我和諸佛菩薩們，都會一直與你們同在。因為，我們都是從同一個心識中升起的。我們是相同的。」

我又感受到了一股無法言喻的狂喜，宛如一道洶湧的浪潮湧進我的全身，好像我突然有能力和這股超然的法喜在同一個頻率上共鳴。那種感受美妙非凡，我希望它能一直持續下去，或者說，我希望慈仁喇嘛不要離我們而去。因為慈仁喇嘛的話語像是在暗示著，祂馬上就要離開。而我們渴望更多這種感受，想要更多祂傳遞給我們的能量。

不過就像過去我和慈仁喇嘛相處時常常發現的那樣，剛才慈仁喇嘛只是在做準備，為接下來真正要說的話、祂現身在我們面前的真正理由進行鋪陳。

「你記得加持的意義是什麼？」祂問。

「加持是改變的力量。」我回答。

慈仁喇嘛讚許地點點頭，接著說：「每當你們想要祈請這份力量、祈請藥師佛的療癒力量時，記得這份加持。」

我納悶了一下，不確定慈仁喇嘛口中的加持指的是什麼。是指祂以藥師佛的形象顯現，漂浮在我們面前的這個畫面嗎？還是祂這一身宛如彩虹一般，美得不可思議卻又一閃而逝的耀眼光體？

我的疑惑沒有維持太久，因為我意識到，慈仁喇嘛的狀態開始起了變化。就在眼前，此時此刻，他正在將這份加持示現在我們面前。一點一點地，祂開始縮小，但仍然維持著完美的比例。不過雖然祂正在縮小，然而祂所發散出來的光芒卻絲毫沒有減退。若真要說有，那也是變得越來越耀眼。祂變得越小，祂就越是光芒萬丈。深藍色的光輝從祂身上的每一個毛細孔迸射出來，祂碗中的彩光和甘露充滿了靈動的能量，閃耀著、躍動著，瀰漫至各處，轉化一切它們所觸及的事物。

我的上師，以藥師佛的形象顯現的上師，正在往我們的方向移動過來。祂現在已經小得像一顆蘋果一樣了，等到祂移動到門口和我們的床墊之間時，祂毫不費力地一分為二。小巧又發光的上師，一個往我的頭頂上方飄來，另一個則往愛麗絲的頭頂上方飄去。祂輕巧地在半空中旋轉，直到祂和我們面對著同一個方向，同時散發出穿透一切的彩色光芒。

等到祂飄到我們的額頭前方時，祂已經縮小到像一片指甲那麼大了。祂的形象完美無瑕、燦爛輝煌，祂在我們的頭頂正上方莊嚴地懸浮了一會兒，接著，祂降臨在我們身上，融化在我們之中。

祂的光體從頭頂進入我們，剎那間，一陣喜悅在我的體內爆發開來，療癒的彩光和甘露，瞬間轉化了我們體內的每一個元素。那是和剛才與祂第一眼四目相會時同樣欣喜若狂的明亮感受——只不過這一次，這股感受是從內在散發出來的。

我和愛麗絲靜靜地坐著，讓這無遠弗屆的法喜浸透我們。隨後，我發現祂仍繼續移動著。我能清楚地感受到祂的存在，一股非常具體、充滿活力的能量，祂平穩而滑順地從頭頂下滑到喉嚨。祂一抵達那個位置，彩光和甘露再度在我的內在帶來了一種原子爆發般的感受。這一次，我直覺地體認到，祂的臨在淨化了所有過去我曾說過的負面言語，同時也賦予我力量，增強有益的、善美的語言、洞見，以及能夠幫助他人的智慧。

祂持續平穩地向下滑動，直到祂抵達我的心。那是祂停駐的地方。這一次我所感受到的能量，是最最強烈的一次，它似乎衝破了我的身體，向外發射，甚至超過了這個房間、超過了整個虎穴寺。這是一樁宇宙級的能量事件，它將彩光和甘露灑向了十方世界，這個瞬間，我明白了這正是我的心識真正的範圍。我心念中所有負面性均得到了淨化，美德得到了增強。在此刻這個令人目眩的真相中，無論我曾經認為自己是誰、以為自己是個什麼樣的人，到頭來都只是一個短暫的、偶發的想法。反之，終極的實相卻是無邊無量的清明和法喜。不單只是一個附著著自我的血肉之軀，而是一種無所不知的神聖智慧，一股如海洋般遼闊、沒有限制的慈悲力量。純淨、大愛，遍及萬事萬物。

世間怎麼可能存在任何分別呢？一時間，在這個懸崖邊的小房間裡，我的心識、與我成為藥師佛化身的根本上師的心識，融合成為一體。

愛麗絲也是。

21

隔天早上，格桑來到房門口接我們。這時我們已經梳洗完畢，滿懷感激地用過了送到房裡的早餐，準備好迎接接下來的盛會。

我們幾乎沒有向彼此談論幾個小時前經歷的事。它來得如此出乎意料，而威力如此深刻的加持——真正意義上的——我想我們都得花上一段時間，才能真正明瞭其中的一切。然而它毫無疑問地是一道喜悅的泉源。早晨醒來時，我感覺自己像是升級成了一個全新的版本。轉化為一個更輕盈、更少負荷、更自由的人。一個即便只是短暫地，但曾經一瞥自己真正本心的人。

「準備好了嗎？」格桑看著我，再看向愛麗絲。

我伸手觸碰自己的胸口。我意識到，這會是我最後一次用這種方式，感受這支古老金屬管子的重量壓在我肌膚上的觸感。

我們一齊點頭。

我曾經想過，會只有我們兩個人嗎？還是會有人加入我們，來為愛麗絲介紹密院？畢竟這會是她第一次拜訪密院。後來我們發現了，格西拉正在某個轉角處等著我們，還有蘇洛也在。

「睡得好嗎？」他笑盈盈地問我們。

這個問題不需要回覆。我們只是一起輕聲笑了起來。我一點都不懷疑，昨晚整個過程格西拉一定全部一清二楚。

格桑繼續往前走了好一段路，我們跟著他，沿著主廊道走往大殿的方向。一道上坡的樓梯從主廊道往右手邊岔出去，它沿著山壁建造，通往主廊道上方大約幾碼高的一處凹洞。那是多年前我剛到虎穴寺的頭幾天時，最早探索的一個角落。這是一個被改造成類似圖書室之類的空間的洞窟。裡面裝設了兩座結實的大書架，上面擺滿了各種用亞洲語言和歐洲語言寫成的奧祕學方面的書籍。那些不是比丘們所學習的正規經書，而是許多不同作家所寫的評註類型的書籍。這些書應該已經堆積在寺院裡許多年了，它們看上去也都不怎麼令人感興趣，所以我幾乎不曾花太多時間在這裡流連。不過，我猜想，這正是重點所在吧。

格桑走到右邊的書架中間，推開了上面的幾本書，把手伸進深處，轉動一道把手。喀拉一聲，金屬門閂滑開了，聲音很輕，但很清晰。

格桑先確認過我們周圍沒有任何人經過，接著才推開了書架。書架滑開後，才看出它其實是一扇門。他催促我們行動，於是我們連忙走了進去，好讓他把門重新關上。

頓時間，我們處在幾近伸手不見五指的漆黑裡，唯一的一絲光源來自牆上一顆瓦數很低的小燈泡。我們沿著這條通道，直接穿入了山的中央。我轉頭查看愛麗絲，她看著我，兩眼發出興奮的光芒。我也是。不只是我第一次踏進這裡時，而是隨後的每一次，我的心總是感受到同樣的熱切期盼。

通道裡儘管烏漆墨黑，但是並不像滴著水的地下防空洞那樣潮濕。沿途很乾爽，路面上鋪著地毯。我觀察著愛麗絲左顧右盼的樣子，就跟我頭一回進來的時候一模一樣，發現到這裡是個貨真價實的山洞，而且根本猜不出它會通往什麼樣的地方。她所聽說的密院——我被禁止向人談論它的細節——是隱藏在山脈裡的巨大洞穴嗎？它是由一堆洞窟和通道串連而成的巨大迷宮，就像是喜馬拉雅版的土耳其代林庫尤（Derinkuyu）地下古城？

格桑領著我們繼續往前走。我們腳邊的蘇洛也踩著牠的小肉墊往前踏步，跟在格桑的正後方。這一條路牠很熟了。沒多久，我們又停了下來。這裡有另一扇門。格桑握住門把，轉動門鎖，當他把門往後拉開時，一時間，我們看見的只是門框形狀的耀眼光亮。

在黑暗中待了一陣子之後，我們的眼睛需要一段時間才能適應新的光線。我們跟著格桑，頭昏眼花地走出門外，走上一條由岩石鑿成的步道，步道上方還裝設了頂篷。漸漸地，我們的眼睛適應完畢，正好能看清步道前方通往的那片景色。一個美得令人神馳，卻又完全想像不到的地方。

「這是什麼地方？」愛麗絲轉向我，她的表情十分歡快——卻也十分困惑。「我們剛才是穿過了整座山嗎？」

格桑繼續領著我們向前走，直到走上一片綠意盎然的草地時，他暫停腳步，讓我們有時間欣賞這整片風景。

環繞在我們周圍的，是一座花團錦簇的茂盛花園，大小足足有一個足球場那麼大。在我們的正前方，像梯田一樣的草地層層疊疊，它們的邊緣都用花圃圍繞了起來，紅色、粉紅色、白色，三種不同顏色的杜鵑花豔麗地盛放著。空氣中還瀰漫著高山花卉的清香——鐵線蓮、瑞香、報春花。草坪的正中央有一座噴泉，噴泉的四個開口指向東、南、西、北四個方向，襯著清晨天空湛藍的底色，水柱在空中畫出了四道潔白的弧線。

高大宏偉的橡樹圍繞著花園的周圍林立，正當愛麗絲抬起頭看向其中一棵橡樹時，一群花頭長尾鸚鵡從它的枝枒上跳下來，高聲哼唱著，向下俯衝。不遠處，幾位比丘們坐在花圃旁邊，享受著他們的日光浴。那片花圃上開滿了許多不同品種的玫瑰花——也包括了各種版本的大衛．奧斯汀玫瑰。

「我們並沒有穿過整座山。」我這才回答愛麗絲，「我們在它的裡面。」她看著格西拉和我，開心得像個孩子一樣，惹得我們全都笑了。

「所以這裡就是密院？」她問。

我們點頭。

「它是一個……完整的生態系統！」她不禁讚嘆。她望著包圍住整個花園的山口，高度大約有二至三層樓高。正如同她所觀察到的，在這個高山頂上的巨大坑口之內，由於周圍山壁的保護，使它內部的微型氣候和周圍地區相當不同。這裡的冬天溫和許多。夏季時，熱氣會被保存下來，就好像一座天然的溫室。花園另一頭的果樹，總是結出豐盛的果實，遠超過整座寺院的人口所需。菜圃上的各式蔬菜，也是一年四季都能收穫。

幾百年前，這裡已經建設好了一套精心設計過的灌溉系統，將山頂融化的雪水引入一條坡度緩和的水道裡，一路環繞著周圍苔蘚覆蓋的岩壁往下走，直到雪水流進花園裡。隱藏在花園周圍那些翠綠繁茂的蕨類植物背後，水道發出的潺潺流水聲，就像是全天候持續放送、使人舒心的背景音樂。

愛麗絲嘖嘖稱奇地環顧圍繞著整個花園周圍建成的道場，而蘇洛已經走上了其中一條迴廊，走向一個正親切地向祂打招呼，像是看到了自己心愛的朋友一樣的比丘。

「記不記得妳問過，一百五十個比丘要怎麼一起生活在懸崖邊上？」我提醒她。

愛麗絲笑著搖搖頭：「我猜這裡就是不丹光暈效應發威的地方。」在這個溫暖的早晨，我們一起吸吮著這裡甜美的空氣，她又補了一句：「這裡就像是世外桃源！我不相信任何人一旦來過，還會想從這裡離開。」

「有些人在這裡已經住了將近四十年了。」我告訴她，「他們在退休的年紀來的。」

望向附近的比丘們，愛麗絲訝異的表情再明顯不過：這些看起來一派輕鬆、健健康康的比丘，真的都已經超過九十歲了？過了一會兒，她說：「我也記得你說過，慈仁喇嘛教你，要是想把東西隱藏起來，最好的地方就是最一目瞭然的地方。」她看著我，再看向格西拉，又強調地加了一句：「那確實是最好的障眼法。虎穴寺本身就是一個障眼法。我想就算過了一千年，也沒人猜得到它裡面還藏著這些東西！」

格西拉清了清喉嚨，「你把慈仁喇嘛過世後給你的訊息告訴愛麗絲了？」他問我。

「是的，格西拉。」

「非常有用的訊息，不是嗎？」

我點頭。昨天，在我們三人再次團聚的聚會上，我們沒有聊到慈仁喇嘛這個訊息。也沒有提到，它在隨後的局勢演變中發揮了多大的功效。愛麗絲到現在都還不知道，為什麼在愛爾蘭的時候，從我脖子上被搶走的伏藏，最後裝的只是一張一點也不重要的《丁丁在西藏》封面插畫。她也不知道，我在加德滿都，從拉喀什．夏爾瑪手上取得的真正的伏藏，後來去了哪裡。

「一開始，你告訴我這個訊息時，我實在想不透它有什麼重要的。」我老實對格西拉承認，「可是你吩咐我，要牢牢記在心裡。它的用意會變得顯而易見。到了隔天，在加德滿都一個公車總站外面，我看到了一個攤販，他賣的是一些跟藏傳佛教有關的小東西。手搖鈴、香座、轉經輪這一類常見的東西。不過，我在裡面看見了一支卷軸，它的外表和佛像裡拿出來的真伏藏幾乎一模一樣。」

「仿冒品？」愛麗絲表情有些訝異。

我點點頭。

「這種東西並不常見。」格西拉說。

「就是這個時候，我突然想起了慈仁喇嘛的話。」我說，「就是把東西藏在一目瞭然的地方這句話。那時候我還不是真的很懂它的意思。總之我花了幾塊錢美金，買下那支假的卷軸，把它放進口袋。後來，一找到空檔，我就把真的伏藏跟它調包，把它掛在脖子上。」

「以免萬一你被追到走投無路？」愛麗絲問。

「沒錯。它就是最好的障眼法。我把真的伏藏藏在我的行李箱裡。然後，」我注視著愛麗絲的雙眼，「我把它拿去寄存在都柏林的飯店附近，一家銀行的保險箱裡。我脖子上掛的一直都是假的伏藏。它幾乎已經變成我的護身符了。我覺得自己好像受到它的保護。」

「它確實保護了你。」她說。

我搖搖頭，「是到了高威，我弄清楚那兩個流氓真正在跟蹤的人是誰之後，我才有這種感覺。雖然我到現在還不明白為什麼。」

愛麗絲安靜下來，消化著這些話。然後說道：「這是一個拯救了我們性命的障眼法。」

我點頭。「還有我們的使命。」

❖

不久，拉莫住持現身了，身邊還跟隨著一小群比丘。我們全部的人紛紛在胸前雙手合十，向彼此鞠躬致意。

「歡迎來到密院，」他特別熱情地招呼愛麗絲。

「非常感謝你讓我進來參觀！」她看著住持回答，「這裡真是我所見過最美的地方。」

接著住持領頭、格桑隨侍在側，我們一行人跟著他走向一塊岩石。凸出的石塊表面平坦，離地數呎。住持招手要我們靠近，然後說：「一千多年前，蓮花生大士發現虎穴寺這塊地方時，祂會在密院這個區域，還有山洞裡禪修。據說，祂會用這個，」他彎腰摸了摸那塊岩石，「充當祂的桌子。」他的視線掃過格西拉、愛麗絲和我，「也許，就在祂寫下伏藏的同一個地點，正是最適合開啟伏藏的地點。」

他是在提醒我們，接下來我們所要進行的事，究竟有多麼重要。也是在讓我們感受到，在此時、在此地去做這件事，是多麼地自然與正確。

「我們每一個人都受到了慈仁喇嘛的加持吧？」這句話與其說是一個問句，更像是一種肯定。

我們全都點了點頭。

「馬特，你準備好了嗎？」

我低下頭，伸手觸碰胸口。

住持像平常邀請喇嘛帶領偈頌時一樣，對格西拉致意。格西拉抬起雙手，在心口合十。接著，我們集體唱起了皈依發心祈願文，格西拉吟誦出傳承上師們的法號，祈請祂們的加持。在格西拉的吟誦聲中，我留意到周圍和背後，出現了一些變化：花園裡的比丘們紛紛在草坪上盤腿而坐，加入吟唱。有一些人跨過草坪走來，還有人走出道場，許多人積極地加入了我們。這景象，使我想起同樣在這座花園裡，慈仁喇嘛曾經教我的事：

「如果你大叫『堪蘇喇嘛！』」他問我，「或是『確札喇嘛！』他們會注意你嗎？他們死後呢——他們還會注意你嗎？」

「應該會吧。」當時我這麼回答。

「肯定會！」慈仁喇嘛糾正我。

有沒有可能，過去一千多年以來的傳承上師們，此時此刻，都聚集在這裡了？無論是以人身的形象到來，或是以更細微的、能量的形式？因為我確確實實有這種感覺。置身在這座色彩繽紛、香氣繚繞的迷人花園裡，感覺上，我們就像是站在一個聚集了慈愛能量的漩渦裡。

在格西拉的指引下，我們觀想萬事萬物都消融在它們的本心之中，彷彿我們全都融化在一道清澈無瑕的光芒裡，而諸佛菩薩的臨在，為一切事物都注入了光亮的法喜。

住持看著我點點頭，我的眼神與他相會。他無須開口，我便自發地取下了掛在脖子上的伏藏。與此同時，格桑從他的袍子裡掏出了一把小鋸子。他將鋸子遞給我，接著便蹲在石塊旁邊，幫忙固定住我放在上面的伏藏。

我把鋸子放在伏藏尾端，往前推了幾下，先劃出一道記號。

在這一刻真正來臨之前，我曾經想像過這會是什麼場景。在眾人圍觀的注目之下，我的手會緊張得發抖嗎？我會不會鋸不斷這支金屬管子？

而現在，真正的重頭戲終於登場了，我卻覺得，這個事件彷彿擁有自己的意志，正自動開展著，而我只是其中的一個部分，在這齣流暢的劇碼中，演完屬於自己的角色。做完記號之後，鋒利的鋸子非常順利地將金屬管子鋸開了。我克制自己的速度不要太快，以免摩擦出過多的熱度，傷害了裡面珍貴的紙張。

沒多久，金屬管子已經幾乎完全被切斷了。我又鋸了最後幾下，直到金屬管的末端和其他的部位終於分開。我拿起管子，看了看內部。裡面有一張捲成筒狀的紙張。紙的質地很厚，顏色已經泛黃。我用指尖非常輕柔地將它一點一點拉出來，仔細確認它沒有變得太脆弱、或是風化得太厲害，一不小心就會碎裂或化為灰塵。

以一張一千兩百年前製作的羊皮紙而言，它的質地強韌得令人驚奇。等到紙張的頂端拉出一小截之後，要把剩下的部分抽出來就變得容易許多。我緩緩地攤開它。攤開後，我發現它是一張對折過的紙，於是我更加小心翼翼地將它展開。

紙面的尺寸差不多等於一張大張明信片，上面布滿了蒼勁有力的藏文手寫字跡。正打算將它交給格西拉過目和翻譯的時候，我抬起頭，看見我們的周圍，至少有上百位住在密院裡的比丘以蓮花坐姿坐在草坪上，他們並沒有圍觀這裡正在進行的事，但是正以某種形式參與著。他們的身體似乎變得比原來的狀態更加細微、清透，不只是肉身，更是一種能量的臨在。我轉頭看向愛麗絲，當我們的目光交會時，我在她眼中看見的不是她平常的那種清晰，而是某種截然不同的氣息。仰望天際，一道巨大的彩虹橫跨整個天空，亮眼的色彩鑲嵌在澄澈、湛藍的蒼穹裡，這一刻，世上似乎再也沒有比這更不可思議、更吉祥的場景了。

我向格西拉鞠躬，然後將伏藏交給他。格西拉清楚地用藏語將它的內容朗誦給所有人聽見，隨後，他說：「我能確定，這是蓮花生大士本人的簽名和字跡。」接著他為了我們，將伏藏翻譯成英語：

當人們對看不見的事物大聲說話
死於自己的思想與行爲
憑此咒語，智者得到治癒
消弭疾病、痛苦、早逝的眞正原因
此咒串成完美之環，藉此
諸佛鉤起眾生，進入永恆的法喜

如同蓮師最著名的那則預言，這份伏藏的頭兩句，是在描述伏藏開啟時的年代。當我聽到頭一句內容時，我腦海中立刻浮現了熙來攘往的城市街道上，拿著手機的人們，頭戴著耳機，熱切地對實際不在面前的人說話。

至於「死於自己的思想與行為」，這不正是我們這個時代的寫照嗎？從來不曾有一個年代像當今一樣，有那麼多人死於壓力、焦慮和自殺。

格西拉唱起了藥師佛心咒。正是為了這一刻，慈仁喇嘛才把這首咒語教給我。它也是愛麗絲所研究的咒語。周圍所有的比丘們也加入格西拉，集體唱誦了起來。

蓮花生大士在祂如詩般的伏藏中提起完美之環時，讓我不禁又想起慈仁喇嘛鏗鏘有力的話語：「如果你大叫『堪蘇喇嘛！』」他堅定地問我，「或是『確札喇嘛！』他們會注意你嗎？」

「應該會吧。」

「肯定會！」

那些行走在我們前面的佛陀們，總時時刻刻想幫助我們，將我們從輪迴的圈套裡裡鉤出來，帶我們進入恆常的法喜。但是，天助自助者，我們自己也必須先成為能夠被幫助的人。「完美之環」指的就是那項修行儀軌，透過它，我們得以體現藥師佛的臨在，正如同昨晚我珍貴的上師為我們親自示範的那樣。當我們練習它、當我們認知到自我與他人並不存在——它們從來不曾真正存在——存在的只有一個非二元性的現實、當我們體認到這個現實的浩瀚無邊、恆常清淨與健康，那麼，我們便療癒了疾病與衰老的真正原因。

眾人齊聲唱誦的咒音響徹整個密院的花園，這時，一陣雨滴從萬里無雲的天空中灑下。我抬頭仰望，看見雨滴映照出來自蒼穹的炫目光彩，猶如七彩虹光與甘露，飄落在我們每一個人身上。這個瞬間，落下來的是普拉那？氣？還是一大批電子？誰知道？誰又在乎呢？被開悟存有們的臨在所環繞，我們怎麼可能不和祂們充滿愛與慈悲的意念相共鳴？我一邊是愛麗絲，另一邊是格西拉，我們手牽著手，分分秒秒，徹底沉浸在這份超越的法喜之中。

喋雅他　嗡　貝堪則　貝堪則　瑪哈
貝堪則　貝堪則　喇雜
薩目嘎喋　梭哈
嗡　貝堪則　貝堪則　瑪哈
貝堪則　貝堪則　喇雜
薩目嘎喋　梭哈
嗡　貝堪則　貝堪則　瑪哈
貝堪則　貝堪則　喇雜
薩目嘎喋　梭哈

結語

《神祕咒語》是一部虛構小說。如果其中的角色、情節和主題令人不禁信以為真，那是由於我將現實的元素依據我個人的經驗、加上我的想像力，編織在這個故事裡的緣故。

讀者們有必要知道的部分是，小說中關於藥師佛修行儀軌的部分全然屬實。作為事部密續（Kriya Tantra）傳統中的一部分，藥師佛的存在難能可貴，祂的修行儀軌可以大大地增進我們的禪修，尤其是當我們專注在療癒自己或他人時。世世代代以來，這項修行儀軌已經深切裨益了無數個世代的禪修者。藥師佛心咒已經傳唱了數百年，就如同小說裡描述的一樣。我衷心地希望，藉由創作這本小說，能激起許多人對這項非凡的修持方法的興趣，樂意去深入瞭解它所帶來的轉化力量。

如果你想要瞭解更多，可以到我的官方網站上的「免費專區」，下載我所撰寫的介紹藥師佛的小冊子：《療癒：透過藥師佛，解開你心識的力量與使命》（*Healing: Unlock the Power and Purpose of Your Mind through Medicine Buddha*）。

www.davidmichie.com

致謝

為我珍貴的上師們致上全心的謝意：

萊斯·希益（Les Sheehy），是我無上的啟發與智慧的來源；

阿闍黎圖丹·羅敦格西（Geshe Acharya Thubten Loden），佛法的化身、無與倫比的大師；

薩偕祖谷仁波切（Zasep Tulku Rinpoche），高貴的金剛阿闍黎、瑜伽行者。

上師是佛寶、上師是法寶、上師是僧寶，

上師是一切喜樂的來源。

我向所有的上師頂禮、奉獻，並尋求庇佑。

願本書將上師們帶給我的精神和啟發，

散播至無數有情眾生的心靈之中。

願一切眾生具足樂及樂因；
願一切眾生遠離苦及苦因；
願一切眾生永不離失無苦之樂；
願一切眾生遠離親疏愛憎安住平等捨。

藍小說 321

馬特萊斯特的奇幻旅程・下集：神祕咒語

作　者—大衛・米奇 David Michie
譯　者—王詩琪
審　訂—嚴萬軒
主　編—李筱婷
企　劃—林進韋
封面設計—陳文德

總　編　輯—胡金倫
董　事　長—趙政岷
出　版　者—時報文化出版企業股份有限公司
一〇八〇一九台北市和平西路三段二四〇號七樓
發行專線—（〇二）二三〇六—六八四二
讀者服務專線—〇八〇〇—二三一—七〇五
（〇二）二三〇四—七一〇三
讀者服務傳真—（〇二）二三〇四—六八五八
郵撥—一九三四四七二四時報文化出版公司
信箱—一〇八九九台北華江橋郵局第九九信箱
時報悅讀網—http://www.readingtimes.com.tw
時報出版臉書—http://www.facebook.com/readingtimes.fans
法律顧問—理律法律事務所　陳長文律師、李念祖律師
印　刷—紘億印刷有限公司
初版一刷—二〇二一年十一月十九日
定　價—新台幣四〇〇元
（缺頁或破損的書，請寄回更換）

時報文化出版公司成立於一九七五年，
並於一九九九年股票上櫃公開發行，於二〇〇八年脫離中時集團非屬旺中，
以「尊重智慧與創意的文化事業」為信念。

馬特萊斯特的奇幻旅程・下集：神祕咒語／大衛・米奇（David Michie）著；王詩琪譯. -- 初版. -- 臺北市：時報文化出版企業股份有限公司, 2021.11
320 面；14.8x21 公分. --（藍小說；321）

譯自：A Matt Lester spiritual thriller : the secret mantra

ISBN 978-957-13-9673-6（平裝）

873.57　　110018673

ISBN 978-957-13-9673-6
Printed in Taiwan